D1678880

वनिका

वनिका

लवली गोस्वामी

वाणी प्रकाशन

प्रथम संस्करण : 2023

वाणी प्रकाशन

4695, 21-ए, दरियागंज, नयी दिल्ली 110 002

फ़ोन : +91 11 23273167 फ़ैक्स : +91 11 23275710

शाखाएँ

अशोक राजपथ, पटना 800 004, बिहार

कॉफ़ी हाउस कैम्पस, महात्मा गांधी मार्ग, इलाहाबाद 211 001, उत्तर प्रदेश

महात्मा गांधी अन्तरराष्ट्रीय हिन्दी विश्वविद्यालय, वर्धा 442 001, महाराष्ट्र

36/ए, शेक्सपीयर सरणी, रानी बिरला गर्ल्स कॉलेज के पास, कोलकाता 700 017, प. बंगाल

www.vaniprakashan.com
marketing@vaniprakashan.in
sales@vaniprakashan.in

VANIKA
By Lovely Goswami

ISBN : 978-93-5775-898-7
Novel

© लवली गोस्वामी

मूल्य : ₹ 499

इस पुस्तक के किसी भी अंश को किसी भी माध्यम में प्रयोग
करने के लिए प्रकाशक से लिखित अनुमति लेना अनिवार्य है।

आर. टेक ऑफ़सेट प्रिंटर्स, दिल्ली-110 032 में मुद्रित

वाणी प्रकाशन का लोगो मक़बूल फ़िदा हुसेन की कूची से

अध्याय सूची

अभी इस जगह पर

मैं अभी एक पुलिसवाले के गन–पॉइंट पर हूँ। चारों तरफ़ ताबड़तोड़ गोलियाँ चल रही हैं। मेरे जैकेट की जेब में एक रिवॉल्वर है। मैं उसे निकालने के लिए हाथ बढ़ाती हूँ, लेकिन निकाल नहीं पाती। कैसे निकालूँ? आख़िर मैं किसी फ़िल्म में तो हूँ नहीं, जहाँ रिवॉल्वर कहीं से मिलते ही कहानी के पात्र को उसे चलाना आ जाता है और उसका निशाना भी कभी ग़लत नहीं होता। मैं चुपचाप हाथ खड़े कर देती हूँ। आख़िर मैं कोई अपराधी नहीं हूँ! इस वक़्त मेरा दिल धौंकनी बना हुआ है। ज़िन्दगी के तमाम अच्छे–बुरे पल अभी इस समय मुझे याद आ रहे हैं, लेकिन मैं अभी मर कैसे सकती हूँ! मैंने अभी ही तो ज़िन्दगी शुरू की है। इसके पहले तो मैं बस ज़िन्दगी की तैयारी ही करती रही थी। स्कूल जाना, यूनिवर्सिटी जाना। ढंग की नौकरी ढूँढ़ना। ये ऐसे काम थे, जिनके आगे मैंने कभी कुछ सोचा ही नहीं। क्या मैं आज ही मर जाऊँगी? नहीं–नहीं, ऐसा बिल्कुल नहीं होना चाहिए। अभी तो मुझे बहुत जीना है। मुझे प्यार करना है। शादी करनी है। अपने बच्चे और फिर उनके बच्चों को बड़ा होते देखना है।

अगर मैं अभी मर गयी, तो कभी अपनी विशलिस्ट पूरी नहीं कर पाऊँगी। कभी माइकेल एंजेलो के डेविड को नज़दीक से नहीं देख सकूँगी। कभी यूरोप घूमने नहीं जा सकूँगी और कभी संसार के आख़िरी समन्दर के तट पर पत्थर पर बैठकर डूबते सूरज को नहीं देख सकूँगी। मेरी माँ और छोटा भाई मेरे बिना क्या करेंगे? यह सोचकर मुझे बहुत ज़ोर–से चिल्लाकर रोने का मन हुआ।

यह सब बेहद अजीब है, लेकिन मैं चकित नहीं हूँ। अजीब चीज़ें मेरे साथ बचपन से होती रही हैं। जैसे सड़क पर चलते हुए कोई अनजान सुन्दर औरत मुझे देख मुस्कुरा देती और अभिवादन में सिर झुकाती। एक बार मैं चलते–चलते ठोकर खाकर गिर गई, तो न जाने कहाँ से एक बूढ़ी औरत आयी और उसने मेरी खरोंचों पर हाथ फेरा। मेरे सारे घाव उसी समय ठीक हो गये। मैं कुछ कहती, इससे पहले वह स्त्री न जाने कहाँ ग़ायब हो गयी। ऐसा नहीं है कि इन अजीब बातों के बारे में मैंने किसी को बताया नहीं। मैंने अपनी माँ को बताने की कोशिश की, लेकिन उन्होंने हँसकर टाल दिया। उन्हें लगा, मैं अधिक कल्पनाशील बच्ची हूँ और जान–बूझकर कहानियाँ बना रही हूँ। अधिक बोलने पर लोग मुझे पागल समझने लगते, इसलिये मैं धीरे–धीरे चुप होती गयी।

आज मेरे साथी, जोकि मेरे किडनैपर्स भी हैं, मेरी सुरक्षा करने की कोशिश कर रहे हैं। सामने पुलिस और हम लोगों के बीच ज़बरदस्त फ़ायरिंग चल रही है। अभी कुछ देर पहले एक गोली मेरी पोनिटेल को छूकर निकली। मैं डरकर चीख़ पड़ी। क्या मैं इतने सदमे में हूँ कि यह भी तय नहीं कर सकी कि मुझे भागना चाहिए या नहीं?

मैं यानि मुग्धा शर्मा, एक साधारण युवती आज नामी–गिरामी आर्ट कलेक्टर पी. सी. छिब्बर का निजी संग्रहालय लूटने आयी हूँ। यह संग्रहालय राजस्थान के एक पहाड़ी महल में है। जी नहीं, आप ग़लत समझ रहे हैं। मैं पेशेवर अपराधी या चोर नहीं हूँ। और जैसा कि थोड़ी देर पहले मैंने आपको बताया, मुझे इस रिवॉल्वर के उपयोग की ज़रा भी जानकारी नहीं है, जो इस वक़्त मेरी जेब में है। मैं छब्बीस बरस की एक साधारण–सी लड़की हूँ। पेशे से वायरोलॉजिस्ट हूँ। एक रिसर्च संस्थान में काम करती हूँ। मैंने कभी एक अमरूद भी नहीं चुराया है। मैं अनाथ हूँ और मुझे मेरी माँ की सबसे प्रिय सहेली ने पाला है। कल तक मेरी ज़िन्दगी सींक की तरह सीधी और आसान थी। आज वह टैरो कार्ड के 'हैंग्ड मैन' की तरह पेड़ से उलटी लटक रही है।

जो मेरे साथ इस लूट में शामिल हैं, वे मेरे किडनैपर्स हैं। जिससे हम लड़ रहे हैं, वह पुलिस है, लेकिन यह भी मेरी बुरी हालत बताने के लिए काफ़ी नहीं है। जिस रिसर्च पर मैं महीनों से काम कर रही थी, वह मुझे बिना किसी को बताये हमेशा के लिए मेरे किडनैपर्स के हवाले करनी पड़ेगी। ये लोग मुझे एक ऐसी यात्रा पर लेकर आये हैं, जिसका कारण और गंतव्य, दोनों ही मुझे मालूम नहीं है। पिछले 12 घण्टे में कई ऐसी बातें हुई हैं, जिन पर विश्वास करना मेरे लिए नामुमकिन है। वैसे तो मेरी पूरी ज़िन्दगी पर ही विश्वास करना मुश्किल है। मेरी ज़िन्दगी में हुई कई घटनाओं का सिरा अगर जोड़ा जाये, तो आपको मालूम होगा कि मैंने एक अविश्वसनीय ज़िन्दगी जी है।

उदाहरण के लिए, इसी घटना को ले लीजिये। एक बार कॉलेज में मैं और मेरी सहेलियाँ एक हिस्ट्री–ट्रिप पर पास के जूनागढ़ में एक मध्यकालीन राजा का महल देखने गयी थीं। हमने अपने बैग्स लगेज काउंटर पर जमा करा दिये। हमें नम्बर वाले छोटे टोकन मिले। टोकन लौटाने पर हमें अपने बैग वापस मिल जाते। मैंने टोकन जींस की जेब में रख लिया। वहाँ हमें एक बेसिक मोबाइल फ़ोन जैसा डिवाइस दिया गया। उसके साथ एक सस्ता इयरफ़ोन भी था। मैंने उसे कान में लगाया और वह डिवाइस ऑन की। उसमें बस एक ही सॉफ़्टवेयर लोड था। मैंने सॉफ़्टवेयर शुरू करने के लिए ओके का बटन दबाया। सॉफ़्टवेयर ने एक पुरुष की आवाज़ में अभिवादन किया और भाषा का विकल्प पूछा। मैंने हिन्दी का विकल्प चुना। यह एक ऑडियो गाइड था, जो महल के एक–एक हिस्से और पास से गुज़रने वाली हर चीज़ की डिस्क्रिप्शन बता रहा था। महल में हर जगह नम्बर लिखे बोर्ड लगे थे। जैसे ही आप नम्बर के पास पहुँचकर वही नम्बर फ़ोन में दबाते, वह सॉफ़्टवेयर उस जगह की पूरी जानकारी देता था। मैं महल देखते हुए और ऑडियो सुनते हुए घूमने लगी।

ऑडियो हर चीज़ की बारीकियाँ बता रहा था, जैसे महल का यह हिस्सा किसलिए इस्तेमाल होता है, कोई पेंटिंग जो वहाँ लगी है वह किस पेंटिंग की कॉपी है, अगर ओरिजिनल है तो किस चित्रकार

ने बनायी है। मैं वास्तु और इतिहास से मुग्ध होकर देखती–सुनती घूम रही थी। मेरे सहपाठी भी आस–पास ही थे।

मैं अपने सहपाठियों के साथ परकोटे पर बने शेड से नीचे की घाटी को देख रही थी। जब तेज़ धूप लगी, तो मेरा ध्यान इस बात पर गया कि सूरज सर पर आ गया है। मैं छाया में जाने के लिए सीढ़ियों से नीचे उतरने लगी। परकोटे की सीढ़ियाँ जहाँ ख़त्म होती थीं, उसके ठीक सामने एक छोटा–सा दरवाज़ा था। यह दरवाज़ा उतना अलंकृत नहीं था, जितना कि महल के बाक़ी दरवाज़े थे। मैं जब वहाँ से गुज़री, इस दरवाज़े का सादापन देखकर आकर्षित हुई। किसी अज्ञात प्रेरणा ने जैसे मेरे क़दम रोक लिए हों। मैं वहाँ ठिठकी। तभी मेरी ऑडियो फ़ाइल पॉज हो गयी। मैंने सोचा, शायद मुझसे ग़लती से पॉज का बटन दब गया होगा। मैंने उसे दुबारा चालू करने के लिए 'प्ले' बटन दबाया।

तब, पहले फ़ोन से एक मधुर धुन सुनाई दी। फिर एक स्त्री की बहुत मधुर आवाज़ आयी।

"मुग्धा, इस तरफ़ आओ।" उस स्त्री स्वर ने कहा।

मैं संगीत और इस पुकार से मंत्रमुग्ध–सी हो गयी – जैसे किसी सम्मोहन में होऊँ। मैंने एकदम नहीं सोचा कि फ़ोन में इस तरह एक सॉफ़्टवेयर से कोई मुझसे कैसे बात कर सकता है! उसी सम्मोहन की दशा में मैं उस सादे एकाकी दरवाज़े की तरफ़ बढ़ी। मेरे हाथ लगाते ही दरवाज़ा खुल गया। वहाँ हल्की रौशनी थी। आवाज़ और पुकार के सम्मोहन से बँधी मैं बिना रुके आगे बढ़ती ही जा रही थी। मुझे महसूस हो रहा था, जैसे कोई मुझे लगातार पुकार रहा हो। आगे एक गलियारे को पार करके मैं एक अजीब–से गोल कमरे में पहुँची। वहाँ ज़मीन पर एक चाकू रखा था, हल्की रौशनी में भी चमकता हुआ।

अ वॉक डाउन द मेमरी लेन

मैं आगे की कहानी बताऊँ, इससे पहले आपका यह जानना ज़रूरी है कि मेरे माता–पिता अब इस दुनिया में नहीं हैं। मेरे बचपन में उनकी मृत्यु हो गयी थी। मुझे मेरी माँ की सहेली सरला शर्मा ने पाल–पोसकर बड़ा किया है। मैंने अपने माँ–बाप को सिर्फ़ तस्वीर में देखा है।

अब फिर से उस गोल कमरे की बात–

क़ायदे से इस वक़्त कोई भी आम इनसान यह सोचेगा कि इस टूरिस्ट स्पॉट में ज़मीन पर पड़े इस चाकू का क्या अर्थ है? किसने इसे यहाँ रखा होगा? यह यहाँ कैसे आया होगा? लेकिन जाने क्यों, मैं यह जिज्ञासा महसूस नहीं कर रही थी। न जाने उस जगह में, उस माहौल में ऐसा क्या था कि मुझे लगा, मैं दुःख और अवसाद से इस कदर घिरी हुई हूँ कि मेरे जीवन का कोई अर्थ नहीं है! मुझे एक आदमी की दर्द–भरी चीख़ सुनायी दी। फिर एक औरत के सिसकने की आवाज़ आयी। फिर किसी ने मेरा नाम पुकारा। मैंने सामने देखा, तो मुझे अपने असली माता–पिता के चेहरे दिखायी दिये–अनुभा कौशल और समर्थ कौशल।

मुझे महसूस हुआ कि वे दोनों मुझे अपने पास बुला रहे हैं। वे मुझे देख मुस्कुरा रहे थे। बीच–बीच में रो भी रहे थे। मैं भी कुछ रोती, कुछ मुस्कुराती–सी बुदबुदायी।

"क्या आप मेरे माँ–पापा हैं?"

"हाँ मुग्धा, हम ही हैं।" मेरे पिता समर्थ कौशल बोले।

"क्या आपने मुझे बुलाया? फ़ोन में आपकी आवाज़ थी, माँ?" मैंने माँ को देखकर पूछा।

"हाँ, मैंने ही तुम्हें आवाज़ दी थी! मुग्धा, आओ! हमारे पास आ आओ! हमारे सीने से लग जाओ!"

माँ ने वात्सल्य में भरकर बाँहें फैला दीं। मैं किसी अबोध बालक की तरह उनसे लिपटने के लिए आगे बढ़ी, लेकिन उनकी देह तो जैसे हवा से बनी थी। मैं उन्हें छू नहीं पा रही थी।

"माँ!!" मैंने प्रश्नसूचक नज़रों से माँ–पापा की तरफ़ देखा।

"तुम्हारी देह तुम्हें हमसे अलग कर रही है, मुग्धा। उस दुनिया को छोड़ दो! इस देह से मुक्त हो जाओ! फिर हम सब यहाँ साथ रहेंगे। फिर कभी कोई हमें अलग नहीं कर सकेगा।" मेरी माँ अनुभा बोली।

मुझे ठीक लगा। मुझे लगा, मुझे अब जीवन की कोई ज़रूरत नहीं है। मैं हमेशा से जो चाहती थी, वह मुझे मिल रहा है। मैंने पास पड़ा चाकू उठा लिया। मैंने अपना हाथ काटने की कोशिश की ही थी कि तभी मेरे माता–पिता की आकृति को चीरती, एक सजी–धजी अजनबी स्त्रीकाया हवा में प्रकट हुई। उसने मेरी आँखों के पास हथेली खोली। उसकी हथेली में कोई बैंगनी पाउडर था। उसने उस पर फूँक मारी। मैं तुरन्त बेहोश हो गयी। यह सब बहुत तेज़ी–से हुआ। उस स्त्री ने सही समय पर मुझे आत्महत्या करने से रोका था, फिर भी मेरी कलाई में चाकू की खरोंच का ज़रा–सा निशान बन ही गया था। मैं पाउडर के प्रभाव से तुरन्त बेहोश हो गयी। इसके साथ ही मेरे हाथ से छूटकर चाकू वहीं गिर गया। मैं ज़मीन पर गिरने ही वाली थी कि उस स्त्री ने मुझे थाम लिया। इसके बाद जब मुझे होश आया, तो मैं अपनी टूरिस्ट बस में एक खिड़की के शीशे से सर टिकाये बैठी थी और मेरी सहेलियाँ दिन–भर के ट्रिप के बारे में बातें करते हुए हँस रही थीं।

मेरा सर भारी था।

"मैं यहाँ कब आयी?" मैंने बगल में बैठी लड़की से पूछा।

"तुम कब आयी, तुम्हें ही मालूम होगा न। हमें नहीं मालूम। जब हम यहाँ आये, तो तुम सीट पर बैठी, खिड़की के काँच पर सर रखे सो रही थी!" वह मुँह बिचकाकर बोली।

मैं अक्सर 'बुली' की जाती थी। मेरी सहपाठिनों ने मेरा नामकरण भोंदू, वीयर्ड और न जाने क्या–क्या कर रखा था। मैंने सीट से उचककर सिर उठाकर पूरी बस को देखा। वहाँ मेरे सहपाठियों और टीचर्स के अलावा कोई नहीं था। सब सामान्य ढंग से हँस रहे थे और बातें कर रहे थे। फिर मैंने अपनी कलाई देखी। वहाँ ज़रा–सी खरोंच थी यानि चाकू वाली बात सपना या मेरा भ्रम नहीं था। मैं किसी से इस बारे में बात करना चाहती थी, लेकिन न जाने क्यों मुझसे कुछ कहा नहीं गया। बचपन से जब भी मैं कुछ अजीब होता देखती और किसी से कहने की कोशिश करती थी, लोग मेरा मज़ाक़ उड़ाते थे।

फिर भी मैंने अपनी सहपाठिन तृष्णा से पूछा, "अच्छा सुनो, क्या महल में मिले फ़ोन में कोई म्यूज़िक बजा या किसी औरत की आवाज़ सुनायी दी थी?"

"नहीं तो! हमारे फ़ोन में तो मेल गाइड की आवाज़ थी। क्यों, तुम्हारे में कुछ स्पेशल था क्या?"

तृष्णा ने व्यंग्य से कहा। फिर वह मुड़ी और चार–पाँच सीट पीछे तक आवाज़ सुनायी दे, इतना चिल्लाकर बोली–

"अरे, सुनो सब! मुग्धा मैडम को महल में स्पेशल ट्रीटमेंट मिला! इनके फ़ोन में कोई औरत थी और उसने इनको म्यूज़िक भी सुनाया! हा हा!... क्या वह तुम्हारी मरी हुई माँ थी, मुग्धा?"

तृष्णा ने चिढ़ाने के लहज़े में कहा और सब 'खी–खी' करके हँस पड़े। मैं रुआँसी हो गयी। आँसू छिपाने के लिए मैंने खिड़की की तरफ़ मुँह फेरा और सोने का नाटक करके आँखें बन्द कर लीं। वह बचपन था, जब मैंने सोचा था कि इससे अजीब मेरे साथ क्या हो सकता है? आज, अभी मुझसे कोई कहे कि उसने आसमान से हाथी बरसते देखा या तालाब में बतख़ की जगह ऊँट तैरते देखे, तो मुझे रत्ती–भर भी अजीब नहीं लगेगा।

अभी इस जानलेवा भिड़ंत के समय मैं बुरी तरह डरी हुई हूँ। मुझे मर जाने का डर नहीं है। डर है अपनी पालने वाली माँ सरला शर्मा और भाई अनूप से फिर न मिल पाने का। मुझे कुछ करना होगा।

मैं उन्हें इस दुनिया में अकेला छोड़कर नहीं मर सकती। थोड़ी देर पहले मैंने गोलियों से डरकर कान बन्द कर लिए और झुककर मलबे में छिप गयी थी। जब मैंने फ़ायरिंग के बीच आँखें खोलीं, तो वह आदमी जो मेरी सुरक्षा करने की कोशिश कर रहा था, अब मेरे बगल में लाश बनकर पड़ा था और मैं पुलिस वाले के गन–पॉइंट पर थी। यह सब एक बुरे सपने जैसा है, एक ऐसा सपना जिससे आप निकलना चाहें, लेकिन निकल न सकें। आप सोच रहे होंगे, मेरे साथ यह सब कैसे और क्यों हुआ? मैं आगे आपको यही बताना चाहती हूँ।

रात जैसी एक रात

लेकिन उससे पहले मैं यह बताती हूँ कि मैं यहाँ कैसे पहुँची। अचानक ही एक दिन मैंने पाया कि मैं एक रेगिस्तान में फटे चीथड़ों में चली जा रही थी। मेरे पैरों में चप्पल नहीं है। रेत में जलकर मेरे पाँव पूरी तरह जामुनी–काले पड़ गये हैं। मुझे प्यास लगी है।

"कोई है?" मैं ज़ोर–से आवाज़ देती हूँ।

कोई जवाब नहीं आता। मैं थककर वहीं रेत पर धम्म से बैठ जाती हूँ।

थोड़ी देर बैठे रहने के बाद मैं फिर हिम्मत करके उठती हूँ। आगे बढ़ती हूँ। कुछ कँटीली झाड़ियों के अलावा दूर–दूर तक किसी जीवित चीज़ का निशान नहीं दिखता। मेरे सर पर तेज़ चमकता लगभग चीत्कार करता सूरज आग बरसा रहा है। मेरे गले में इतनी प्यास है कि लगता है, यह प्यास दाँत और जीभ सहित मुझे अन्दर खींचकर मुझे मेरे ही पेट में पटक देगी। मेरा सर चकरा रहा है। पाँव टेढ़े–मेढ़े पड़ रहे हैं। हर क़दम के साथ मैं बालू की तरफ़ थोड़ा और झुकती जा रही हूँ। अब गिरी कि तब गिरी।

धड़ाम!!

मैं रेत और गरमी से और नहीं लड़ सकती। अब मेरा आधा शरीर बालू में धँसा है। आधा चेहरा भी बालू में धँसा है। बालू से स्पर्श पाकर मेरा शरीर जल रहा है। मैं मर रही हूँ या फिर मैं अग्नि की शय्या में सो रही हूँ। आग धीरे–धीरे मुझे जला रही है, मैं धीरे–धीरे अन्दर धँस रही हूँ। यह शय्या मुझे खा रही है। रेत के कण आग के असंख्य नुकीले दाँत हैं।

मैं इनमें इतना फँस चुकी हूँ कि बाहर निकल नहीं सकती। मैं दर्द और जलन से बिलबिला रही हूँ, लेकिन रेगिस्तान ने बिलबिलाने की ताक़त भी मेरी देह से छीन ली है। मेरी आत्मा चीत्कार करना चाहती है, लेकिन देह ने समर्पण कर दिया है। मैं आधी बेहोशी, आधी जाग के बीच हूँ। निस्सहाय। तभी अचानक मुझे महामृत्युंजय मन्त्र सुनायी देता है। मेरी आँखें खुलती हैं। यहाँ कोई रेगिस्तान नहीं है। यह एक सपना है, जो मैं पिछले कई सालों से लगातार देखती आ रही हूँ। जो मन्त्र मुझे सुनायी दिया, वह मेरे ही फ़ोन का रिंगटोन था। लेकिन मेरा फ़ोन कहाँ है? मैं कहाँ हूँ? यह कौन–सी जगह है?

स्वप्न से मेरी आँखें खुलीं, तो सर में भारीपन और तेज़ दर्द महसूस हुआ। मैंने सर उठाया और सामने की तरफ़ देखा। आगे अन्धकार था। मेरी नज़र धुँधली–धुँधली–सी आगे के अन्धकार को टटोलने की कोशिश करने लगी। मैं एक कमरे में हूँ। सामने की दीवार पर अलमारी बनी है। उस पर एक जलती लालटेन रखी है। उसकी रौशनी में मैंने देखा कि वहाँ एक छोटी टेबल और लोहे की एक कुर्सी रखी थी। लोहे का एक दरवाज़ा था, जो बन्द था। और कुछ भी नहीं था। मैंने हाथ से अपना सर छूना चाहा, लेकिन मेरे हाथ बँधे थे। मैंने अपने पैर देखे, वे भी बँधे थे। मैं छटपटायी। मैंने हाथ–पैर रस्सी से निकालने की कोशिश की। इससे मेरी कलाई और पिण्डलियों में बने खरोंचों के निशान पर रस्सी से रगड़ खाने की वजह से दर्द शुरू हो गया। मैंने दर्द से हारकर यह कोशिश बन्द कर दी।

बाहर चल रही हवा की सांय–सांय अन्दर कमरे में भी गूँज रही थी। अन्दर ठण्ड थी। मैंने आज ऑफिस के लिए घर से निकलते समय आसमानी पेंसिल स्कर्ट पहनी थी। मेरी खुली ज़ख़्मी टाँगों को दरवाज़े की दरारों से छनकर आती हवा छूती तो लगता, जैसे किसी ने ज़ख़्म पर गोयँठा रगड़ दिया है। उन पर लगा ख़ून अपने थक्के बना चुका था। ज़ख़्म गहरे नहीं थे। बस, ऊपरी चमड़ी छिली हुई थी। मेरे हाथों, पैरों और कपड़े में थोड़ा–बहुत सूखा कीचड़ लगा था।

कमरे में कहीं से किसी जानवर की सड़ी हुई लाश की तेज़ गन्ध आ रही थी। मुझे ज़ोर की उबकाई आने लगी। डर वैसे भी मेरे अन्दर एक अजीब उबकायी वाली स्थिति पैदा कर देता है। यहाँ तो इतनी गन्ध थी कि कोई और वक़्त होता, तो भी मैं उल्टी कर देती। अभी तो मुझे ऐसा महसूस हो रहा था, जैसे मेरे पेट में एक बड़ा–सा ब्लैकहोल है। मैं कितनी भी उल्टी करूँगी, यह बाहर नहीं आयेगा। इस डरावनी जगह की सारी मनहूसियत, डरावनापन और अन्धकार जैसे मेरे पेट में अन्दर घुसे ब्लैकहोल में समाता जा रहा है। मैंने इधर–उधर देखने की कोशिश की। मुझे कोई इनसान नहीं दिखा। यह एक बड़े कमरे जैसी जगह थी। इतनी बड़ी नहीं कि इसे हॉल कहा जाये, इतनी छोटी भी नहीं कि इसे कमरा मान लिया जाए।

भय, दर्द और घबराहट में उबकायी नियन्त्रित करते हुए मैंने याद करने की कोशिश की कि मैं आख़िर यहाँ कैसे पहुँची। जैसा कि मैंने आपको पहले बताया, मैं मुग्धा शर्मा, अन्तरराष्ट्रीय ख्याति–प्राप्त वायरोलाजिस्ट हूँ। इस समय पूरी दुनिया एक संक्रामक महामारी के ख़तरे से लड़ रही है, जिसका इलाज किसी के पास नहीं है। यह वायरस, रेस्पिरेशन सिस्टम को निशाना बनाता है। इसके सम्पर्क में आने के दो दिन बाद लोग साँस फूलने और बुख़ार की वजह से मर जाते हैं। यह महामारी कुछ–कुछ इक्कीसवीं सदी के उन्नीसवें साल में फैले कोविड की महामारी की तरह ही है। अन्तर बस इतना है, उसमें क़रीब–क़रीब सत्तानवे–अट्ठानवे प्रतिशत लोग इन्फ़ेक्ट होने के बाद भी बच जाते थे, जबकि इस महामारी में बचने वालों का प्रतिशत उससे बहुत कम है। पूरी दुनिया के चिकित्सक और जीव विज्ञानी इसका हल ढूँढ़ना चाहते हैं, लेकिन कोई भी अब तक इसका हल ढूँढ़ने के क़रीब नहीं पहुँचा है। जहाँ तक मेरी बात है, वह कुछ अलग है। मुझे अपने सपने में भी इस वायरस के सम्भावित वैक्सीन ही नज़र आते हैं। मैंने इस पहेली को हल करने के लिए साल भर से दिन–रात का कोई पहर नहीं देखा। मैं पागलों की तरह काम करती थी। सिर्फ़ खाने और सोने के लिए घर जाती थी। घर जाकर भी मैं पाँच–छः घण्टे से अधिक

नहीं सो पाती थी। किडनैपिंग की रात जब मैं नौवें माले के टॉप फ़्लोर में बनी अपनी लैब से निकली, तब रात के साढ़े बारह बज रहे थे। देर रात का समय था, इसलिए सब लोग घर जा चुके थे। सिर्फ़ ऑफिस का रात का चौकीदार गोरखा रौशन ही इस समय ड्यूटी पर होता है। मैं कैब बुक करके बाहर आयी। मैंने देखा कि वह अपनी कुर्सी पर नहीं था। हालाँकि उसकी कुर्सी के पास थोड़ी रौशनी दिखायी दे रही थी। शायद वॉशरूम गया होगा। मैंने एक बार चारों तरफ़ देखा। घोर अँधेरे में वह ज़रा–सी रौशनी वाली जगह ऐसी दिख रही थी, जैसे अन्धकार के समन्दर में उजाले की छोटी कश्ती। यूक्लिप्टस के पत्ते और डालियाँ हिलतीं, तो रौशनी का दायरा भी हिलता। अन्धकार आगे बढ़कर रौशनी की नैया डुबो देना चाहता था। मैं तेज़ चल रही थी। मुझे अपनी ऊबर कैब के लिए इस रिसर्च इंस्टिट्यूट के बाहर वाली रोड तक जाना था। मोबाइल एप में कैब आने में बस एक मिनट का समय दिखा रहा था।

अधिकतर यह होता था कि रौशन मुझे देखते ही उठ खड़ा होता और मुझे बाहर वाली सड़क तक छोड़कर आता। वह अक्सर कहता था कि मुझे अब अपने लिए कार ले लेनी चाहिए, लेकिन मैं लगातार काम की वजह से इस ख़रीद को टालती जा रही थी, जिसका मुझे अभी अफ़सोस हो रहा है। दूर से सड़क एकदम ख़ाली दिख रही थी। मेन गेट पार करके जैसे ही मैं कम्पाउंड के पार बाहरी सड़क पर आयी, किसी ने मेरे मुँह पर कपड़ा रखकर मेरे मुँह–नाक को ज़ोर–से दबाया। इसके बाद मेरी आँखों के सामने अँधेरा छा गया। फिर आगे मुझे कुछ याद नहीं है।

मेरे सर में अब भी बहुत दर्द था, लेकिन मैंने ख़ुद को संयत किया। डर पर काबू पाने की कोशिश करने के बाद मैं अपने चारों ओर के वातावरण को ध्यान से देखकर समझने की कोशिश करने लगी। कई बार आँखें खोलने और बन्द करने के बाद जब मैंने आँखों को सिकोड़ कर देखा तो टेबल पर मुझे मेरा पर्स पड़ा दिखायी दिया। उसमें मेरा मोबाइल भी होगा, जो थोड़ी देर पहले एक बार बजा था। अगर मैं किसी तरह उस तक पहुँच जाऊँ, तो शायद मदद के लिए किसी को

बुला सकूँ, किसी को कोई मैसेज या कॉल कर सकूँ। मैंने कुर्सी हिलाने की कोशिश की, लेकिन वह एक खम्भे से बँधी हुई थी। थोड़ी–बहुत खड़–खड़ की आवाज़ के अलावा मेरी कोशिशों का कोई परिणाम नहीं निकला।

इतने में कमरे में मौजूद एकमात्र दरवाज़े के पार कुछ हलचल हुई और कुछ आवाज़ें सुनायी दीं। मैंने कुर्सी और शरीर हिलाना बन्द कर दिया। शायद ये मेरे किडनैपर्स होंगे। मुझे नहीं मालूम, ये लोग कौन हैं और मुझे यहाँ क्यों लेकर आये हैं, लेकिन अगर इन्हें मुझे मारना होता या मेरा बलात्कार करना होता, तो अब तक कर चुके होते। मेरे कपड़े सही–सलामत हैं और शरीर में मामूली खरोंचों के अलावा कोई और दर्द नहीं है। मतलब, इन्हें मुझसे कुछ और चाहिये। लेकिन क्या? मेरे घर वालों से फिरौती या फिर ये ह्यूमन ट्रैफ़िकिंग से जुड़ा कोई रैकेट है? मैंने आँखें बन्द करके बेहोश होने का अभिनय किया, जिससे जब वे अन्दर आयें, मैं उनकी बातें सुन सकूँ। मुझे दरवाज़ा खुलने की आवाज़ आयी और फिर कुछ लोग अन्दर आये। मैं सिर एक तरफ़ लुढ़काए, केशों के बीच अपना चेहरा गाड़कर अचेत होने जैसी मुद्रा बना, चौकन्नी होकर सुनने की कोशिश करने लगी। मेरे चेहरे पर अचानक तेज़ रौशनी आयी। पता नहीं, उन्होंने रौशनी के लिए क्या इस्तेमाल किया था, जिसकी वजह से यह बहुत तेज़ रौशनी पैदा हुई थी। मेरी आँखें बन्द थीं, लेकिन फिर भी बन्द आँखों को यह असह्य–सी प्रतीत हो रही थी।

"मुझे पता है, तुम होश में हो मिस मुग्धा। यहाँ चारों तरफ़ कैमरे लगे हैं। हमें दिखायी दिया कि तुम होश में आयी थी और फिर हमें अन्दर आता जानकर तुमने यह नाटक किया। इसलिए हमसे बात करो। इसमें ही तुम्हारी भलाई है!"

मैंने कोई जवाब नहीं दिया। वैसे ही एक्टिंग करती रही। कौन है यह आदमी? इसे मेरा नाम पता है! आख़िर यह मुझसे क्या चाहता है?

परछाइयों की दौड़

मैंने कोई जवाब नहीं दिया। वैसे ही एक्टिंग करती रही। आँखें नहीं खोलीं। अचानक मेरे शरीर से कई लीटर बर्फ़ीला पानी टकराया। लगा, जैसे किसी ने मेरी पूरी देह को बर्फ़ के चिलचिलाते कुण्ड में डाल दिया हो। मुझे इसकी बिल्कुल उम्मीद नहीं थी। मैं थोड़ा चौंकी। फिर भी मैंने बेहोश होने का नाटक जारी रखा। मेरे केशों ने मेरा चेहरा ढक रखा था। मैंने अपने आप को एकदम स्थिर किये रखा। ज़रा भी नहीं हिली। उनकी तरफ़ से कोई आवाज़ नहीं आयी। शायद वे लोग इशारों में बातें कर रहे थे।

"अगर तुम आँखें नहीं खोलोगी, तो मजबूरन हमें तुमको पैर में गोली मारनी पड़ेगी! शायद इससे तुम अपना यह नाटक बन्द कर दो!"

फिर से वही आवाज़ आयी। मैंने कोई हरकत नहीं की। इतने में गोली चलने की आवाज़ आयी। लगा, मेरे दाहिने कान के पास किसी ने झन्नाटेदार बम फोड़ दिया हो। उनमें से किसी ने शायद मुझे डराने के लिए मेरे कान के पास से रिवॉल्वर से फ़ायर किया था। मैं डर और आवाज़ की तीव्रता से चीख़ पड़ी।

"अब ठीक है!" उसी आवाज़ ने कहा, "कम–से–कम अब हम बात कर सकते हैं!"

मैंने आँखें खोल दी थीं। सामने देखा, रौशनी इस तरह से की गयी थी कि मैं सिर्फ़ सामने मौजूद लोगों की आदमक़द छायारेखा ही देख पा रही थी, जैसे किसी ने उन्हें कार्डबोर्ड के पुतले–सा काटकर रौशनी के आगे खड़ा कर दिया हो। उनका चेहरा, वेशभूषा, कुछ भी

साफ़ नहीं दिख रहा था। वे आठ–दस लोग थे जिसमें से एक उसी कुरसी पर बैठा हुआ था, जिसे मैंने थोड़ी देर पहले टेबल के पास रखे देखा था। बाक़ी सात उसके दोनों ओर हाथ बाँधे बॉडीगाड्र्स की तरह खड़े थे। वे सब काले सूट और काले जूते पहने थे। उनके कानों में सीक्रेट एजेंट्स की तरह माइक्रोफ़ोन के घुँघराले तार लगे दिख रहे थे। मैंने ज़ोर डालकर देखने की कोशिश की कि क्या उन्होंने काले चश्मे भी पहने हैं? शायद अभी रात के समय यह ज़रूरी नहीं था। मुझे चश्मे नहीं दिखे। वैसे भी मैं उनकी आँखें देख नहीं पा रही थी, तो यह कोशिश ग़ैरज़रूरी थी। ऐसे लोग चश्मे पहनते ही इसलिये हैं कि लोग उनकी आँखों की मूवमेंट्स न देख सकें। लोग यह न जान पायें कि वे कहाँ देख रहे हैं। उनका पहनावा एकदम फ़िल्मों में दिखने वाले हाई प्रोफ़ाइल सिक्युरिटी एजेंट्स जैसा था। आख़िर ये कौन लोग हैं? मुझसे क्या चाहते हैं? क्या ये कोई सरकारी एजेंट हैं? अगर ऐसा है, तो मुझे ऐसे ग़ैर–क़ानूनी तरीक़े से अपहरण करके क्यों लाते? मुझे कुछ समझ नहीं आ रहा था। तभी उनमें से एक बोला–

"मैं सीधे मुद्दे पर आता हूँ। तुम शायद यही सोच रही होगी कि तुम यहाँ क्यों हो और हम कौन हैं? यह भी कि हम तुमसे क्या चाहते हैं? हम कौन हैं, यह जानना तुम्हारे लिए ज़रूरी नहीं है, लेकिन यह ज़रूर तुम्हारे लिए महत्त्वपूर्ण है कि हम तुमसे क्या चाहते हैं? हम जानते हैं कि तुम मिरेकल रिसर्च इंस्टिट्यूट में बतौर वायरोलॉजिस्ट काम करती हो और यह भी कि तुम्हारा काम मूलतः इस बात का इलाज ढूँढ़ना है कि कोशिका में अनचाहा ग्रोथ क्यों होता है? कैसे एक स्वस्थ कोशिका एक ज़हरीले ट्यूमर का रूप ले लेती है? इन शॉर्ट, तुम कैंसर और ऑटो–इम्यून बीमारियों के इलाज की राह ढूँढ़ रही हो। लेकिन हमारे लिए जो ज़रूरी है, वह ये कि अभी संसार में जो महामारी फैली है, तुम उसका इलाज ढूँढ़ने वाली टीम की हेड भी हो। हम यह भी जानते हैं कि तुम इस गुत्थी को सुलझाने के बहुत क़रीब हो। शायद आने वाले कुछ दिनों में तुम इसे हल भी कर लोगी। हम सिर्फ़ इतना चाहते हैं कि तुम अपनी अब तक की रिसर्च और उसका आउटकम हमारे हवाले कर दो।

साथ ही, हमें तुम्हारी माँ का दिया हुआ तुम्हारा पुश्तैनी लॉकेट भी चाहिये, जो हमें तुम्हारे शरीर और तुम्हारे फ़्लैट में कहीं नहीं मिला।"

"और मैं ऐसा क्यों करूँ?" मैंने पूछा।

"क्योंकि अगर तुमने ऐसा नहीं किया, तो इससे तुम्हारे परिवार पर ख़तरा आयेगा। यह देखो।"

उसने एक लैपटॉप आगे किया। उसमें दो भाग में विभाजित स्क्रीन दिख रहा था। मैंने ग़ौर से देखा। उसमें मेरा गाँव वाला घर दिख रहा था, जिसके एक कमरे में सरला माँ सो रही थी, दूसरे में मेरा छोटा भाई अनूप। एक नक़ाबपोश इनसान उसके पलंग के ठीक सामने खड़ा था। उसके हाथ में बन्दूक़ थी, जिससे उसने माँ के सिर पर निशाना लगा रखा था। भाई के कमरे में दो लोग थे। दोनों नक़ाबपोश थे। वे चुपचाप उसकी निगरानी कर रहे थे। यह पहले की रिकॉर्डेड फुटेज थी, यानि इन्होंने ज़रूर उन्हें बन्दी बना रखा होगा।

सरला माँ मेरी असली माँ नहीं है। उसने मुझे बस पाला है। मेरी असली माँ अनुभा कौशल उनकी सहेली थी। एक दिन की बात है, मेरी माँ मुझे लेकर सरला शर्मा के दरवाज़े पर प्रकट हुई। सरला शर्मा बहुत दिन बाद घर आई अपनी सहेली को देखकर ख़ुश हुई। उसका सत्कार किया। देर रात तक वे दोनों बचपन की बातें करती रहीं। फिर माँ ने रात–भर उसी घर में रुकने की इच्छा ज़ाहिर की, जिसे सरला शर्मा ने सहर्ष मान लिया। सुबह जब सरला शर्मा चाय देने गयी, तो कमरे में उसकी सहेली नहीं थी। सिर्फ़ उसकी बच्ची यानि मैं थी। मेरे पास एक सोने की एक चेन पड़ी थी, जिसमें एम्बर जैसा दिखने वाला एक लॉकेट था। पास ही एक ख़त था, जिसमें लिखा था कि एक दिन मेरी माँ अपनी बेटी को लेने ज़रूर आयेगी। तब तक सरला शर्मा ही उसका पालन–पोषण करे। जो नेकलेस वह छोड़कर जा रही हैं, उसे किसी क़ीमत पर मुझसे अलग न किया जाये और जब बेटी बड़ी हो जाये, तो उसे माँ की निशानी और विरासत के तौर पर यह नेकलेस दे दिया जाये। माँ ने मेरे लिए अपनी और मेरे पिता की एक तस्वीर भी छोड़ी थी।

मुझे एकदम समझ नहीं आ रहा था कि इन लोगों को मेरे रिसर्च के बारे में इतना कैसे पता है? और भला बीस हज़ार से भी कम के उस मामूली आभूषण में इनकी इतनी क्या रुचि है ?

"लेकिन वह नेकलेस तो अब मेरे पास नहीं है।" मैंने कहा

"क्या? फिर वह कहाँ है?"

"मुझे कैसे मालूम होगा? पढ़ाई के अन्तिम साल मैंने फ़ीस भरने के लिए उसे एक लोकल लोन शार्क को उन्नीस हज़ार में बेच दिया था।"

"किसे बेचा था? बताओ वरना माँ और भाई की मौत की ज़िम्मेदार तुम होगी!"

"दामोदर नगर के चौराहे के पास वाली जूलरी शॉप में बेचा था। तुम मुझसे उसके बदले पैसे ले लो, लेकिन मेरे परिवार को कुछ नहीं करना।"

"तुम समझती हो, हम तुम्हें यहाँ पैसे के लिए लाये हैं, मुग्धा? तुम्हारी रिसर्च और तुम्हारी माँ का पेंडेंट हमारे लिए दोनों चीज़ें बहुत ज़रूरी हैं, और हमें दोनों चाहिए। हमारे पास अधिक समय नहीं है। जब तक दोनों चीज़ें हमें मिल नहीं जातीं, तुम हमारी मेहमान रहोगी और उन्हें हासिल करने में हमारी मदद करोगी।"

"और अगर उसने वह पेंडेंट किसी और को बेच दिया हो तब? क्या तुम मुझे मार डालोगे?" मैंने पूछा।

"हम धरती के अन्तिम आदमी से भी वह लॉकेट हासिल कर लेंगे। इसकी चिन्ता तुम मत करो। बस, हमसे झूठ बोलने की कोशिश मत करना!"

"मैं समझ नहीं पा रही उस मामूली से लॉकेट के लिए तुम इतने बेचैन क्यों हो? और तुम मेरी माँ को कैसे जानते हो?"

मेरे मन में सवालों की सुनामी आयी हुई थी। मैं सबके जवाब चाहती थी।

एक अनजाने सफ़र की शुरुआत

"तुम्हारा काम सवाल पूछना नहीं है! इन सवालों का जवाब हम तुम्हें नहीं दे सकते। यह हमें अन्दाज़ा नहीं था तुमने वह नेकलेस बेच दिया होगा! तुम्हारे लिए कपड़े हैं। पहन लो और अपनी हालत सुधार लो। सबसे पहले हम पेंडेंट ढूँढ़ेंगे, फिर तुम्हारे रिसर्च सेंटर जायेंगे। हमें नहीं पता तुम सच बोल रही हो या झूठ, इसलिए जब तक डाटा और पेंडेंट हमें मिल नहीं जाते, तुम भी हमारे साथ रहोगी और मिशन में भी हमारे साथ चलोगी।"

"लेकिन मैं यह कैसे मान लूँ कि तुम डाटा और पेंडेंट मिलने के बाद मुझे और मेरे परिवार को छोड़ दोगे?" मैंने पूछा।

धीमी हँसी के साथ वह आदमी बोला–

"हमारी बात मानने के अलावा क्या तुम्हारे पास कोई और रास्ता है? क्या तुम अपने परिवार वालों की मौत की ज़िम्मेदार होना चाहती हो? अगर नहीं, तो हम जैसा कहते हैं, वैसा करो। तुम्हारे लिए जो नये कपड़े हैं, तुम इन्हें पहन लो। हम नहीं चाहते तुम्हारे ज़ख़्म और फटे कपड़ों को देखकर किसी को शक़ हो और बेकार में हमें और ख़ून बहाना पड़े। हम जैसा कहते हैं, करते जाओ तो तुम्हें कोई तकलीफ नहीं होगी और अगर तुमने कोई चालाकी करने की कोशिश की, तो तुम और तुम्हारा परिवार, दोनों बेमौत मारे जायेंगे। हम थोड़ी देर में वापस आयेंगे। अब चुपचाप कपड़े पहनो और मिशन के लिए तैयार हो जाओ।"

मेरे मन में कई सवाल थे। ये लोग कौन हैं? इन्हें मेरा मामूली–सा दिखने वाला पुश्तैनी लॉकेट क्यों चाहिये? क्या मेरी जैविक माँ की इनसे

कोई पहचान है? यह मेरे साथ क्या हो रहा है और वह कौन–सा मिशन है, जिसका ये लोग ज़िक्र कर रहे हैं? लेकिन मैं समझ गयी थी, इनसे कुछ पूछने का कोई मतलब नहीं है। ये लोग मुझे कुछ नहीं बतायेंगे।

वे लोग कमरा ख़ाली करके जा चुके थे। उनमें से एक ने जाते समय मेरे हाथ खोल दिए और मुझे पानी के दो पाउच के साथ कपड़े का बैग और एक जोड़ी जूते दिये। मैंने उस समय उसे क़रीब से देखा। उसने चेहरे पर सफ़ेद मास्क पहना हुआ था। वह मास्क सतह पर चमकीला था, जैसे सिरेमिक का हो। शायद बाक़ी सब ने भी ऐसे ही मास्क पहन रखे होंगे। रौशनी के साये में दूर से देखने पर कद–काठी में वे सब आदमी एक–दूसरे की फ़ोटोकॉपी लग रहे थे, जैसे एक ही सांचे से ढाल कर निकाले गये हों।

पानी देखकर मुझे ख़याल आया कि न जाने कब से मैं बहुत प्यासी हूँ। मैंने गटागट एक पाउच का पूरा पानी पी लिया। दूसरे पाउच से मैंने अपने चेहरे और खरोंचों की सफ़ाई की। फिर मैंने उनके दिए कपड़े–जूते पहन लिये। मुझे वे फ़िट आये। शरीर से चिपका हुआ काले लेदर का बॉडी सूट जैसे मेरे लिए ही बनाया गया हो। इनको मेरा साइज़ कैसे पता है? कई सवालों की तरह यह सवाल भी अभी बेमानी है।

मैं तैयार होकर कुर्सी पर बैठ गयी और उनका इन्तज़ार करने लगी।

जिस तरह से इन लोगों ने मेरी माँ का ज़िक्र किया था, मैं सोच में पड़ गयी थी कि क्या ये लोग मेरी माँ को जानते थे? बचपन में मैं जब भी सरला माँ से अपनी असली माँ–पिता के बारे में सवाल करती थी, वे मुझसे सिर्फ़ इतना ही कहती कि वे एक–एक करके दुर्घटनाओं में मारे गये। अधिक पूछने पर वे मुझे यह कहकर टाल देती थी कि क्या मैं तुम्हें प्यार नहीं करती कि तुम हमेशा अनुभा के बारे में पूछती रहती हो? फिर मैंने पूछना छोड़ दिया और अपनी ज़िन्दगी में व्यस्त हो गयी। लेकिन मेरे मन से मेरी माँ और पिता को लेकर सवाल कभी गये नहीं थे। मैंने एक–दो बार उनके बारे में पता करने की कोशिश की, लेकिन मेरे हाथ कोई ख़ास जानकारी नहीं लगी।

मैं सिर्फ़ इतना ही पता कर सकी कि मेरी माँ अनुभा कौशल एक समृद्ध ज़मींदार की बेटी थी, जिन्हें मेडिकल पढ़ने के दौरान एक विजातीय मनुष्य से प्रेम हो गया था। पिता ने उनका यह प्रेम स्वीकार नहीं किया और वे अपने पिता की मर्ज़ी के ख़िलाफ़ मेरे पिता समर्थ कौशल से ब्याह करके कहीं और जाकर बस गईं। फिर उन दोनों में अलगाव हुआ और मेरी माँ मुझे लेकर अलग रहने चली आईं। स्वतन्त्र भारत में ज़मींदारी नहीं बची। उससे जमा किये गये धन का भी धीरे–धीरे नाश हो गया। जब तक माँ वापस अपने घर आईं, उनकी माँ की मृत्यु हो गयी थी। पिता ने तब भी उन्हें स्वीकार नहीं किया। फिर कुछ दिन बाद किसी दुर्घटना में वह भी चल बसे। ठाकुर साहब के जाने के बाद उनका घर खण्डहर बन गया। रिश्तेदार बची–खुची सम्पत्ति हड़प गये। मुझे यही कहानी बतायी गयी थी। इससे अधिक कुछ भी मुझे मालूम नहीं था।

माँ इन्हीं हालात में अपनी सहेली के पास मुझे छोड़कर कहीं ग़ायब हो गयी। वह कहाँ गईं? क्यों गईं, यह किसी को मालूम नहीं था। बहुत बरस बाद मैंने अख़बार में पढ़ा कि अनुभा कौशल नामक एक औरत, जो किसी के साथ लगकर तस्करी का काम करने लगी थी, पुलिस से भागते समय मध्य हिमालय के किसी हिल स्टेशन में एक कार दुर्घटना में मारी गयी। लाश का कुछ पता नहीं चला। सबने मान लिया कि जंगल में कोई जानवर उनकी लाश उठा ले गया होगा और खा गया होगा। सबके साथ मैंने भी मान लिया कि वे मर चुकी हैं। वैसे भी उन्होंने अपनी मर्ज़ी से मुझे छोड़ा था, इतना तो मुझे मालूम था।

मेरे ख़यालों की यह शृंखला तब टूटी, जब बाहर दरवाज़ा खुलने की आवाज़ आयी। थोड़ी देर में दो लोग अन्दर आये और मुझे बाहर चलने का इशारा किया। बाहर बड़ा–सा खुला हॉल था। यह किसी पुराने वेयरहाउस का मुख्य भाग लग रहा था। बहुत सारे कार्डबोर्ड इधर–उधर बिखरे पड़े थे। कहीं–कहीं से छत चू रही थी। पानी टपकने की आवाज़ भी उस बियाबान में इतनी साफ़ थी कि इससे सिहरन हो रही थी। मैं चुपचाप एक तरफ़ खड़ी हो गयी। मुझे बहुत डर लग रहा था।

इतने में हॉल का बड़ा दरवाज़ा खुला और एक वैन अन्दर आयी। उसमें से दो आदमी उतरे। उनके भी चेहरे ढँके हुए थे। उन्होंने वैन का पिछला दरवाज़ा खोला और उसमें से एक औरत और एक लड़का बाहर आए।

यह औरत और कोई नहीं, मेरी माँ सरला शर्मा थी। ये लोग उन्हें और मुझसे दो साल छोटे मेरे भाई अनूप को बन्दी बनाकर यहाँ ले आये थे। मुझे जीवन में पहली बार भयानक डर का एहसास हुआ, अपने जीवन की अन्तिम निधियों को खो देने का डर। रुलाई का एक गोला मेरे अन्दर उबला। यह दोनों मेरे जीवन के अन्तिम स्तम्भ हैं। इनके अलावा इस दुनिया में मेरा कोई नहीं है। मैं किसी क़ीमत पर इन्हें नहीं खोना चाहती।

दुःख की विरासत

माँ और भाई को सामने देखकर मैं बिखर–सी गयी।

''माँ–माँ'' चिल्लाती हुई मैं सरला माँ की तरफ़ भागी और उनसे लिपट गयी। हम दोनों ही रोने लगे। मैं रोना नियन्त्रित करके माँ को सान्त्वना देने लगी कि कुछ नहीं होगा, सब ठीक हो जायेगा। भाई भी माँ और मुझे पकड़कर हमारे साथ ही रो रहा था। उन्हें देखकर मैंने ख़ुद को सँभाला। अपने अन्दर की तमाम हिम्मत इकट्ठा की, अपने आँसू पोछे और माँ से बोली–

"माँ, तुम चिन्ता मत करो। मैं ज़रूर तुम्हें यहाँ से निकालकर ले जाऊँगी। मैं सब ठीक कर दूँगी। एकदम नहीं डरना और मेरे लौटने का इन्तज़ार करना।"

माँ ने 'हाँ' में सर हिलाया। मैंने भाई का माथा चूमा और नक़ाबपोशों की तरफ़ पलट कर बोली–

"अगर मुझे यह करना ही है, तो देर करने का अब कोई मतलब नहीं है। बताओ, क्या प्लान है? पहले कहाँ जाना है?"

उन्होंने मुझे कार में बैठने का इशारा किया।

"तुम्हें प्लान रास्ते में समझा दिया जायेगा। मिशन पूरा होने तक तुम्हारी माँ और भाई हमारे यहाँ बन्दी रहेंगे।"

मैं चुपचाप वैन की ओर चल दी। वैन में बैठते ही उन्होंने मेरा सर काले कपड़े से ढक दिया। वे नहीं चाहते थे कि इस जगह की लोकेशन के बारे में मुझे कुछ मालूम हो। वैन चल रही थी और उसके साथ ही मेरे विचारों की रेल भी अतीत में कहीं चल रही थी।

भले ही सरला शर्मा मेरी सगी माँ नहीं हैं, लेकिन उनके साथ मेरा बचपन बुरा नहीं बीता है।

मेरी माँ अनुभा के जाने के बाद सरला शर्मा ने मेरे पालन–पोषण में कोई कमी नहीं छोड़ी। वह चाहती, तो मुझे किसी अनाथ–आश्रम में रख कर अपनी ज़िन्दगी सुख–शान्ति से बिता सकती थी, लेकिन उन्होंने ऐसा नहीं किया। अनूप का सगा पिता अभय शर्मा कभी मुझे अपने परिवार का हिस्सा नहीं बनाना चाहता था। उसने पहले दिन ही सरला माँ के समक्ष यह शर्त रखी कि वह या तो मुझे किसी अनाथ आश्रम पहुँचा दे या फिर उनसे अपने वैवाहिक रिश्ते को भूल जाये। उसे अपने और अपने परिवार के लिए एक समर्पित पत्नी चाहिये थी। दूसरी तरफ़, सरला शर्मा के लिए अपनी बचपन की सहेली अनुभा के अंश को छोड़ पाना सम्भव नहीं था। उन्होंने मेरी ज़िन्दगी की दुहाई दी और कहा कि दो महीने की बच्ची को अनाथ–आश्रम में छोड़ना सही नहीं है। मुग्धा को थोड़ा बड़ा हो जाने दीजिये, फिर इसे अनाथ–आश्रम पहुँचा देंगे। अभय बेमन से मान गये।

मुझे याद है, कई बार मैंने सरला माँ से पूछा कि क्या आप दोनों सिर्फ़ मेरे कारण अलग हुए? लेकिन उन्होंने हर बार मना किया। माँ ने मुझे बताया कि इस घटना के पहले भी उनके और अभय शर्मा के रिश्ते बहुत आदर्श नहीं थे। सरला माँ ने मुझे अपने विवाह के बाद के जीवन के बारे में विस्तार से बताया।

उन्होंने बताया कि उनके पिता मानसिक रोगी थे। सरला के बचपन में ही एक बार वे घर से बिना बताये आधी रात के समय बाहर निकल गये और फिर कभी वापस नहीं लौटे। उनकी माँ विजया देवी ने ही सरला और उनके दो भाइयों का पालन–पोषण किया। सरला ने जब दसवीं की पढ़ाई पूरी कर ली, तो रिश्तेदारों ने अपनी ज़िम्मेदारी मानकर सरला का ब्याह अभय से तय कर दिया। विजया जी भी न नहीं कर सकीं। हालाँकि वे चाहती थीं कि सरला कॉलेज की पढ़ाई करे, लेकिन न उनके पास कोई आर्थिक सहारा था, न ही अपनी कोई जायदाद थी। वे पूरी तरह अपने रिश्तेदारों की मोहताज थीं। उनके भाइयों ने तर्क

दिया कि अभय की सरकारी नौकरी और खेती है। सरला का जीवन अभय के साथ आराम से बीतेगा। विजया ने अपने मन को समझा लिया कि सरला का विवाह अभय से कर देना ही उसकी बेटी के जीवन के लिए सबसे सही फ़ैसला है। हमारे समाज में आज भी बेटी को बोझ ही समझा जाता है। ये बातें तो आज से कई दशक पहले की हैं। न बालिका सरला के पास कोई चारा था, न ही उनकी माँ विजया देवी के पास। उनकी परनिर्भरता ने उनके सपने कुतर दिये थे।

अभय शर्मा सी' ग्रेड सरकारी कर्मचारी थे। रेलवे में नौकरी करते थे। उनकी चार बहनें थीं। वे अकेले कमाने वाले थे। सुदूर किसी गाँव के छोटे–से स्टेशन में उनकी पोस्टिंग थी। अभय सिर्फ़ छुट्टियों और त्योहारों में घर आते थे। सरला शर्मा अभय के माता--पिता और बहनों के साथ संयुक्त परिवार में रहती थी।

मर्दों के द्वारा तय किये गये इस रिश्ते में घर की औरतों की रज़ामन्दी नहीं थी, ऐसा सरला माँ को बाद में पता चला। उनकी सास किसी पागल बाप की बेटी को घर की बहू नहीं बनाना चाहती थी। वह समझतीं थी कि पागलपन आनुवंशिक होता है और यह स्त्री उनके पोते–पोतियों को भी अपने पिता की बीमारी उपहार में दे देगी। यह पूर्वग्रह, नापसन्दगी के बीज की तरह सरला के विवाहित जीवन में पहले दिन ही बो दिया गया। जब परम्परा और रीति के तहत सरला के साथ लाये सन्दूक़ को उनकी सास–ननदों ने खोलकर देखा, उसमें से मामूली कपड़ों के साथ चाँदी की पायल का एक जोड़ा पाकर वे निराश और दुःखी हुईं। उन्हें और अधिक गहनों की उम्मीद थी। इस निराशा और उनके पूर्वाग्रह ने कालान्तर में नफ़रत का रूप ले लिया।

सरला शर्मा की ननदों की शादी में उनके ससुराल वालों को खेत और ज़मीन गिरवी रखने पड़े, जिन्हें वे फिर छुड़ा नहीं सके। अगर बेटे की नौकरी न होती तो उनके भीख़ माँगने के दिन आ जाते। अभय का परिवार लड़कियों की शादी करने में बुरी तरह ग़रीब हो गया था। सरला को अब पहले से अधिक काम करना पड़ता था। वह सुबह पाँच बजे कड़क ठण्ड में उठ जाती थीं। पशुओं को चारा देतीं। गोहाल और

घर साफ़ करतीं। नहाकर सबके लिए नाश्ता बनातीं। फिर खेतों में काम करतीं। वे उसे उन मज़दूरिनों से भी कम खाना देते थे जो दूसरे के खेतों में काम करने के लिए आती थीं। इतने पर भी उनकी सास का दिल नहीं भरा। वह अभय की दूसरी शादी करके मोटा दहेज़ लेना चाहती थी। इसके लिए उसने अपने बेटे को सरला माँ को छोड़ने के लिए उकसाना शुरू किया। उसने विवाह के तुरन्त बाद ही इसकी कोशिशें शुरू कर दी थीं। अभय शर्मा जब छुट्टी में घर आते, सरला की सास उन्हें सरला के आलस्य के लम्बे क़िस्से सुनाती थी। वे जानबूझकर उन दिनों सरला को कम काम करने देती थी।

ज़िन्दगी के मायने

महीनों की थकान से बेहाल सरला माँ किसी के जगाये बिना देर तक सोती रह जातीं और सास, बेटे को जगाकर कहतीं–"देख, तेरी महारानी पत्नी अब तक सो रही है। क्या इसके लिए इसे ब्याह कर लाया था कि तेरी बूढ़ी माँ और चार दिन के लिए मायके आई बहनें घर के सारे काम करें और तेरी पत्नी सूरज चढ़े तक सोती रहे?"

अभय निरुत्तर हो जाते। वे वैसे भी अपनी माँ के सामने कम बोलते थे। इन तिकड़मों के बाद उन्होंने एक लम्बी शर्मिन्दगी भरी चुप्पी इख़्तियार कर ली। सरला जब पहली बार गर्भवती हुई, उनका शरीर इस कठोरता को झेल नहीं पाया। दूसरे महीने उनका गर्भपात हो गया। दूसरी बार इनके एक बेटी हुई। वह अठमासी थी। जन्म से ही बच्ची को जॉण्डिस की शिकायत थी। उसकी आँखों और चमड़ी का रंग धीरे–धीरे पीला पड़ने लगा। सरला शर्मा के लाख कहने पर भी उनके ससुराल वाले उन्हें अस्पताल नहीं लेकर गये। जन्म के तीसरे दिन ही उनकी प्री–मेच्योर बच्ची की मौत हो गयी। सरला शर्मा बहुत रोईं। वह अपनी हालत और क़िस्मत को रात–रात भर रोकर कोसती रहीं। शोक में डूबी सरला को देखकर भी उनके ससुराल वालों को तरस नहीं आया। वे उन्हें उलाहने देते कि बेटी की मौत का बहाना लेकर बैठी है कि घर के काम न करने पड़ें और दबी जुबान से यह भी कहते थे कि बेटी ही तो थी, अच्छा हुआ मर गयी वरना दहेज़ के लिए बाक़ी बचे घर को भी बेचना पड़ता।

मैंने जब यह सब सुना, देर तक मन–ही–मन रोती रही। सोचती रही कि हमारे देश में औरतों की इस दुर्दशा के लिए आख़िर कौन

ज़िम्मेदार है? मैंने माँ से पूछा, "इन सब के बीच अभय कहाँ थे? उनकी क्या प्रतिक्रिया थी?" माँ ने कहा, "वो वही करते थे, जो उनकी माँ उनसे करने को कहती थी।"

"क्या सन्तान के मरने का भी उन्हें दुःख नहीं हुआ?" मैंने पूछा।

"हुआ होगा, लेकिन मैंने उन्हें कभी रोते नहीं देखा। हाँ, लेकिन जब बच्ची की लाश लेकर वे उसे नदी के उस पार जंगल में गाड़ने जा रहे थे, तब अभय पछाड़ खाकर ज़मीन पर गिर पड़े थे। उन्हें पानी पिलाया गया। फिर थोड़ी देर बैठने के बाद वे चलने के लायक़ हुए। लेकिन इसके बाद भी उनके व्यवहार में कोई ख़ास परिवर्तन नहीं आया। वे यन्त्रवत् दो दिन बाद मुझे बिलखता छोड़ अपनी नौकरी में वापस चले गये!" सरला माँ ने जवाब दिया।

मैंने मन–ही–मन तय किया कि बिना आत्मनिर्भर हुए और बिना अच्छे पैसे कमाये मैं कभी शादी नहीं करूँगी। माँ के दुःखों ने मुझे पुरुषों और समाज के प्रति उदासीनता और नफ़रत के भाव से भर दिया था।

मेरे उनके जीवन में प्रवेश के बाद अभय शर्मा ने सरला माँ से कई बार कहा कि मुझे अनाथ–आश्रम में छोड़ आयें। सरला माँ ने ऐसा करने से इनकार कर दिया। उन दिनों वे सरला शर्मा को अपने साथ अपनी पदस्थापना की जगह में रखने लगे थे। इसलिए उनके परिवार को इन सब बातों का पता नहीं था, लेकिन फिर भी उनके बीच आये दिन इसे लेकर झगड़े होने लगे। एक रात अभय शर्मा और माँ के बीच बहुत झगड़ा हुआ और अभय शर्मा ने माँ को मुझे अनाथ–आश्रम छोड़ कर आने का अल्टीमेटम दे दिया। या तो सरला शर्मा मुझे छोड़ें या अभय शर्मा सरला माँ को छोड़ देंगे। तब तक मैं दो साल की हो गयी थी और अनूप का जन्म भी हो चुका था। अभय शर्मा, अनूप को अपने साथ ले जाना चाहते थे, लेकिन अनूप उस समय तक नादान बच्चा ही था। उसे माँ की ज़रूरत थी। सरला के रोने और अपने मातृत्व का वास्ता देने पर अभय शर्मा इस शर्त पर अनूप को छोड़कर जाने को राज़ी हो गये कि सरला, अभय शर्मा को बिना शर्त तुरन्त तलाक़ देंगी। अभय की माँ भी किसी पागल ख़ानदान के ख़ून को अपने पास नहीं रखना चाहती थीं,

इसलिए अनूप को सरला शर्मा के पास ही छोड़ दिया गया। सरला शर्मा मुझे लेकर अपने भाई के घर लौट आयीं। अभय के मन में हालाँकि अनूप के प्रति प्रेम था। शायद इसीलिए दूसरी शादी और उससे हुए बच्चों के बाद भी वे हमसे मिलने आते रहे।

लेकिन यह सरला शर्मा के जीवन का टर्निंग पॉइंट था। हमारी ज़िन्दगी में एक नया सफ़र शुरू होने वाला था।

बचपन के उन दिनों मेरे जीवन में बहुत उदासी थी, लेकिन कई चमत्कार भी थे। कई अजूबे थे। अवसाद और तकलीफ़ें थीं, तो माँ और भाई का प्रेम भी था। चमत्कारों के अलावा मेरे जीवन में एक और चीज़ थी– पीली तितलियाँ। मैं हमेशा पीली तितलियों से घिरी होती थी। ऐसा लगता था कि मैं जहाँ भी जाती हूँ, वे मेरा पीछा करती थीं।

मेरी सगी माँ और अनूप के सगे पिता हमारी ज़िन्दगी से चले गये। सरला माँ, अनूप और मैं जीवन के अनजाने सफ़र के लिए पहाड़ियों से घिरे इस छोटे–से गाँव में रहने आ गये। किसी दूर के रिश्तेदार ने सरला माँ को यहाँ रहने बुला लिया था। यह एक सुन्दर पठारी गाँव था, जिसे 'सतपहड़ी' कहा जाता है। सतपहड़ी यानि सात पहाड़ियों से घिरा हुआ एक गाँव। पहाड़ियाँ सात नहीं थीं, सात से कहीं अधिक थीं। यह पार्श्वनाथ की पर्वत श्रृंखला से घिरा हुआ गाँव था। एकदम गाँव जैसा गाँव। पठारी भूमि में मक्के, कोदो और गोंदली की खेती होती थी। ज़मीन को थोड़ा–सा खोदो तो पहले छोटे–बड़े पत्थर निकलते, फिर बड़ी–बड़ी चट्टानें निकलती थीं। कोई ख़ुशक़िस्मत होता, तो उसकी ज़मीन पर बोरिंग या कुएँ का पानी भी निकलता था। गाँव के बाक़ी सब लोग बाहर झरने से पानी भरकर लाते थे।

बारिश में पहाड़ियाँ हरे घास का ओढ़ना ओढ़ती थीं और पतझड़ आते–आते सब कुछ धूसर हो जाता था। महुए के मौसम में पहाड़ियों में ज़मीन पर गिरे पत्ते और टहनियों में आग लगायी जाती, जिससे ज़मीन साफ़ हो जाए और महुए चुनने में आसानी हो। जले हुए पत्तों की काली राख के बीच पककर गिरे महुए देखकर लगता, रात में कोई राजकुमारी अपनी मोती–माला तोड़कर जंगल में बिखेर गयी है। गर्मियाँ आतीं, तो लगता,

सूरज सब कुछ जला देगा। शामें हमेशा ज़रूरत से अधिक भुने चने की तरह लगती थीं, जिसे पेट भरने के लिए ज़बरदस्ती चबाना पड़े और चबा लो तो जुबान कड़वी हो जाये। बचपन के नाम पर बस यही यादें हैं मेरे पास।

लेकिन मैं हमेशा पीली तितलियों से घिरी होती थी। मैं जहाँ भी जाती, वे मेरा पीछा करती थीं। मैं हमेशा सोचती थी, क्या ये पूर्व–जन्म के मेरे प्रेमी हैं?

कभी–कभी वे मुझे आश्चर्य से भर देती थीं। जैसे मेरी गेंद खो जाती, तो वे मुझे गेंद तक का रास्ता दिखाती थीं। वे मुझसे बात करती थीं। जब कभी उन्हें कुछ कहना होता, वे शब्दों की शक्ल में ज़मीन पर बैठ जाती थीं। यह बात थोड़ी अजीब थी, लेकिन मेरे साथ हमेशा से ही अजीब होता रहा। इसलिए मैंने धीरे–धीरे आश्चर्य करना छोड़ दिया।

पीली तितलियाँ हमेशा झुण्ड में होती थीं, लेकिन प्रेमी कभी झुण्ड में नहीं होते। झुण्ड में तो आन्दोलनकारी होते हैं या बलात्कारी या फिर वो लोग, जिनका कोई ऐसा उद्देश्य होता है, जो शक्ति से सम्बन्धित होता है। प्रेम तो आपको समूह में भी अकेला कर देता है। उसकी भीनी ख़ुशबू आपको अपनी तरफ़ खींचती है और आप ख़ुद अपने आप से भी दूर चले जाते हैं। फिर? फिर मुझे लगता था, मेरा प्रेमी कोई जादूगर होगा। वह ज़रूर कई जन्मों से महुआ घटवारिन के प्रेमी की तरह मुझे इन पठारों में ढूँढ़ता फिर रहा होगा। उसका पीला कुर्ता बेर की झाड़ियों में फँस–फँस जाता होगा, जिसे हमारे प्यार के जादू ने तितलियों में बदल दिया है वरना ये मेरा पीछा क्यों करतीं? मैंने सरला शर्मा से सुना था, मेरे माता–पिता एक–दूसरे से बहुत प्यार करते थे। मैं भी अपने जीवन में आने वाले प्रेम के सपने में जीती बड़ी हो रही थी।

उन पहाड़-से दिनों के बारे में

सरला माँ ने मेरा और अनूप का दाख़िला गाँव के प्राथमिक विद्यालय में करा दिया। घर का ख़र्च चलाने के लिए वह पास के क़स्बे में एक डॉक्टर के क्लिनिक में साफ़–सफ़ाई का काम करने लगीं। जिस रिश्तेदार ने उन्हें रहने बुलाया था, उसी ने उनकी नौकरी की सिफ़ारिश की थी। उस ज़माने में महिला अटेंडेंट, वह भी गाँव में, मिलना कठिन था। सहायक के न होने से डॉक्टर को दवा लिखने के अलावा दूसरे काम भी करने पड़ते थे। डॉक्टर की इतनी प्रैक्टिस भी नहीं थी कि वह ट्रेनिंग पूरी करके आई मिडवाइफ़ को काम पर रख लेता।

तो उसने बीच का रास्ता चुना।

सरला माँ साफ़–सफ़ाई भी कर देती थी और छोटे–मोटे दूसरे काम भी। रोगी महिलाओं को भी एक औरत सहायक को देखकर थोड़ी अधिक राहत महसूस होती थी। जो बातें वे डॉक्टर से कह नहीं पाती थीं, वे बातें चुपके–से माँ से कह देतीं। माँ जाकर डॉक्टर को बताती और वह दवा लिखते थे। इसमें दोनों का फ़ायदा था। डॉक्टर साहब अपनी बढ़ती हुई आमदनी को लेकर ख़ुश थे और माँ अपनी आजीविका को लेकर प्रसन्न थी। बाक़ी सब लोग माँ के मधुर व्यवहार और सेवा से ख़ुश थे।

हम बड़े हो रहे थे–अनूप और मैं। एक साथ खाते–सोते, हँसते–गाते। जीवन चला जा रहा था। मैंने सरला को ही अपनी माँ की तरह देखना और मानना शुरू कर दिया था। उनके पति और अनूप के पिता कभी–कभी एक–दो बरसों में हमसे मिलने आते थे। वे मुझसे भी

स्नेह करते थे। मेरा बाल मन उनमें ही अपने पिता का प्यार खोजता था। वह कम समय के लिए आते, लेकिन प्रेम के मामले में उन्होंने मुझे और अनूप को कभी निराश नहीं किया। हाँ, सरला माँ से वे दूर ही रहते थे। उनके जाने के बाद हमें उनकी कमी खलती थी, ख़ासकर तब, जब हम दूसरे बच्चों के पिताओं को उनके साथ आता–जाता और उन्हें प्यार करता देखते थे।

हम एक किलोमीटर दूर पाठशाला तक पैदल चलकर जाते थे। चावल या सीमेंट की बोरी बिछाकर बैठते और बारिश के दिनों में रोज़ यह प्रार्थना करते कि स्कूल की जर्जर छत हम पर न गिर पड़े।

हमारी छोटी–छोटी ज़रूरतें थीं, लेकिन मुश्किल से पूरी होती थीं। फिर भी कुल मिलकर हम खुश थे। कभी–कभी मुझे यह एहसास होता था कि हमारी ज़िन्दगी हमारी ही उम्र के दूसरे बच्चों से कितनी अलग थी। मुझे याद है कि जब कभी तेज़ बारिश होती थी, हम दोनों भाई–बहन भीगने से बचने के लिए स्कूल में ही थोड़ी देर ठहर जाते थे। स्कूल के सभी बच्चे ऐसा ही करते थे। थोड़ी ही देर में सब बच्चों के घर से कोई आता था, अधिकतर उनके पिता या बड़े भाई–बहन। वे छाता लाकर देते और उन्हें अपनी साइकिल पर बिठाकर या पैदल ही अपने साथ घर ले जाते थे। सारे टीचर भी पहले ही घर जा चुके होते थे। धीरे–धीरे स्कूल ख़ाली हो जाता था। मैं अनूप का हाथ थामकर मूसलधार बारिश में सुनसान मैदान के बीच बने स्कूल की दीवार से लगकर छज्जे के पास खड़ी रहती थी, क्योंकि गेट बन्द करके चपरासी भी घर जा चुका होता था। हम दोनों को ही मूसलधार बारिश में कड़कती बिजली से डर लगता था। हम छाता होते हुए भी घर जाने का साहस नहीं कर पाते थे।

ऐसे में हम उन बच्चों को देखते, दुःखी और उदास हो जाते। सोचते कि हमारे पिता कहाँ हैं? क्यों वे हमारे साथ नहीं हैं? अगर वे होते, तो हमें इस तरह बारिश में नहीं खड़ा होना पड़ता। हमारे घर से भी कोई आता और हमें ले जाता। अगर हम चल नहीं पाते, तो कोई हमें भी गोद में उठाता। मूसलधार बारिश में उस सुनसान खण्डहरनुमा स्कूल

के सामने खड़े होकर कई शामें हमने भीगते और रोते हुए बितायीं। माँ उस समय हमारे लिए दो समय की रोटी जुटाने के संघर्ष में लगी रहती थीं। उन्हें पता नहीं था कि उनके डरे–सहमे बच्चे कड़कती बिजली और मूसलधार बारिश के बीच किसी दीवार से गले लगकर रो रहे होंगे। वे अपने पिता की कमी महसूस कर रहे होंगे। पिता साथ न हो, तो माँ को पिता बनना पड़ता है। इससे कुछ हद तक अभिभावक की कमी पूरी हो जाती है, लेकिन इससे पिता और माँ, दोनों का स्थान भरता नहीं है, बल्कि दोनों जगहें थोड़ी–थोड़ी ख़ाली रह जाती हैं। मुझे लगता है, जिन बच्चों के पिता को माँ का स्थान लेना पड़ता होगा, उन बच्चों को भी ऐसा ही महसूस होता होगा।

माँ क्लिनिक से छुट्टी पाकर कोयला बेचने वाले के घर जाती थीं। वहाँ दिन–भर के उसके विक्रय से बचे कोयले को सस्ते दाम में ख़रीद कर लातीं, जिससे हमारे लिए चूल्हा जला सके। जिस दिन सब कोयले बिक जाते थे, वह रास्ते में गिरी यूक्लिप्टस की टहनियाँ चुनकर लाती थीं। वही टहनियाँ झोंककर हमारे लिए रात का भोजन बनता था। उसे रोज के हिसाब से पैसे मिलते थे, वह रोज राशन ख़रीदती थीं। जिस दिन वह काम पर नहीं जातीं, पैसे नहीं मिलते थे और हमें उनकी दूर की भाभियों के दिए हुए थोड़े–से भोजन को खाकर रहना होता था। इस खाने के साथ उनकी भाभियों के ताने भी मुफ़्त में मिलते थे। कई बार मैंने माँ को उनकी बातें सुनकर छुप–छुपकर रोते देखा था, लेकिन कभी मेरी हिम्मत नहीं हुई कि मैं जाकर उनके आँसू पोंछूँ। मैं नहीं चाहती थी कि वे जान जाएँ कि मैंने उन्हें रोते हुए और कमज़ोर होते हुए देखा। वह एक मज़बूत महिला हैं और मैं इस बात का बहुत सम्मान करती हूँ।

बचपन में मैं हमेशा माँ से कहना चाहती थी कि माँ, जब कभी बारिश हो, मुझे स्कूल लेने आया करो। लेकिन उनके संघर्ष देखकर मैं समय से पहले बड़ी हो गयी थी। मैंने कभी उनसे यह बात नहीं कही। बारिश कम होती, तो हम चुपचाप सुनसान रास्ते और अँधेरे से डरते–डरते एक–दूसरे का हाथ पकड़े घर आते। अपने भीगे हुए कपड़े बदलते और लालटेन जलाकर बैठ जाते थे। कई बार हमारी तबियत

बिगड़ जाती थी, जिससे माँ बहुत परेशान हो जाती थी, लेकिन इन सब पर हमारा कोई ज़ोर नहीं था। मैंने अनूप को भी समझा दिया कि बारिश में डरने वाली बात वह माँ को न बताये। उसने हमेशा मेरी बात मानी। ग़रीबी आपको समझदार बना देती है और दुःख मज़बूत। ये सिर्फ़ कहावतें नहीं हैं। मैंने इसे बहुत क़रीब से महसूस किया है।

आज जब वह मेरे कारण वह इतने बड़े खतरे में हैं, तो पूरा अतीत जैसे मेरे सामने सिनेमा की तरह चल रहा है। मैं अपने आप को उनका गुनहगार महसूस कर रही हूँ। जब से मैं उनकी ज़िन्दगी में आयी हूँ, मैंने उन्हें मुसीबतों के अलावा कुछ नहीं दिया। जब मैं नौकरी करने लगी, शुरूआत के दिनों में हर महीने मैं नए कपड़े और उपहार लेकर उनके पास जाती थी। वे मेरे आग्रह के कारण सब कुछ अपने पास रख ज़रूर लेती थीं, लेकिन उन्होंने कभी मेरी दी हुई किसी चीज़ का उपयोग नहीं किया। हालाँकि मेरे कहने पर मेरे सामने वह मेरे दिए कपड़े ज़रूर पहन लेती थीं। बाद में मैंने उनका मन समझकर उपहार लाना कम कर दिया। वे हमेशा कहती थीं कि तुम और अनूप ही मेरा उपहार हो। मैंने भी हमेशा यही चाहा था कि मैं अपनी ज़िन्दगी में इतनी आगे बढ़ूँ कि वह मुझ पर गर्व कर सकें।

एकान्त के कई बरस

मैं अधिकतर अकेली ही रहती थी। अकेले रहने से आपकी आत्मा आपसे अधिक बातें करती हैं। यह अकेलापन मैंने चुना नहीं है, मुझे हमेशा यह लगता है कि यह मुझमें जन्म से पहले से ही रचा–बसा है। जैसे पूर्वजों की आदतें आपके ख़ून में बसी होती हैं, ठीक वैसे ही। अकेले रहने से आपके आस–पास की दुनिया भी आपसे अधिक बातें करती है। मुझे लगता था, धरती की हर ज़िन्दा चीज़ मुझसे कुछ कहना चाहती है, जैसे पेड़–पौधे मुझसे बातें करते है। वे अपना सुख–दुःख मुझसे शेयर करते हैं। ऐसा सचमुच भी होता था। एक बार गमले में लगे गुलाब के एक पौधे ने मुझे बताया कि वह मालिक से नाराज़ है, इसलिए पिछले कई बरस से खिला नहीं है।

मैंने उससे पूछा कि वह क्या चाहता है? तो उसने कहा कि उसे संगीत सुनना है।

पहले वह घर के पीछे तरफ़ की खिड़की के पास था। वहाँ पड़ोस के शास्त्रीय संगीत विद्यालय से संगीत की स्वर–लहरियाँ आती थीं। वह सुनकर ख़ूब ख़ुश होता था। इस ख़ुशी में जमकर खिलता था। फिर उसकी जगह बदल दी गयी। उसे घर के दूसरी तरफ़, सड़क के सामने रख दिया गया। संगीत लहरियाँ गाड़ियों के शोर में दब गयीं, इसलिए वह उदास हो गया। मैंने उसके मालिक को बताया कि यहाँ से फ़्लॉवर पॉट उठाकर पीछे रख दे, क्योंकि वही जगह वास्तु के हिसाब से इस कँटीले पौधे के लिए सही है। मालिक ने ऐसा ही किया। गुलाब इससे बहुत ख़ुश हुआ। अब वह अपने समय पर ख़ूब खिलता है। उसने मुझे शुक्रिया भी कहा।

मुझे पता है, इन बातों पर कोई यक़ीन नहीं करेगा। इसलिए मैं यह सब कभी किसी से नहीं कहती। अलग होना संसार कभी स्वीकार नहीं करता है, लेकिन मैं अपनी आदत और अपनी क़िस्मत से मजबूर हूँ। मुझे जीवन के छुपे हुए रहस्यों को अधिक–से–अधिक जानने की इच्छा होती थी। इसलिए मैं एक वैज्ञानिक बनना चाहती थी–उसमें भी एक वायरोलॉजिस्ट, जिससे यह जान सकूँ, जीवन की इस छोटी इकाई में ऐसा क्या घटित होता है कि वह सदियों तक तो निर्जीव पड़ा रह सकता है, लेकिन जैसे ही किसी होस्ट बॉडी के सम्पर्क में आता है, तुरन्त जीवित हो जाता है। आख़िर जीवित और निर्जीव के बीच क्या फ़ासला है? और भी ऐसी कई बातें। इसलिए मैंने पढ़ाई की और ख़ूब पढ़ाई की। स्कॉलरशिप पर निर्भर होती हुई छोटे–से पहाड़ी गाँव से मैं यहाँ इस महानगर तक पहुँच गयी। आज मैं संसार में फैली एक घातक महामारी के लिए दवा बनाने वाली टॉप टीम का हिस्सा हूँ। मैं इस महामारी की पहेली को हल करने के बहुत क़रीब थी जब ये लोग मुझे यहाँ अपहृत कर ले आये।

मैंने माँ और भाई की ज़िन्दगी के लिए इनसे अपने शोध का सौदा तो कर लिया, लेकिन मैं नहीं जानती कि आज अगर मैं इन्हें ये सब सौंप देती हूँ, तो इस समाज का, इस दुनिया का क्या होगा? मेरे साथ कई और देशों के वैज्ञानिक और डॉक्टर भी ज़रूर दुनिया में छायी इस महामारी के अन्त के लिए प्रयासरत होंगे। क्या वे भी समाधान के इतने ही क़रीब होंगे जितना कि मैं हूँ? क्या सारा रिसर्च इन लोगों को देने के बाद मैं ख़ुद को कभी माफ़ कर सकूँगी?

अगर न दिया, तो ये मेरे माँ और भाई को मार डालेंगे।

माँ भी वह, मैं जिसकी ज़िम्मेदारी नहीं थी, लेकिन जिसने मेरे लिए अपना पूरा जीवन अकेलेपन के अलाव में झोंक दिया। यह प्रेम तो था, लेकिन एक क़र्ज़ भी था, जिसे मुझे चुकाना है। मैं एक नैतिक असमंजस में थी। आगे क्या होगा, इस बात को समझ नहीं पा रही थी।

मेरी वैन हाइवे पर सरपट दौड़ी जा रही थी। मैंने मन–ही–मन अन्दाज़ा लगाया कि उन्हें अपहरण के स्थान से चले शायद दो से

तीन घण्टे का समय हो गया होगा। उन लोगों में से एक ने मेरे सिर से काला कपड़ा हटा दिया और मेरी तरफ़ कप नूडल्स और पानी की एक बोतल बढ़ायी। मैंने दोनों ले लिए और नूडल्स खाने लगी। नूडल्स देखते ही मुझे याद आया कि रात से मैंने कुछ नहीं खाया है, इस बात ने मेरी भूख बढ़ा दी।

नूडल खाते–खाते मैं सोचने लगी कि इस सिचुएशन से निकलने का क्या रास्ता है? अगर मुझे इन लोगों के चँगुल से निकलना है, तो कुछ–न–कुछ तो करना पड़ेगा। सबसे पहले किसी को यह बताना पड़ेगा कि मैं मुसीबत में हूँ। लेकिन किसे बताऊँ? उन लोगों ने मुझे अपने प्लान के बारे में थोड़ी जानकारी दी। जानकारी के अनुसार, पी. सी. छिब्बर का निजी आर्ट म्यूज़ियम राजस्थान के एक छोटे गाँव में, अरावली रेंज की एक पहाड़ी पर स्थित है। उसका नाम 'नक्षत्र महल' है। यह राजा हिम्मत सिंह का क़िला था, जिसे तेरहवीं सदी में उसने दुश्मनों से बचने और अपनी रानियों के साथ सुकून के कुछ पल बिताने के लिए बनाया था।

जब रजवाड़े ख़त्म हुए, तो अधिकतर राजाओं के वंशज अपनी सम्पत्ति बेच कर विदेशों में जाकर बस गये। हिम्मत सिंह के वंशजों ने क़िला नहीं बेचा। राजा साहब ने यह क़िला देख–रेख के लिए अपने दोस्त छिब्बर को सौंप दिया। छिब्बर ने राजा की अनुमति से क़िले को होटल और निजी संग्रहालय में बदल दिया। इससे दो बातें हुईं – पहली यह कि राजपरिवार के लोगों के लिए यह आय का एक साधन बन गया। इस सम्पत्ति से ही इसके मेंटेनेंस का ख़र्च निकलने लगा। दूसरा, छिब्बर साहब राजा की विरासत का अपनी जान से बढ़कर ख़याल रखते थे। उन्हें भारतीय संस्कृति से अथाह प्रेम था। उन्होंने महल की एक ईंट भी इधर–से–उधर नहीं की। यह राजा के लिए सन्तोष का कारण बना।

किला टूरिस्टों के लिए खोलने के बाद छिब्बर साहब ने रजवाड़ों और देश की पुरातन शानो–शौक़त को दर्शाने के लिए घूम–घूमकर कलात्मक चीज़ों और एंटीक सामग्रियों का संग्रह किया। उन्हें मुँह–माँगे दामों में ख़रीदकर 'नक्षत्र महल' में सजाया। वे देश भर की नायाब

चीज़ों का संग्रह करते गये। आज की तारीख़ में वह न सिर्फ़ देश, बल्कि दुनिया के बड़े आर्ट कलेक्टर्स में गिने जाते हैं। लोग दूर–दूर से उनके पास एंटीक चीज़ें बेचने पहुँचते थे। मेरी माँ के दिए नेकलेस में एक रहस्यमयी आभा थी। वह एंटीक जैसा दिखता भी था, शायद इसलिए उस स्वर्णकार ने अधिक पैसों के लालच में मेरा नेकलेस भी छिब्बर साहब को बेच दिया।

'नक्षत्र महल' एक क़िला था, इसलिए सुरक्षित था। इतनी ऊँची पहाड़ी पर बना था कि वहाँ से दूर–दूर तक आते–जाते लोगों पर नज़र रखी जा सकती थी। छिब्बर साहब ने अपनी क़ीमती चीज़ों की सुरक्षा के लिए कई तरह के इन्तज़ाम किये थे। पहले तो राजा साहब ने रॉयल गाड्र्स की पूरी पलटन छिब्बर साहब को महल की सुरक्षा के लिए दी थी। दूसरे, महल में उच्चकोटि की तकनीकी सुरक्षा की व्यवस्था की गयी थी। महल के रॉयल गाड्र्स, रियल टाइम लोकेटिंग सिस्टम, डॉप्लर रडार और वायरलेस मोशन सेंसर जैसी तकनीकों से लैस थे। क़िले तक पहुँचने वाला पक्का रास्ता कई चेकपोस्ट से होकर गुज़रता था, जोकि क़िले तक पहुँचने का एकमात्र सड़क मार्ग था। बाक़ी की सब दिशाओं में सीधी और कठिन चढ़ाई और जंगली कच्चे रास्ते थे। झाड़ियाँ और जंगल थे। मैं नहीं समझ पा रही थी कि इन सबको पार करके ये लोग संग्रहालय में चोरी कैसे करेंगे?

जंगल-जंगल बात चली है

मैं यह सब सोच ही रही थी, जब उन लोगों में से एक ने मेरी तरफ़ एक फ़ोन बढ़ाया और मुझसे कहा–

"यह फ़ोन रखो। इससे हम तुम्हारे सम्पर्क में रहेंगे। इस पर सिर्फ़ हम ही फ़ोन कर सकते हैं। तुम्हें जब हमसे सम्पर्क करना हो, तुम नम्बर 2 दबाओगी। इससे तुम्हारी बात हमसे हो जायेगी, लेकिन इसके अलावा न कहीं इस फ़ोन से बात की जा सकती है, न ही इस पर कहीं और से फ़ोन आ सकता है।"

मैंने चुपचाप फ़ोन अपनी जेब में रख लिया। वैन चली जा रही थी। मैंने खिड़की से देखा। दूर–दूर तक रेत के अलावा रास्ते के दोनों तरफ़ कहीं–कहीं कँटीली झाड़ियाँ नज़र आ रही थीं। शायद सुबह होने वाली थी। भोर के सूरज की हल्की–हल्की रौशनी रेत पर सुनहरी आभा बिखेर रही थी।

"कुछ ही देर में हम लोग महल से लगे जंगल में दाख़िल होंगे और काम होने तक वहीं कैम्प करेंगे। तुम अभी, थोड़ी देर बाद, सुबह होने पर हमारे एक लोकल आदमी के साथ टूरिस्ट के वेश में महल के संग्रहालय में जाओगी। संग्रहालय महामारी के कारण अभी सीमित लोगों के लिए सीमित समय के लिए ही खुलता है और अन्दर जाने के लिए स्पेशल पास की ज़रूरत होती है। हमारा लोकल कनेक्शन तुम्हें पास दे देगा। वहाँ जाकर तुम नेकलेस की लोकेशन ढूँढ़ोगी। जहाँ भी तुम्हें नेकलेस मिल जाये, तुम हमें ख़बर करोगी। रात के बाद हम अपनी

योजना का दूसरा हिस्सा अमल में लायेंगे, जिसकी जानकारी तुम्हें वहाँ से लौटने के बाद दी जायेगी।"

उन्होंने मुझे प्लान में मेरा हिस्सा समझाया। मैंने सिर हिलाकर हामी भरी।

फिर उन्होंने मुझे एक नेकलेस दिया और बोले–"इसे पहन लो। इसका लॉकेट एक हिडन जीपीएस डिवाइस, माइक्रोफ़ोन और कैमरे से लैस है। इसके ज़रिये हम वह देख सकते हैं, जो तुम देख रही हो। इसे कैमरे की तरह भी इस्तेमाल किया जा सकता है। बस, तुम्हें इतना करना है कि हमारे आदमी के साथ म्यूज़ियम जाओ और जहाँ भी वह नेकलेस दिखे, वहाँ पास में खड़ी होकर इसके मोती को प्रेस करो। कुछ देर में वहाँ की लोकेशन और उस नेकलेस की तस्वीर हमारे पास पहुँच जायेगी। जैसे ही हमें लोकेशन मिल जाये, हम तुम्हें कन्फ़र्म करेंगे। फिर तुम वापस कैम्प में आ जाना। कोई होशियारी करने की कोशिश मत करना। किसी से बात मत करना। इस लॉकेट के ज़रिये हम तुम्हारे सामने खड़े हर इनसान को देख सकते हैं। तुमने कोई गड़बड़ी करने की कोशिश की तो हमें उसी समय पता चल जायेगा। फिर क्या होगा, तुम्हें पता है। इसलिए तुम लॉकेट पहचानने में हमारी मदद करो। इस काम के बाद तुम अपनी रिसर्च हमें दे दो। फिर तुम और तुम्हारा परिवार आज़ाद हो जायेंगे।"

मैंने चुपचाप नेकलेस पहन लिया। मैं जुगत लगा रही थी कि आख़िर कैसे अपने किसी दोस्त या जानने वाले को मैसेज दूँ कि मैं मुसीबत में हूँ। मैं चाहती थी, किसी तरह रिसर्च लैब तक यह बात पहुँच जाए, जिससे वहाँ मेरा एक्सेस हटा दिया जाये। उसके बाद मैं रिसर्च डेटा इन लोगों को दे नहीं पाऊँगी। इससे डाटा की सुरक्षा हो सकती है या कम से कम वह कुछ समय के लिए डाटा का मिटना टाला जा सकता है। वैन पहाड़ी के दूसरी तरफ़ से एक सुनसान अधबने रास्ते से जंगल में दाख़िल हुई। उन्होंने पक्का रास्ता नहीं लिया। वैन को उन लोगों ने एक बड़ी चट्टान की ओट में पार्क कर दिया। उसके बाद झाड़ियों और टहनियों से उसे ढक दिया।

उन्होंने जंगल में ही पहाड़ियों और झाड़ियों की ओट में दो तम्बू लगाये। एक तम्बू को उन्होंने अपना ऑपरेशन रूम बनाया। वहाँ लैपटॉप स्क्रीन और कई सारी अन्य मशीनें एक टेबल पर सेट की गयीं और उनका एक आदमी इस पूरे सेटअप की देख–रेख करने लगा। रखवाली के लिए दो नक़ाबपोश उसके दरवाज़े के दोनों ओर खड़े हो गये। बाक़ी सारे हमारे आस–पास रेत के टीलों और कँटीली झाड़ियों में गुम हो गये। शायद वे लोग छिपकर इस कैम्प की निगरानी करने में लगे थे। जब उन्होंने वैन पार्क करने से पहले उसमें से दो बड़े–बड़े काले बक्से निकाले थे, तब मैं सोच ही रही थी कि जाने उनमें क्या होगा? अब जब मैंने अपने आस–पास ग़ौर से देखा, तो मुझे समझ आया कि उनमें यही सब था। इनके पास इलेक्ट्रॉनिक उपकरण और आधुनिक फ़ायर आर्म्स, दोनों पर्याप्त मात्रा में थे। इतने कि एक छोटे–मोटे सामूहिक नरसंहार को आसानी से अंजाम दिया जा सकता था। मुझे यह सब देखकर सिहरन हो रही थी, लेकिन मैंने अपना डर अपने चेहरे पर आने नहीं दिया।

दूसरे तम्बू की तरफ़ इशारा करके उन्होंने मुझे एक डेनिम जींस और सफ़ेद टॉप पहनने को दिया। साथ ही स्पोर्ट्स शूज़, धूप चश्मा और एक बेसबॉल कैप भी। उन्होंने एक हल्का–सा बैकपैक भी मुझे दिया, जिसमें पानी की बोतल और एक–दो ट्रैवल मैगज़ींस थे। यह अब उनके प्लान का हिस्सा था। वे मुझे एक परफेक्ट टूरिस्ट का लुक देना चाहते थे, जिससे किसी को ज़रा–भी सन्देह न हो। मैं समझ रही थी कि वे मार–काट अवाइड करना चाहते हैं। इससे उनकी तरफ़ ध्यान आकर्षित होता और वे रिसर्च डाटा तक कभी पहुँच नहीं पाते, लेकिन मैं अब भी नहीं समझ पा रही थी कि इस नेकलेस और उस शोध में क्या सम्बन्ध है? मेरी माँ का इन सब बातों से क्या लेना–देना है? ये सब सवाल मुझे बेचैन कर रहे थे।

थोड़ी देर में उन्होंने खाने के लिए मुझे दो एनर्जी बार और पीने के लिए पानी की बोतल दी।

उनमें से एक ने कहा, अगर मुझे नित्यकर्म से फ़ारिग होना है तो मैं किसी टीले के पीछे जा सकती हूँ। मैंने नाममात्र ही खाया–पिया था। फिर भी मैं पेशाब करके आ गयी। बालों को मैंने पोनिटेल में बाँध लिया। फिर मैंने कपड़े बदले। उनका दिया हुआ मोबाइल जींस की जेब में डाला। नेकलेस पहनकर, बैग लेकर, तैयार होकर मैं बाहर आ गयी। काला बॉडीसूट मैंने वही फ़ोल्ड करके रख दिया। अब मैं एक परफेक्ट टूरिस्ट जैसी लग रही थी। बाहर आकर मैंने देखा, सफ़ेद धोती, लाल पगड़ी और नारंगी अंगरखा पहने लगभग चालीस साल का एक राजस्थानी आदमी भी इन लोगों के साथ वहाँ मौजूद था।

उम्मीद जैसा कोई चेहरा

"यह तुम्हारा लोकल गाइड है। हमारा आदमी है, तुम्हें इसके साथ जाना है।" नक़ाबपोशों में से एक बोला।

"तो तुम्हें लगता है, मैं भाग जाऊँगी, इसलिए इसे मेरे साथ भेज रहे हो?" मैं बोली और व्यंग्य से हँसी।

"आइये, मैडम।" उस आदमी ने राजस्थानी लहज़े में कहा।

मैं चुपचाप उसके साथ चल दी। हम पगडण्डियों के रास्ते जंगल से बाहर निकले। आगे पक्की सड़क थी। उस आदमी ने मुझे वहीं रुकने का इशारा किया। तेज़ धूप थी। मैं वहीं मील के पत्थर पर बैठ गयी। कुछ मिनट के इन्तज़ार के बाद सामने से ऑटोनुमा एक वाहन आता दिखायी दिया। इससे अधिक रंग–बिरंगी चीज़ मैंने पहले कहीं नहीं देखी थी।

इसमें बस दो लोगों की बैठने की जगह थी। अधिक कोशिश करने पर तीन आ सकते थे, लेकिन इसके लिए उनका बेहद पतला होना ज़रूरी था। ऑटो रिक्शा में रंग–बिरंगी झालरें और सूतों की लटकनें लगी थीं। सीट थोड़ी ऊँची थी, जैसे किसी बग्घी की सीट हो। इसे चलाने वाला आदमी भी अपनी गाड़ी की तरह बेहद रंगीन कपड़े पहने हुए था। चिलचिलाती धूप में दूर–दूर तक सिर्फ़ रेत और मटमैली झाड़ियाँ नज़र आ रही थीं। इस बुरी स्थिति में भी इतने रंग देखकर मेरा मन एक तरह से राहत का अनुभव करने लगा। शायद इसलिये यहाँ के लोग इतने रंग–बिरंगे कपड़े पहनते हैं कि इस धूसर वातावरण में उन्हें थोड़े रंग देखने को मिलें। मैंने झारखण्ड के जंगलों में हरियाली

और फूलों के रंगों के बीच रहने वाले आदिवासियों को अक्सर लाल बॉर्डर की सफ़ेद साड़ियों में देखा है। उनके जंगलों में प्रकृति प्रदत्त बहुत से रंग हैं, शायद इसलिए वे सफ़ेद पहनना पसन्द करते हैं। मुझे इस कंट्राडिक्शन पर एक आनन्द महसूस हुआ। मुझे बचपन से पैटर्न्स ढूँढ़ कर उनसे निष्कर्ष निकालने का शौक़ रहा है। यह अकेलेपन के मेरे कई मानसिक खेलों में से एक है। इससे कठिन समय में मेरा दिमाग़ी सन्तुलन बना रहता है। हालाँकि मनोविज्ञानी कहते हैं, ऐसा करने वाले बच्चे जीनियस होते हैं!

ऑटो रिक्शा ठीक हमारे पास आकर रुक गया। उसका ड्राइवर एकदम काला था। उसके दाँत एकदम सफ़ेद थे और जैसा कि मैं पहले ही बता चुकी हूँ, उसके अंगरखे में दुनिया के सभी रंग मौजूद थे। मेरे गाइड ने मुझे उस ऑटो में बैठने को कहा। वह भी मेरे साथ ही बैठ गया। पूरे रास्ते वह चुप रहा। मैंने भी अपनी तरफ़ से बात करने की कोई कोशिश नहीं की। हम लगभग पैंतीस मिनट की ड्राइव के बाद क़िले के नज़दीक पहुँचे। उस आदमी ने मुझे एक गेटपास दिया, जिस पर मेरा नाम सुष्मिता चौधरी लिखा था। उसने मुझे मेरी फ़ोटो लगी आईडी भी दी, जिस पर भी मुग्धा शर्मा की जगह सुष्मिता चौधरी लिखा था। हम दोनों कम्पाउंड के बाहरी मुख्य द्वार से पैदल चलकर क़िले के अन्दर जाने वाले दरवाज़े पर पहुँचे। वहाँ खड़े दरबान को हमने अपना पास दिखाया। उसने एक रजिस्टर और पेन आगे किया। उस रजिस्टर में नाम, आने का समय और फ़ोन नम्बर लिखने के लिये कॉलम्स बने थे। गाइड के बाद मैंने रजिस्टर में अपने डिटेल्स भरे। फिर गार्ड ने हाथों के इशारे से हमें एक गलियारा दिखाया, जोकि सीधा महल के संग्रहालय तक जाता था। मैंने नज़र बचाकर रजिस्टर पर रखा पेन उठा लिया और उसे अपने पॉकेट में डाल लिया।

मैं बोल नहीं सकती, लेकिन गले में लटके नेकलेस कैमरे से बचकर कुछ लिखकर किसी को मैसेज तो दे ही सकती हूँ—मैंने मन—ही—मन सोचा।

संग्रहालय के अन्दर इक्का–दुक्का लोग ही नज़र आ रहे थे। उनका आदमी लगातार मेरे साथ था। मुझे कुछ सूझ नहीं रहा था, इसलिए मैं चुपचाप संग्रहालय की प्रत्येक वस्तु के बीच अपना ख़ानदानी नेकलेस ढूँढ़ रही थी। मुझे वह नेकलेस अभी तक नहीं दिखा था, लेकिन मुझे वॉशरूम दिखा। मेरे दिमाग़ में एक बात आयी। मैंने अपने गाइड से कहा कि मुझे वॉशरूम जाना है। उसने पहले तो इनकार किया, लेकिन जब मैं पेट पकड़कर वहीं खड़ी हो गयी और उससे विनती करने लगी, तब वह मान गया। मैंने उससे कहा कि थोड़ी देर के लिए वह कैमरे वाला लॉकेट पहन ले। उसने इनकार किया। मैंने कहा, इसमें कैमरे हैं, मैं लड़की हूँ। वॉशरूम में कैसे लेकर जाऊँगी? मुझ पर थोड़ा तो तरस खाओ।

मेरी रिक्वेस्ट और रोतलू शक्ल से तंग आकर उसने लॉकेट पहन लिया। मैं तेज़ी–से अन्दर गयी, कमोड बन्द किया। जेब से रूमाल निकला और उस पर अपने रिसर्च सेंटर का नाम और फ़ोन नम्बर लिखा। फिर बड़े शब्दों में हेल्प लिखा। इसके बाद यह कि मुझे अगवा किया गया है। रिसर्च सेंटर मेन डाटाबेस तुरन्त लॉक कर दिया जाये और उससे मुग्धा शर्मा के एक्सेस हटा दिए जाएँ। वहाँ महामारी के वैक्सीन के फ़ॉर्मूले के लिए डकैती होने जा रही है।

मैंने मैसेज अंग्रेज़ी में लिखा था। यह मैसेज लिखकर मैंने रूमाल वापस मोड़ा। पेन डस्टबिन में डाला। फ़्लश चलाया और बाहर निकल गयी। अब मुझे कोई समझदार पढ़ा–लिखा आदमी देखकर यह रूमाल उसे देना था। हम लोग महल के जूलरी कलेक्शन के बीच अपने नेकलेस को ढूँढ़ते हुए इस हॉल से उस हॉल तक घूम रहे थे। मैं जान–बूझकर बहुत धीरे–धीरे चल रही थी। मैं ध्यान से झुक–झुककर शीशे के बहुत पास जाकर गहने देख रही थी, जिससे मेरे साथ चल रहे आदमी को अधिक शक न हो। लेकिन मैं टूरिस्टों के पास–पास ही घूम रही थी, जिससे किसी को रूमाल दे सकूँ। मैं नहीं जानती, यह ट्रिक कितनी काम करने वाली है या फिर काम करने वाली है भी या नहीं, लेकिन मैं अपनी तरफ़ से कोशिश करना चाहती थी।

जहाँ पूरे संसार का भविष्य दाँव पर लगा हो, वहाँ मैं कोई भी मौक़ा या तरीक़ा छोड़ना नहीं चाहती थी, जिससे रिसर्च सेंटर में रखा डाटा बचाया जा सके।

आख़िर मुझे मौक़ा मिला। एक युवक ख़ाकी कपड़े पहने मिलिट्री बैगपैक लिए संग्रहालय में घूम रहा था। उसके हेयरकट और तौर–तरीक़े से वह मिलिट्री का आदमी लग रहा था। मैं उसके नज़दीक जाकर उसके पैरों की मूवमेंट पर नज़र रखकर इन्तज़ार करने लगी। जैसे ही वह मुड़ने को हुआ, मैं दूसरी तरफ़ की क़तार में लगी जूलरी देखते हुए आगे बढ़ी और जान–बूझकर उससे टकराकर गिर गयी।

"यह लड़का ही मेरा अन्तिम मौक़ा है।" मेरे मन ने कहा।

इस मोड़ से आगे

"उफ़ मेरी माँ!!!"

मैं चिल्लायी और उस युवक के सम्हालते–सम्हालते उसके सामने ज़मीन पर लुढ़क गयी।

"आपको अधिक चोट तो नहीं लगी?" उस लडके ने मेरे सामने अपना हाथ बढ़ाते हुए पूछा।

मैं ज़मीन पर लुढ़की पड़ी रही। मैंने कुछ कहा नहीं, लेकिन घुटने पकड़ कर दर्दीला–सा मुँह बनाये रखा और कराहने लगी। मेरा गाइड लपककर मेरी तरफ़ मुझे उठाने के लिए बढ़ा। मैंने बिना देरी किये आर्मी वाले लड़के की तरफ़ हाथ बढ़ा दिया। उसने मुझे सहारा देकर उठाया। मैंने मौक़ा पाकर उसकी जेब में रूमाल रख दिया। मेरा दिल ज़ोर से धड़क रहा था। अगर इस गाइड को ज़रा–सा भी शक हुआ तो मैं तो जान से गयी। मुझे अपनी जान से अधिक भाई और माँ की चिन्ता परेशान कर रही थी। अगर यह सिर्फ़ मेरे और मेरे परिवार या किसी भी और चीज़ की बात होती, मैं इतना रिस्क कभी नहीं लेती, लेकिन यह करोड़ों लोगों की जान का सवाल था। अगर मेरा काम लगभग पूरा होने के क़रीब था, अगर यह शोध किसी भी अच्छे रिसर्च संस्थान या हॉस्पिटल को मिल जायेगा, तो इससे करोड़ों लोगों का भला हो जायेगा। रुकी हुई दुनिया फिर से चलने लगेगी।

"शुक्रिया, मैं ठीक हूँ। ज़रा–सी चोट है घुटने में, बस।"

"आप श्योर हैं? क्या आपको कोई मेडिकल मदद चाहिए?" जब मैं लँगड़ाती हुई अपने पैरों पर खड़ी हो गयी, तब लड़के ने पूछा।

"नहीं, मैं ठीक हूँ..." मैं आगे कुछ बोलती, इससे पहले मेरा गाइड तुरन्त आगे बढ़कर बोला, "...आप बेफ़िक्र रहें, साहब। मैडम को मैं ले जाता हूँ। मैं इनका गाइड और केयरटेकर हूँ।"

"बेहतर बात है..."

इतना बोलकर वह लड़का अपने रास्ते चला गया। गाइड ने सहारा देकर मुझे दरवाज़े के पास रखे एक स्टूल पर बिठाया। मैं दो मिनट तक दर्द की झूठी एक्टिंग करती रही, जिससे उसे शक न हो। थोड़ी देर बाद वह बोला–

"मैडम, जल्दी करो। बस, एक हॉल बचा है, देख लो। नहीं तो वे लोग तुम्हारे साथ मुझे भी मार डालेंगे।"

"इतना डर लगता है, तो इन जैसे लोगों के साथ काम ही क्यों करते हो?"

मैंने थोड़ा चिढ़ते हुए कहा, जिससे उसे मेरा दर्द उसे नाटक न लगे। मैं लँगड़ाते हुए उठी और दरवाज़ा पार करके दूसरे हॉल में दाख़िल हुई। गाइड के अनुसार, यही अन्तिम कमरा है यानि नेकलेस इसी में होना चाहिए।

हॉल लम्बा था और उसमें शीशे के कई बक्से चारों तरफ़ की दीवारों और बीच की जगह में लगे हुए थे। बॉक्सेज़ के बीच चलने के लिए रास्ता बनाया गया था। मैंने हर स्टैंड को देखा। अचानक हॉल के बीचोबीच उस केस पर मेरी नज़र पड़ी, जिसमें वह चीज़ चमक रही थी, जिसकी तलाश में मैं इतनी देर से भटक रही थी। अच्छी तरह तसल्ली करने के लिए मैंने नज़दीक जाकर देखा। जब मुझे यक़ीन हो गया कि यही वह नेकलेस है तब मैंने गाइड की ओर देखा और आँखों से इशारा किया कि यही वह नेकलेस है, जिसकी तलाश में हम यहाँ आये हैं। फिर मैंने अपने नेकलेस के मोती को दबाया। उन तक सिग्नल पहुँच चुका होगा, शायद इसलिये मेरे फ़ोन की घण्टी बजी। मैंने फ़ोन रिसीव किया।

"क्या तुम श्योर हो कि यह हार वही है?" उधर से आवाज़ आयी।

"हाँ, इस हार में एम्बर पेंडेंट के नीचे मेरे इनिशियल्स खुदे हैं। एमके। यानि मुग्धा कौशल।" मैं बोली।

मैं भला इस हार को पहचानने में कोई ग़लती कैसे कर सकती हूँ? कई रातें मैं इसे अपने सीने से लगा कर घण्टों रोयी हूँ। जब–जब मुझे अपने माता–पिता की कमी महसूस हुई, मैं इसे हाथ में लेकर घण्टों बैठी रही। मैं इसे कभी बेचना नहीं चाहती थी, लेकिन मेरे पास और कुछ बेचने के लिए था भी नहीं। सरला माँ को बताये बिना मैंने अन्तिम सेमेस्टर की फ़ीस भरने के लिए इसे बेच दिया था, क्योंकि प्रोजेक्ट बनाने का सामान जुटाने के लिए स्कॉलरशिप के पैसे ख़र्च हो गये थे। मेरे मन में यह बात थी कि मैं पहली सैलेरी मिलते ही इसे दुकान से वापस ख़रीद के ले आऊँगी। मैंने इसे बहुत विश्वसनीय इन्सान को बेचा था। जिसकी दुकान थी, उन रामलाल स्वर्णकार को मैं बचपन से जानती थी। उन्होंने मुझे वचन दिया था कि वह यह हार किसी को नहीं बेचेंगे। जब मुझे मेरी पहली सैलेरी मिली, मैं सबसे पहले रामलाल जी की दुकान में गयी। वहाँ जाकर मैंने जो जाना, उससे मेरा मन टूट गया। रामलाल जी पिछले महीने स्वर्गवासी हो चुके थे। दुकान उनके बेटे के हाथ में चली गयी। बेटे ने हार को शहर से आये किसी टूरिस्ट को बेच दिया। मैं वापस आकर बहुत रोयी थी उस दिन। सरला माँ को जब हार बेचे जाने के बारे में पता चला, वह बेहद गुस्सा हुई। उन्होंने कहा–

"मुझे बताती, हम कोई और इन्तजाम करते। अनुभा की अन्तिम निशानी बेचने की क्या ज़रूरत थी?"

"कौन–सा इन्तजाम करतीं माँ? हमारे पास है ही क्या? वैसे भी आपकी सहेली की अन्तिम निशानी वह हार नहीं, बल्कि मैं हूँ और मैं अब भी आपके साथ हूँ।" मैंने दुलार से उन्हें शान्त करने के लिए कहा। फिर वे चुप हो गयीं।

इनिशियल्स उस हार में पहले से ही खुदे थे। शायद माँ–पापा में से किसी एक ने खुदवाया होगा। मुग्धा कौशल, मेरा असली नाम। 'शर्मा' सरनेम मैंने बाद में रख लिया था। सरला शर्मा के पालन–पोषण और त्याग को सम्मान देने एवं लोगों के फालतू सवालों से बचने के लिए भी। मुझे यह भी महसूस होता था कि जब माता–पिता ने ही मुझे त्याग

दिया, तो उनका सरनेम रखकर मैं क्या करूँगी? यह सरनेम 'कौशल' मुझे उनकी याद दिलाता था।

"ठीक है, हमे फ़ोटो और लोकेशन मिल गयी है। अब तुम तुरन्त वहाँ से निकलो। अपने गाइड को फ़ोन दो...", जब मैंने उन्हें कन्फर्म किया, तो दूसरी तरफ़ से आवाज़ आयी।

मैंने उस राजस्थानी आदमी की तरफ़ फ़ोन बढ़ा दिया। उन्होंने उसे क्या समझाया, मुझे यह पता नहीं। वह सिर हिलाकर उनके निर्देश सुनता रहा। फिर जैसे ही लाइन डिस्कनेक्ट हुई, उसने फ़ोन मुझे वापस कर दिया।

हम दोनों तेज़ी–से हॉल से निकले। तेज़ कदमों से 'नक्षत्र महल' का अहाता पार करते हुए हम मेन गेट से निकलकर सड़क पर खड़े हो गये। एक कार हमारे सामने आकर रुकी। गाइड ने मुझे कार में बैठने का इशारा किया। मैं पीछे की सीट पर चुपचाप बैठ गयी। गाइड ड्राइवर के साथ आगे बैठ गया। कार वापस उसी रास्ते पर चली, जिससे होकर हम यहाँ पहुँचे थे।

मैं इस बात से एकदम बेख़बर थी कि हमारे जाने के कुछ देर बाद वह आर्मी वाला लड़का दुबारा वापस आया था और सबको मेरा हुलिया बताकर मेरे बारे में पूछताछ कर रहा था। उसके साथ पुलिस भी थी।

रात के तीसरे पहर

मेरा गाइड मुझे वापस कैम्प पहुँचा के चला गया। मुझे इन लोगों ने टेंट पर जाकर इन्तज़ार करने को कहा। मैं अन्दर चली गयी और बेचैन–सी बैठी सोचती रही, क्या उस युवक को रूमाल मिला होगा? क्या उसे मेरा मैसेज समझ आया होगा? मैं कान लगाकर टेंट के बाहर से आ रही आवाज़ों को सुनने की कोशिश भी कर रही थी। बाहर वे लोग इतनी शान्ति से अपना काम कर रहे थे कि मुझे कोई स्पष्ट आवाज़ नहीं आ रही थी। इतना अनुशासन और सतर्कता मेरे लिए लोकातीत थी। मैंने कभी किसी गिरोह को इतनी सावधानी से काम करते हुए नहीं देखा था।

मैं थकी हुई थी। टेंट की फ़र्श पर पड़े–पड़े मुझे नींद आ गयी। थोड़ी देर बाद मेरी आँख खुली, तो बाहर अँधेरा था। रात हो चुकी थी। उन्होंने मुझे फिर से खाने को थोड़ा–सा भोजन और पीने के लिए बोतलबन्द पानी दिया। फिर उन्होंने मुझको यह प्लान समझाया कि महल के अन्दर क्या–क्या सुरक्षा उपकरण लगे हैं और उनसे बचते हुए हमें कैसे वहाँ तक पहुँचना है, जहाँ माँ की माला रखी है। मुझे बताया गया कि गार्ड्स बस गेट्स और चारदीवारी के चारों ओर चक्कर लगाते हैं। बीच के कमरे जिनमें कि गहने–ज़ेवर रखे गये हैं, वहाँ सिर्फ़ मोशन डिटेक्ट करने वाले सेन्सर्स और कैमरे ही हैं। जैसे ही इन सेन्सर्स या कैमरे में किसी हलचल का पता चलता है, एक सायरन बज उठता है, जिससे सभी गार्ड्स अलर्ट हो जाते हैं और तुरन्त वहाँ पहुँच जाते हैं। इससे नज़दीकी पुलिस स्टेशन में भी ख़बर पहुँच जाती है। ऐसा होने से सभी रास्ते सील कर दिये जाते एवं पूरी फ़ोर्स चोरी का सामान और

चोरों को पकड़ने में लग जाती। हमें ऐसा होने से रोकना था। इस काम में बहुत ख़तरा था। इतनी सिक्योरिटी के बीच नेकलेस लेकर निकलना दिन में सम्भव नहीं था, इसलिए रात में संग्रहालय में घुसकर चोरी करने के अलावा हमारे पास कोई चारा नहीं था। मुझे फिर से पहले वाले बॉडी फ़िटेड काले कपड़े और बुलेटप्रूफ़ जैकेट दी गयी। मुझे रूस के महान लेखक चेख़व का दिया सिद्धान्त याद आ गया। वे कहते थे कि अगर कहानी में पिस्तौल आए, तो फिर समझना चाहिये कि उससे गोली चलना तय है। मेरी कहानी में अगर बुलेटप्रूफ़ जैकेट आ गयी है, तो आप समझ गये होंगे कि मुझ पर गोली चलाना इसी क्षण तय हो गया है।

लूट की पूरी तैयारी की गयी। वैन को पत्थरों की ओट से निकाल कर उसमें तमाम असलहे, ग्रेनेड और बन्दूक़ें भरी गयीं। सबने बुलेटप्रूफ़ जैकेट्स पहनीं। पहले ये आठ थे, अब पन्द्रह हो चुके हैं। इनमें से दो आदमी ऐसे थे, जो इनको आदेश दे रहे थे और बाक़ी सब उनका पालन कर रहे थे। रात के घोर अँधेरे में सिर से पाँव तक गहरे काली यूनिफ़ार्म पहने हम सब संग्रहालय लूटने को चल पड़े। अन्दर जाने के लिए हमने पहले वह स्पॉट ढूँढ़ा, जो क़िले की दीवार के सबसे नज़दीक था और जिसका रास्ता जंगल से होकर गुज़रता था, क्योंकि क़िले तक जाने वाली एकमात्र सीधी सड़क हम उसपर की जाने वाली निगरानी के कारण ले नहीं सकते थे। उस पर हथियारबन्द गार्ड्स का पहरा था। जंगल के बीच से होकर जाने वाली एक पुरानी टूटी–फूटी सड़क से ले जाकर उन्होंने वैन को क़िले के पीछे एक सीधी चढ़ाई के पास रोका।

पहले हुक्स के साथ चढ़ाई करके हमने पत्थरों को पार किया। फिर उन्ही हुक्स की सहायता से क़िले की दीवार लाँघी। हुक्स के सहारे वे लोग क़िले की बाहरी दीवार पर छिपकलियों की तरह चढ़ गये। जो दो लोग आदेश दे रहे थे, उनमें से एक ने मेरी कमर में एक हुक लगा दिया। फिर उन्होंने मुझे ऊपर चढ़ने में मदद की। थोड़ी मशक़्क़त के बाद मैं दीवार पर चढ़ गयी। ये लोग शायद मुझे नेकलेस की शिनाख़्त करने के लिए ले जा रहे थे, जबकि मैंने इन्हें सुबह बताया था कि वो

हार कौन–सा है। शायद ये कोई ग़लती नहीं करना चाहते थे और मुझे अपनी नज़रों से ओझल भी होने नहीं देना चाहते। जो भी कारण हो, अब इनकी क़िस्मत ही मेरी क़िस्मत है। मैं चाहूँ या न चाहूँ, अब ये मेरे साथी हैं।

दीवार के इस पार पहुँचकर हम झाड़ियों से होकर उस गेट तक पहुँचे, जो उस हॉल के सबसे नज़दीक था, जहाँ मेरा नेकलेस रखा हुआ था। हमने देखा, दो गार्ड्स वहाँ गेट पर खड़े हैं। हमारे एक आदमी ने उनके सर्वर को हैक करके उनकी लाइव फुटेज को पहले से रिकॉर्डेड वीडियो से बदल दिया, लेकिन कैमरे और सेंसर का कंट्रोल इंटर्नल था, उसे हम नहीं बदल पाये। एंट्री पर खड़े गार्ड्स को डार्ट से बेहोश करके हमने उस हॉल में प्रवेश किया। हॉल में बहुत–से आभूषण थे, इसलिए यहाँ फ़र्श पर चारों तरफ़ लेज़र किरणों का जाल था।

मेरे साथियों के पास इन महल का पूरा नक़्शा था। वे लोग उसके अनुसार ही आगे बढ़ रहे थे। इन्हें हर सुरक्षा उपकरण की जानकारी पहले से थी। हम दरवाज़े से पास खड़े हो गये। इनमें से दो आगे बढ़े और उन्होंने किसी बड़े सिलेंडर की तरह दिखने वाली लाल मिस्ट ब्लोअर गन निकाली। फिर उन लोगों ने हॉल तक पहुँचने वाले पूरे गलियारे में उस गन के द्वारा हल्का धुआँ भर दिया। थोड़ी देर में मिस्ट के कारण लेज़र जाल का पैटर्न हमारी नंगी आँखों को दिखने लगा था। नक़ाबपोशों में से एक आदमी आगे बढ़ा, उसने अपनी बेल्ट, जिसमें उसकी रिवॉल्वर लगी थी, खोलकर अपने दूसरे साथी को दे दी। फिर वह हवा में सधे हुए नट की तरह कलाबाज़ियाँ खाता हुआ लेज़र किरणों के जाल के बीच की ख़ाली जगह का सहारा लेते हुए आगे बढ़ा और उस हॉल में पहुँच गया, जहाँ सारे गहने थे। उसने वहाँ जाकर हार उठाया, उसे अपनी जेब में डाला और उसी तरह कलाबाज़ियाँ खाता वापस हमारी ओर आने लगा। वह बस हम तक पहुँचने वाला था कि न जाने कैसे उस बन्दे का पैर लड़खडाया और वह सभी लेज़र की किरणों से टकराता सीधे फ़र्श पर जा गिरा। उसका फ़र्श पर गिरना था कि पूरा महल तेज़ सायरन की आवाज़ से गूँज गया।

हमने बहुत बड़ी ग़लती कर दी थी। शायद अब हमें यहाँ से भागना चाहिये। जो इनसान हार लेने गया था, वो तेज़ी–से हमारी तरफ़ दौड़ता हुआ आया। जो दो लोग सुबह आदेश दे रहे थे, उनमें से एक ने उसके हाथ से हार ले लिया।

मुझे लगा, अब ये लोग यहाँ से जल्दी से निकलेंगे, लेकिन उससे पहले उनमें से एक ने मुझे हार दिखाया और पूछा–

"यही है?"

वही था। मैंने सर हिलाकर 'हाँ' बोला।

"हार को चेक करो।" दूसरे आदमी ने कहा।

पहले ने मेरा हाथ पकड़ा और मैं समझ पाती, इससे पहले अपनी जेब से एक ख़ंजर निकालकर मेरी हथेली में एक कट मारा। मैं दर्द से चीख़ पड़ी। साथ खड़े आदमी ने मेरा मुँह दबा दिया। जिसने मेरा हाथ काटा था, उसने मेरी हथेली उठायी और ज़ख़्म को दबाया। ख़ून की बूँदें टपकने लगीं। उसने तुरन्त नेकलेस में लगा पेंडेंट आगे किया। बूँदें पेंडेंट पर गिरीं।

पेंडेंट में से चमकीली पीली रौशनी निकलने लगी।

"यही है।"

उसने कहा। तभी सामने से सिक्योरिटी गार्ड्स आते दिखे। उन्होंने हाथ के इशारे से मुझे भागने को कहा। हम सब लोग बिजली की तेज़ी से महल की बाहरी दीवार की तरफ़ बढ़े। उन्होंने मुझे खींचते हुए दीवार पर चढ़ाया। हम दीवार की दूसरी ओर कूदे और फ़ायरिंग के बीच तेज़ी–से ढलान पर उतरते हुए वैन की तरफ़ भागे। भागते हुए उस दूसरे आदमी ने मुझे एक सफ़ेद रूमाल दिया। मैंने उसे ख़ून रोकने के लिए हथेली पर बाँध लिया। हमारे पीछे लगातार गोलियाँ चलाते गार्ड्स दौड़ रहे थे। हम तेज़ी–से सीधी ढलान पर उतरने लगे। कुछ लोग दीवार के पास रुककर सामने से आते गार्ड्स पर फ़ायरिंग कर के हमें भागने का मौक़ा देने लगे। लगभग दस मिनट की सीधी उतरायी के बाद हम वहाँ पहुँचे, जहाँ वैन पार्क थी। उन्होंने ताबड़तोड़ वैन स्टार्ट की और हम सब तेज़ी से ऊबड़–खाबड़ रास्तों से होते हुए राष्ट्रीय राजमार्ग की

तरफ़ बढ़े। हम कुछ दूर चले ही थे कि पीछे से पुलिस की दो गाड़ियाँ सायरन बजाती हमारे पीछे आती दिखायी दीं।

हम तेज़ गति से चल रहे थे, लेकिन फिर भी पुलिस की गाड़ियाँ क़रीब आती जा रही थी। मेरी तरह मेरे इन नक़ाबपोश साथियों को भी अन्दाज़ा हो गया होगा कि अगर कोई चमत्कार नहीं हुआ, तो हम सब आज पुलिस के हाथों मारे जाने वाले हैं।

दो चमत्कारी योद्धा

पुलिस की गाड़ियाँ एकदम क़रीब आती जा रही थीं। मुझे अपना अन्त पास नज़र आ रहा था, लेकिन तभी वे दोनों आदमी, जो सुबह से सबको ऑर्डर दे रहे थे, हमारी तेज़ दौड़ती हुई वैन खोलकर सीधे सड़क पर कूद गये।

मुझे लगा, ये तो गये! ज़रूर कँक्रीट की सड़क पर लुढ़ककर हड्डियाँ तुड़वा बैठेंगे, लेकिन आश्चर्य कि वे गाड़ी से कूदकर सड़क पर एक हथेली रखकर और एक घुटना मोड़कर एकदम सही–सलामत और आराम से बैठ गये, जैसे मार्बल कॉमिक्स की अवेंजर सीरीज़ में में नॉर्स गॉड थॉर की एक्टिंग करता क्रिस हेम्सवर्थ बैठता है।

मैं उत्सुकता से पीछे झाँककर देखने लगी कि आगे क्या होता है। पुलिस की दोनों गाड़ियाँ उनके एकदम नज़दीक आ गयी थीं। वे बिजली की तेज़ी–से आगे दौड़े। अब उनमें से एक के बस कुछ मीटर आगे ही पुलिस की जीप थी। दूसरा ज़रा पीछे था।

"क्या यह जीप के नीचे आगे आकर आत्महत्या करना चाहता है?" मैंने अपने आप से पूछा।

पुलिस के लोग लगातार गोलियाँ चला रहे थे। कई गोलियाँ उसे लगी भी, लेकिन गोलियों का उस पर कोई असर नहीं हुआ। शायद उसने बुलेटप्रूफ़ जैकेट पहनी हो। जीप एकदम क़रीब आ चली थी, जैसे उसे रौंद कर पार करने ही वाली हो, लेकिन तभी वह ज़मीं पर पैर मारकर अचानक से हवा में कुछ फ़ीट उछला और नज़दीक आ चुकी जीप के बोनेट पर उसने एक ज़ोरदार मुक्का मारा। बोनेट गत्ते के टुकड़े

की तरह जीप से अलग होकर हवा में उछला। जीप ने भी ज़ोर–से कर्णभेदी आवाज़ की और अपनी स्पीड के कारण सड़क से असन्तुलित होकर सीधे हवा में उछल गयी। उसकी बॉडी के कई टुकड़े थोड़ी दूर हवा में उछले, फिर सड़क पर इधर–उधर गिरने लगे। उसमें जितने लोग थे, सब उछलती जीप से पके बेर की तरह टपके और घायल होकर रोड पर छितरा गये। उनमें से कुछ के सिर फूट गये थे। उन्होंने उसी समय दम तोड़ दिया होगा। बाक़ी जो बचे थे, वे बुरी तरह घायल थे। दर्द से बिलबिलाते हुए वे किनारे की रेत और सड़क पर घिसट रहे थे। मेरा मन यह रक्तपात देखकर दहल गया।

सामने से जो दूसरी जीप आ रही थी, दूसरा आदमी उसकी तरफ़ दौड़ा। ऐसा लग रहा था, कोई शेर बकरियों के झुण्ड की तरफ़ दौड़ रहा हो। वह जीप के आगे से उछलकर सीधे जीप की छत पर कूदा और छत पर जाकर उसने एक तरफ़ झुककर ड्राइवर के केबिन का दरवाज़ा उखाड़ दिया। उसने ड्राइवर का गला पकड़कर उसे सड़क की दूसरी ओर फूस के गुड्डे की तरह फेंक दिया। फिर वह नीचे आया, उसने स्टेयरिंग पकड़ी और गाड़ी को सड़क के दूसरी ओर एक चट्टान पर क्रैश करा दिया। धूल का एक बगुला उड़ा और वे सभी थोड़ी देर के लिए हमारी आँखों से ओझल हो गये। थोड़ी धूल बैठने के बाद मैंने देखा, दोनों गाड़ियाँ नष्ट हो चुकी थीं। सभी पुलिसवाले मारे जा चुके थे। हमारी वैन चली जा रही थी। उन दोनों आदमियों का कोई पता नहीं था। वे हमारे साथ नहीं थे। लेकिन जो लोग मेरे साथ थे, उनको पता था कि उन्हें कहाँ जाना है, इसलिए वे बिना रुके चलते रहे।

हम लगभग तीन–चार घण्टे लगातार ड्राइव करते रहे। फिर हाइवे का अँधेरा छँटने लगा और शहर की सरगर्मियाँ दिखायी देने लगीं। मैंने घड़ी में समय देखा, रात के साढ़े तीन बज रहे थे। यह मेरा शहर है। इस सड़क को मैं पहचानती हूँ। ये लोग मेरे रिसर्च सेंटर जा रहे हैं। शायद ये डाटा और फ़ाइल्स लेना चाहते हैं।

हे भगवान!! मैंने मन–ही–मन कहा। अब क्या होगा? क्या उस फ़ौजी को मैसेज मिला होगा? उसमें लिखा मैसेज उसे समझ आया

होगा और क्या उसने मैसेज को गम्भीरता से लिया होगा? उसने रिसर्च सेंटर पर या पुलिस को ख़बर की होगी? क्या उन लोगों ने मेरा एक्सेस लॉक किया होगा? मुझे बेचैनी और घबराहट के कारण फिर से उल्टियाँ आने जैसी फीलिंग आयी।

मैंने बैगपैक से निकालकर दो घूँट पानी पिया और ख़ुद को कंट्रोल करने की कोशिश करने लगी। मेरे मन में कुछ घण्टे पहले हुई घटना रील की तरह चल रही थी। इतनी ताक़त किसी साधारण इनसान में कैसे हो सकती है कि वह एक मुक्के के प्रहार से इतनी तेज़ी–से चली आ रही इतनी बड़ी जीप पलट दे? ये ताक़तवर लोग सामान्य मनुष्य तो बिल्कुल नहीं हैं, इतना तो मैं समझ गयी थी, लेकिन इनकी पहचान क्या है? आख़िर मुझसे इनका क्या वास्ता है? ये सवाल अब भी मेरे मन में बेचैनी भर रहे थे।

हम लोग रिसर्च सेंटर पहुँच गये। वहाँ पहले से एक आदमी खड़ा था। उसका परिचय उन्होंने अपने कम्प्यूटर एक्सपर्ट के रूप में दिया। उन्होंने मुझसे कहा कि मुझे इस आदमी को अपना मंगेतर बताकर सेंटर के अन्दर ले जाना है। सुबह बस कुछ घण्टों में होने ही वाली थी। उन्होंने मेरा पर्स और मेरी आईडी मुझे वापिस कर दी, लेकिन मेरा मोबाइल फ़ोन पर्स में नहीं था। फिर उन्होंने मुझे साफ़ शब्दों में दुबारा समझाया कि क्यों बिना किसी चालाकी के सारा डाटा उन्हें लाकर देना मेरे परिवार के हिफाज़त लिए बेहद ज़रूरी है। मेरा मन इतना बेचैन और क्लान्त हो चुका था कि मैंने अबकी बार खीझकर कहा, "हाँ, हाँ मैं समझ गयी। बार–बार घिसे रिकार्ड की तरह एक ही बात मत दोहराओ। चलो, जल्दी से इसे ख़त्म करते हैं।"

मैंने उस आदमी से कहा और आगे बढ़ी। वह आदमी, जिसे मुझे मेरा मंगेतर बताना था, उसे लेकर मैं बिल्डिंग की तरफ़ बढ़ी। वहाँ पहुँचकर मैंने देखा, रौशन हमेशा की तरह कुर्सी पर बैठा था। मुझे देखते ही वह खड़ा हो गया।

"अरे मुग्धा मैडम, इतनी रात को कैसे आना हुआ?" उसने एंट्री रजिस्टर मेरी तरफ़ बढ़ा दिया।

"और आप कल भी नहीं आयीं?" उसने पूछा।

"हाँ रौशन, किसी काम से शहर से बाहर गयी थी, इसलिये नहीं आयी। फिर से सुबह जाना है तो सोचा, थोड़ा–सा काम सफ़र में रहते हुए ही कर लूँगी, इसलिए अपनी फ़ाइल्स लेने आयी हूँ। इनसे मिलो, ये मेरे मंगेतर हैं –विशाल।"

मैंने मुस्कुराकर नॉर्मल दिखने की कोशिश की और रजिस्टर में एंट्री करते हुए आगे बढ़ गयी। रौशन ने मेरे साथ वाले इनसान को सलाम किया। मैं मुस्कुरायी और आगे बढ़ी। मैं नहीं चाहती थी, इसे कोई शक हो और यह मेरे पीछे आकर बेमौत मारा जाये। मेरा दिल तेज़ी–से धड़क रहा था। हम फटाफट नवीं मंज़िल पर पहुँचे और मैंने कार्ड स्वाइप करके अपना ऑफिस खोला।

धत् तेरे की!...दरवाज़ा खुल गया यानि कि इन्होंने मेरा एक्सेस नहीं हटाया है। लगता है, मेरा मैसेज इन्हें नहीं मिला। उस आदमी ने मेरी तरफ़ एक हार्ड ड्राइव बढ़ाया। मैं जल्दी–जल्दी सारा डाटा उसमें कॉपी करने लगी। वह मेरे पीछे खड़ा होकर कम्प्यूटर स्क्रीन पर नज़र रखे था ताकि मैं कोई चालाकी नहीं करूँ।

पूरा डाटा कॉपी होने में लगभग पाँच मिनट का समय लगा। फिर उसने मेरे कम्प्यूटर और क्लाउड से सब फ़ाइल्स डिलीट करके मेरा हार्ड ड्राइव निकाल लिया। उसने दोनों हार्ड ड्राइव एक बैग में रखे और अपने कन्धे पर टाँग लिया।

मेरा दिल बैठा जा रहा था। मेरी सारी मेहनत और संसार का भविष्य नष्ट होने जा रहा था। मैं बहुत ज़ोर–से चीख़कर रोना चाहती थी, लेकिन मैं बेबस थी। इसलिये चुपचाप उसके पीछे–पीछे चलने लगी। उसने लिफ़्ट के पास जाकर उसका बटन दबाया। जैसे ही उसने वह बटन दबाया, चारों तरफ़ अँधेरा हो गया। अचानक फ़्लोर की बिजली चली गयी थी।

फिर सामने के गलियारे से बहुत–सी टॉर्च की रौशनियाँ एक साथ हमारे चेहरे पर पड़ी और आवाज़ आयी–

"पुलिस"! हैंड्स अप! जहाँ हो वही रुको। अपने हाथ ऊपर करो। अपने हथियार और वह बैग हमारी तरफ़ फेंको... अभी!"

अपने अतीत से मुलाक़ात

पुलिस को ख़बर मिल गयी है, कम–से–कम अब संसार का भविष्य सुरक्षित है, भले ही अब मेरा भविष्य और वर्तमान असुरक्षित हो गया हो। मैंने और मेरे साथी ने हाथ ऊपर कर दिये। उसने वह बैग भी पुलिस की तरफ़ फेंक दिया।

तभी शीशे की खिड़कियों को चकनाचूर करते हुए रस्सियों के सहारे मेरे सभी नक़ाबपोश किडनैपर विस्फोट के साथ गलियारे में दाख़िल हुए। मैंने किरचों से बचने के लिए अपनी बाँहों से अपना सर और चेहरा ढक लिया। काँच के साथ सामने की दीवार का बहुत सारा हिस्सा विस्फोट से नष्ट हो गया था। उन्होंने गलियारे में उतरते ही मुझे खींचकर अपने पीछे कर लिया। वे गोलियों की बरसात करते हुए गलियारे में पीछे हटे। पुलिस ने भी जवाबी फायरिंग की। दोनों तरफ़ से गोलियाँ चल रही थीं। मैं अपने किडनैपर नक़ाबपोशों के पीछे छिपी हुई थी। पीछे हटते हुए हम गलियारों के अँधेरों में ग़ायब हो गये। सामने एक बड़ा दरवाज़ा था। उन्होंने वो लॉक कर दिया। हम सब अँधेरे में चूहे–बिल्लियों का खेल खेल रहे थे।

पूरा रिसर्च सेंटर जंग का मैदान बन गया था। फ़ायरिंग और धमाकों से पूरी बिल्डिंग तबाह हो रही थी। पुलिस की लगातार फायरिंग से बचते–बचाते हम सबको बिल्डिंग से सही–सलामत निकलना था, इसलिए हम एक रणनीति के तहत दो टुकड़ों में बँटकर अलग–अलग हो गये।

आधे लोग पुलिस से उलझे रहे, आधे मेरे साथ सीढ़ियों से ग्राउंड फ़्लोर की तरफ़ बढ़े। हम निचली मंज़िल पर रिसेप्शन तक तो सही सलामत पहुँच गये। हम गेट से बाहर निकले ही थे कि पुलिस के लोगों ने हम पर आगे से भी गोलियाँ दाग़नी शुरू कर दीं। मैं विस्फोट के कारण ऊपरी दीवार गिरने से जमा हुए मलबे की ओट में छिप गयी। एक नक़ाबपोश मेरे पास रहकर मेरी रक्षा कर रहा था। ठीक तभी एक पुलिस वाला मेरे पीछे से आकर मुझ पर रिवॉल्वर तानकर खड़ा हो गया। मेरे साथी ने उस पर फ़ायर किया। उसे गोली नहीं लगी। बदले में उसने मेरे साथी को ढेर कर दिया। मैंने हाथ खड़े कर दिये।

ठीक इस समय, मैं उसके गन पॉइंट पर हूँ।

यहीं से मैंने आपको अपनी कहानी सुनानी शुरू की थी।

अब आप जान गये हैं कि मेरी ज़िन्दगी कैसे लोगों और घटनाओं से भरी पड़ी है। आगे की कहानी सुनते रहिये। इससे आप जान सकेंगे कि कैसे यह 'अविश्वसनीय' शब्द किसी तमगे की तरह है, जिसे मेरी ज़िन्दगी के दिनों ने बिना मेहनत के हासिल किया है।

वह पुलिस वाला मुझे गिरफ़्तार करने हीं वाला था कि एक अजीब–सी बात हुई। जैसे ही उसने ट्रिगर दबाना चाहा, उसकी रिवॉल्वर एक ज़हरीले नाग में तब्दील हो गयी। जैसे ही उसने देखा कि उसने हाथ में बन्दूक़ की जगह साँप पकड़ रखा है, उसने साँप को छोड़ दिया। साँप रेंगता हुआ एक तरफ़ चला गया। फिर न जाने क्या हुआ कि वह एक नीले–सफ़ेद धुएँ में घिर गया और एक क्षण बाद वह रोता–चिल्लाता बाल नोचता, पागलों जैसी हरकतें करता एक तरफ़ भाग खड़ा हुआ। उसके जाने के बाद धुएँ से वही औरत प्रकट हुई, जिसने कई साल पहले स्कूल टूर के दौरान महल में मुझे आत्महत्या करने से रोका था।

मेरे साथी अब भी पुलिस फ़ायरिंग में फँसे हुए थे।

वह मेरी ओर बढ़ी।

"मुग्धा, अपनी जान बचानी है, तो मेरे साथ चलो।" उसने कहा और मेरा हाथ पकड़कर एक तरफ़ ले जाने लगी।

मैं चुपचाप उसके साथ चल दी। दो–चार क़दम उसके साथ चलने के बाद मैं अपनी चेतना में लौटी। मैंने उसका हाथ झटक दिया और बोली–"कौन हो तुम? अभी–अभी यहाँ क्या हुआ? वह आदमी कहाँ गया? ...और मैं तुम्हारे साथ नहीं जा सकती... मेरा परिवार ख़तरे में है... मैं इन लोगों को छोड़कर नहीं जा सकती।"

यह सब बोलती हुई मैं मुड़ी और बदहवासी में उधर जाने लगी, जिधर से गोलियों की आवाज़ आ रही थी। मैं तेज़ी–से उस तरफ़ बढ़ रही थी कि अचानक वह औरत फिर से हवा में से ठीक मेरे सामने प्रकट हुई। वह मेरी ओर बढ़ी और उसने मेरी नाक के आगे हथेलियाँ खोलीं और मुझ पर फिर से कोई बैंगनी पाउडर फूँका। मैं तुरन्त बेहोश हो गयी। हार्ड ड्राइव मेरे पास मेरी पीठ पर टँगे बैगपैक में ही था, जो मैंने गोलीबारी के बीच फ़र्श से उठा लिया था।

जब मुझे होश आया, मैं एक पत्थर की गुफा में फूस के बिस्तर पर सो रही थी। मैंने बहुत–से गर्म कपड़े पहने थे। सामने आग जल रही थी। मैंने आँखें खोलने की कोशिश की, लेकिन मुझे सब धुँधला दिख रहा था। कोई मेरा माथा सहला रहा था, एक औरत। मैंने एक दो बार और पलकें झपकायीं, नज़र थोड़ी और साफ़ हुई। मैं चौंक गयी। इस औरत की शक्ल मेरी माँ अनुभा कौशल जैसी थी। हालाँकि यह तस्वीर से अधिक उम्रदराज़ लग रही थी, जो स्वाभाविक था।

"माँ...!! क्या तुम मेरी माँ हो ? अनुभा कौशल!! लेकिन यह कैसे हो सकता है? तुम्हारी शक्ल मेरी माँ से क्यों मिलती है?"

मैंने एक साँस में कई सवाल पूछ डाले।

"मैं तुम्हारी माँ ही हूँ, अनुभा कौशल।"

"अगर तुम मेरी माँ हो, तो तुम ज़िन्दा कैसे हो? तुम इतने दिन कहाँ थी? मैं अभी कहाँ हूँ? यह कौन–सी जगह है?" मेरे सवाल ख़त्म ही नहीं हो रहे थे।

"मैं तुम्हारी माँ ही हूँ। तुम्हारे मन में बहुत–से सवाल है। सवालों के जवाब के लिए तुम्हें मेरी बातें धैर्य से सुननी पड़ेंगी।"

"लेकिन सरला माँ उनके पास है और अनूप भी। उन्होंने अगर मुझे वहाँ नहीं पाया तो वे उन्हें मार देंगे। तुम मुझे यहाँ लेकर आयी? क्यों और कैसे?" मैंने उनकी बात बीच में ही काट दी।

"अगर वे उन्हें मार देंगे तो तुम्हें कभी किसी बात के लिए मजबूर नहीं कर सकेंगे, इसलिए इसकी चिन्ता मत करो। अभी मेरी बातें सुनो, तभी तुम उन्हें बचा सकोगी। तुम्हारे लिए तुम्हारे अस्तित्व की कहानी जानना ज़रूरी है।" माँ मुझे समझाने की कोशिश करती हुई बोली।

"नहीं! मैं वापस जाना चाहती हूँ। मैं तुम पर विश्वास क्यों करूँ? तुम तो कभी मेरे पास नहीं रही? तुमने मुझे छोड़ दिया था! मुझे मेरी माँ के पास जाना है!"

यह कहकर मैं बिस्तर से उठकर खड़ी हो गयी। मुझे सरला माँ की फ़िक्र थी लेकिन यह प्रतिक्रिया सिर्फ़ फ़िक्र की वजह से नहीं थी। यह मेरी सगी माँ के द्वारा बचपन में छोड़ दिये जाने का गुस्सा था, जिसके कारण मैं उसकी कोई बात नहीं सुनना चाहती थी। उसका चेहरा भी नहीं देखना चाहती थी।

"मैं अभी इसी समय वापस जा रही हूँ।" मैंने कहा और तेज़ी–से बाहर निकली।

वहाँ दो–तीन औरतें और थीं। उन्होंने मुझे रोकना चाहा। अनुभा कौशल ने इशारे से उन्हें मना कर दिया। मैं गुस्से–से पैर पटकती गुफा से बाहर निकली। चारों तरफ़ बर्फ़ बिछी थी। न किसी आदमी का, न ही जानवर का कोई निशान नज़र आ रहा था।

अब आज यह क्यों आयी है मेरी ज़िन्दगी में वापस? कहाँ थी यह औरत अब तक? मैंने इसे कितना ढूँढ़ा, कितना याद किया। तब यह कहाँ थी?

मैं लगातार आगे बढ़ती जा रही थी।

माँ का बचपन

बाहर हल्की–हल्की बर्फ़ गिर रही थी। मैं बहुत ठण्ड महसूस कर रही थी, लेकिन मैं रुकी नहीं। बचपन से आज तक का हर वह पल मेरे दिमाग़ में रील की तरह चल रहा था, जब मैं अपनी माँ को याद करके अकेले में रोती और उदास होती थी। मैं बेहद गुस्से में थी। चलते–चलते मेरी बरौनियों में बर्फ़ जमने लगी थी। मैं अपनी उँगलियाँ को फूँक मारकर गर्म करती बर्फ़ के रेगिस्तान में चली जा रही थी। बहुत तेज़ ठण्ड थी। धीरे–धीरे मुझ पर आलस छाने लगा था। फिर भी मैं चलती जा रही थी। सहसा मुझे नींद आने लगी। मुझे सब धुँधला दिखने लगा। मैं एक पत्थर से पीठ टिकाकर बैठ गयी। मैं बुरी तरह काँप रही थी। मेरी आँखें बन्द होने लगी। मेरी हड्डियाँ तक जमने लगी थीं। मुझे एहसास हुआ कि मुझे गुफा से इस तरह निकलकर नहीं आना चाहिये था। शायद इस ठण्ड में मैं ज़िन्दा नहीं बचूँगी। मैं बेहोश होने वाली ही थी कि वे महिलाएँ जो गुफा में मेरी माँ के साथ थीं, एक कम्बल और थोड़ा गर्म काढ़ा लेकर वहाँ प्रकट हुईं। उन्होंने मुझे कम्बल में लपेटा, फिर मुझे काढ़ा पिलाया। इस बार मैंने कोई विरोध नहीं किया। काढ़ा पीकर मुझे थोड़ी ताक़त और गर्मी महसूस हुई। उनके पास एक याक था। उनमें से एक मुझे याक पर चढ़ाकर मेरे साथ ही बैठ गयी, दूसरी पीछे–पीछे चलने लगी। जो औरत मेरे साथ बैठी थी, उसने मुझे कसकर पकड़ लिया। उसके शरीर की गर्मी से मुझे आराम मिला। मैं शर्मिन्दा थी, लेकिन चुप थी। वे लोग मुझे फिर गुफा तक लाईं और सहारा देकर उतारा। अब मैं चुपचाप अपनी सगी माँ के साथ आग के पास बैठी थी।

"तो अब तुम सब सुनने के लिए तैयार हो?" माँ ने शान्त स्वर में पूछा।

"पहले तुम बताओ, अब तक कहाँ थी?" मैंने तीखे स्वर बोलना शुरू किया और बोलती ही गयी, "मैंने तुम्हें कहाँ–कहाँ नहीं ढूँढ़ा? अगर तुम ज़िन्दा थी तो इतने दिनों तक मुझसे मिलने क्यों नहीं आई? और मेरे पिता कहाँ हैं? क्या वे भी ज़िन्दा हैं? मुझे अपने और उनके बारे में सब कुछ बताओ...सब कुछ! यह भी कि मेरे जीवन में होने वाली अलौकिक घटनाओं का क्या अर्थ है? मैंने तुम्हें स्कूल ट्रिप में जूनागढ़ के महल में देखा था। तुमने मुझसे आत्महत्या करवानी चाही? क्यों? वे लोग कौन हैं जो मुझे किडनैप करके मुझसे रिसर्च और तुम्हारे नेकलेस को हासिल करना चाहते हैं? इन सब घटनाओं में क्या सम्बन्ध है?"

"मेरी बातें सुन लो, तुम्हारे सभी सवालों का जवाब उसमें मिल जायेगा।" माँ बोली।

"ठीक है, बोलो"

माँ ने मुझे एक कहानी सुनायी। उनकी अपनी कहानी! कहानी कुछ ऐसी है–

मेरी माँ अनुभा कौशल अपने पिता की इक़लौती सन्तान थीं। वह बहुत मन्नतों और दुआओं के बाद जन्मी थीं। उन्होंने अपना जीवन सुविधाओं में जिया था, लेकिन उसके मन में उन लोगों को प्रति प्रेम और सहानुभूति भी थी, जिन्होंने यह जीवन नहीं जिया हो। एक बार की बात है। जब वह पाँचवीं में थीं, ठण्ड के दिनों में एक रोज़ उनकी माँ ने उन्हें दोतह कपड़े पहनाकर अच्छी तरह तैयार करके स्कूल भेजा। कुछ देर बाद ही स्कूल की महिला चपरासी उन्हें घर वापस लेकर आ गयी। उसने बताया कि अनुभा क्लास में ठण्ड से काँप रही थी। उसके शरीर में कोई गर्म कपड़ा नहीं था। टीचर ने देखा, तो उसे हल्का बुख़ार था इसलिए उसे तुरन्त घर भेज दिया गया।

माँ की गोद में लेटी अनुभा बुखार के खुमार में अधखुली आँखों से मुस्कुरा रही थी।

"तुम्हारे स्वेटर और स्कार्फ़ कहाँ गये?" अनुभा की माँ ने उसका माथा सहलाते हुए पूछा।

"वो मेरी सहेली है न सरला, उसको दे दिया। उसके पास पूरी सर्दियों में पहनने को सिर्फ़ एक फटी फ्रॉक थी और बस एक छोटी स्कर्ट। तुम जानती हो माँ, वह स्कर्ट भी उसकी माँ ने उसके चाचाजी के बरमूडे को काटकर बनाया था। मेरे पास तो और भी स्वेटर हैं। यह तो बहुत पुराना था और मुझे नहीं पसन्द था, इसलिए मैंने उसे दे दिया।" अनुभा भोलेपन से बोली।

"तो घर आ जाती, फिर स्कूल क्यों गयी?" माँ ने पूछा।

"घर आने से क्लास छूट जाती न, फिर मुझे डॉक्टर बनना है। मैं कैसे बन पाती?" अनुभा ने गम्भीर चेहरा बनाते हुए मासूमियत से कहा।

तारा देवी को हँसी आ गयी। उन्होंने कुछ नहीं कहा। बस, अनुभा का माथा सहलाती रही। थोड़ी देर में अनुभा सो गयी।

इस घटना के बाद सरला और अनुभा पक्की सहेलियाँ बन गयीं। थोड़े दिनों बाद सरला अपने मामा के पास रहने चली गयी। फिर बहुत समय तक दोनों में कोई बात नहीं हुई। साल ऐसे ही बीतते रहे। अनुभा माँ–पिता की लाड़ली होकर बड़ी होती रही। अनुभा के पिता ठाकुर विश्वेश्वर सिंह की कोई दूसरी सन्तान नहीं हुई। वे अनुभा को अपनी ज़िन्दगी से भी अधिक चाहते थे। उन्हानें अनुभा के पालन–पोषण में कोई कमी नहीं छोड़ी।

अनुभा में एक शहीदाना करुणा थी। वह एक पल जितनी चंचल थी, दूसरे ही पल उतनी ही गम्भीर भी थी। जितनी गहरी, उतनी ही मिलनसार। वह हर बात में दो विपरीत ध्रुवों का संगम थी, जैसे अपने आप में यिन–याँग का एक चिह्न हो। वह नियमों को सीमाओं को नहीं मानती थी। लिपि में उसका सबसे पसन्दीदा चिह्न प्रश्नवाचक चिह्न था। वह हमेशा कहती थी–

"पूर्णविराम का अर्थ है कि आगे वाक्य में कुछ जोड़ने की सम्भावना कम है। कहीं न कहीं वह अपने आप में पूर्ण है। उसमें प्रतीक्षा नहीं है, लेकिन प्रश्नचिह्न यह बताता है कि वह उत्तर की आशा से जुड़ा हुआ है।

अगर किसी ने प्रश्नचिह्न से वाक्य ख़त्म किया तो इसका मतलब यह कि या तो उसे मालूम है या उसे आशा है कि संसार में कोई और भी है, जो उसके वाक्य के उत्तर में कुछ कहेगा। प्रश्न चिह्न भाषा और संसार की सबसे बड़ी आशा है।"

अनुभा को देखो, तो उसके व्यक्तित्व में भर–भरकर जीवन का उत्साह झलकता था। ठाकुर साहब का परिवार बड़ा था। उनकी एक विधवा बहन, उसका बच्चा, दूसरी ब्याहता बहन का परिवार भीं अनुभा के परिवार के साथ रहता था। उनकी हवेली में हमेशा चहल–पहल रहती। अनुभा को अकेले रहने का मौक़ा कम मिलता था।

दिल है छोटा-सा

अनुभा के जन्म से कई सालों पहले—

वह बीसवीं सदी का पचासवाँ साल था, जब स्वतन्त्र भारत में ज़मींदारी प्रथा का अन्त घोषित किया गया। ठाकुर परिवारों से उनकी संचित ज़मीनें ज़ब्त कर ली गयीं। उनका ओहदा छीन लिया गया। उनकी आर्थिक स्थिति में अचानक बहुत फ़र्क़ आ गया। ठाकुर विश्वेश्वर सिंह को बस इतना सन्तोष रहा कि उनकी आर्थिक स्थिति पहले जैसी न रहने पर भी सामाजिक स्थिति में बहुत बदलाव नहीं आया था।

लोग अब भी उन्हें 'अन्नदाता' मानते थे। उनका सम्मान करते थे। उनसे डरते थे। यह डर और सम्मान ही अब उनके जीने का सहारा बन गया था। वे रात—दिन सन्तान के लिए चिन्तित रहते, लेकिन उनकी कोई सन्तान न होती थी। सन 1970 के वसन्त में उनकी पत्नी ने उन्हें बताया कि उन्हें लगता है कि वे कुछ हफ़्तों की गर्भवती हैं। फिर उन्हीं सर्दियों की शुरुआत में 24 सितम्बर, 1970 को अनुभा का जन्म हुआ। ठीक उसी दिन, जिस दिन सोवियत रोबोट लूना—16 चाँद का एक टुकड़ा लेकर धरती पर लौटा था। ठाकुर विश्वेश्वर सिंह ने वह समाचार टी.वी. पर देखा, फिर गोद में किलकती बेटी की तरफ़ देखकर मुस्कुराये और पत्नी से बोले, "लगता है, अन्तरिक्ष से लाया गया चाँद का टुकड़ा मेरी ही गोद में आ गिरा है। इसके मुख पर एक अलौकिक चमक है।"

सचमुच अनुभा के चेहरे पर अलैकिक चमक थी। अनुभा चन्द्रमा की कलाओं की तरह बढ़ने लगी। वह व्यवहार में भी चन्द्रमा की तरह ही शीतल थी। विश्वेश्वर सिंह के बेटा नहीं था। उनके विशाल परिवार

का हर सदस्य उनकी अर्जित सम्पत्ति पाना चाहता था। इसका सबसे आसान तरीक़ा था, अनुभा का विवाह किसी कमअक़्ल लड़के से करा देना, जो उनकी हर बात माने और ठाकुर साहब की सम्पत्ति के छींटे उन पर ताज़िन्दगी उड़ाता रहे।

अनुभा अभी सोलह साल की भी नहीं हुई थी, लेकिन ठाकुर साहब के बहनोई और उनके दूर के रिश्तेदार न जाने कहाँ से अनुभा के लिए नित नये रिश्ते लेकर पहुँच जाते थे। अनुभा की माँ तारा देवी उनसे काफ़ी प्रभावित भी हो जाती थी। ठाकुर विश्वेश्वर सिंह अप्रभावित रहते। उन्होंने अनुभा के लिए कोई और भविष्य सोच रखा था। उनके मन में अनुभा के पति की कोई और छवि थी, लेकिन इस बारे में उन्होंने किसी और को नहीं बताया था।

अनुभा अभी इन सब के बारे में नहीं सोच रही थी। वह भविष्य को एक सम्भावना की तरह देखती थी। वह चिकित्सक बनना चाहती थी। अपने इस लक्ष्य के लिए वह पूरी तरह समर्पित थी। दिन–रात मेहनत करके उसने डॉक्टरी की प्रवेश परीक्षा पास की। फिर वह मेडिकल कॉलेज में पढ़ने चली गयी।

कॉलेज सरकारी था। हॉस्टल में अलग–अलग कमरों का प्रावधान नहीं था। अनुभा को चार और लड़कियों के साथ हॉलनुमा बड़े कमरे में रहने की सुविधा मिली। अनुभा के पिता की हवेली बहुत बड़ी और खुली–खुली थी। अनुभा वहाँ के खुले माहौल और साफ़ हवा की आदी थी। गर्ल्स हॉस्टल के दड़बों जैसे बदबूदार बाथरूम और जीर्ण–शीर्ण हॉल उसे एकदम रास नहीं आ रहे थे, लेकिन उसने अपने मन से समझौता किया। इस कॉलेज की ज़मीन और इसके इतिहास से उसकी कुछ भावनाएँ जुड़ी थीं। इसलिये वह इसी कैम्पस में पढ़ना चाहती थी। छात्रावास में दस लड़कियों के लिए दो वॉशरूम थे, जिनमें सुबह पाँच बजे जल्दी उठकर सलवार या दुपट्टा टाँगकर लाइन लगानी पड़ती थी। आठ बजे पानी आता था। जिसका कपड़ा सबसे नीचे पाया जाता, वह छात्रा सबसे पहले नहाने जाती। फिर लाइन से दूसरी अन्य छात्राएँ नहाती थीं। ठीक नौ बजे पानी बन्द हो जाता था। उसके बाद आप नहा नहीं सकते थे। लड़कियाँ दिन में इस्तेमाल के

लिए बेड के नीचे बाल्टियों में पानी रखती थीं। साढ़े नौ बजे सभी छात्राओं को लेने मेडिकल कॉलेज की बसें आ जाती थीं। पूरा छात्रावास ख़ाली हो जाता था। पूरा दिन कॉलेज में बिताने के बाद साढ़े पाँच बजे बस वापस आती थी। लगभग छह बजे सबको छात्रावास के मेस में जाना पड़ता था। साढ़े छह में छात्राओं को चाय दी जाती थी और उसके साथ एक सैंडविच। रात का खाना आठ बजे दिया जाता था। फिर आप जो चाहें, कर सकते हैं। अधिकतर लड़कियाँ इस समय को पढ़ाई में लगाती थीं, लेकिन कुछ को गॉसिप करना पसन्द था। वे सभी कमरों में घूमतीं और बातें करती थीं। साढ़े दस बजे सबको बत्ती बन्द करके सोना पड़ता था।

हॉस्टल एक छोटी–सी पहाड़ी के ऊपर बना था, जहाँ चाय–नाश्ते की मामूली दुकानें थी। कुछ अधिक ख़रीदना होता, तो उन्हें पहाड़ी से नीचे शहर में आना पड़ता था। नीचे आने के लिए सरकारी और निजी, दोनों तरह के वाहन चलते थे, लेकिन शाम चार बजे के बाद दोनों ही तरह की गाड़ियाँ चलनी बन्द हो जाती थीं। चार बजे की आख़िरी बस के बाद अगर कोई हिल टॉप से शहर के बाज़ार आना चाहता, तो उसे बहुत सारी दिक़्क़तों का सामना करना पड़ता था। निजी वाहन किराये पर लेकर ही आवागमन किया जा सकता था, लेकिन वे भी सुरक्षित नहीं थे। छीना–झपटी की घटनाएँ आये दिन होती रहती थीं। आप इससे बच भी जाएँ, तो भी तेंदुए, भेड़िये के झुण्ड, हाथी के काफ़िलों का ख़तरा बना रहता था। अगर आप जानवरों से भी बच जाते, तो ठण्ड से बचना मुश्किल था। ये सब बातें छात्राओं के रहने के लिए उन्हें सुरक्षित बनाती थीं। उस जगह बस तीस–चालीस पहाड़ी ग्रामीणों के ही घर थे। एक पुलिस चौकी भी थी, लेकिन वह 20 मिनट दूर थी। हॉस्टल प्रबन्धन की सिफ़ारिश से उसे वहाँ बनाया गया था।

अनुभा माहौल के अनुरूप अपने रहन–सहन को बदलने लगी थी। वह मन लगाकर अपनी पढ़ाई कर रही थी। इसी दौरान उसे समर्थ कौशल यानि मेरे पिता मिले, एक दुर्घटना के दौरान एकदम हीरो की तरह। पहली नज़र में समर्थ को अनुभा पसन्द आ गयी, और अनुभा को समर्थ, जैसे उनमें प्रेम का होना सृष्टि ने पहले से तय कर रखा था।

एक उजले-से दिन में

पहाड़ी पर दो–तीन और भी हॉस्टल थे। एक हॉस्टल कामकाजी लड़कियों का था और दो लड़कों के थे। एक सेंट स्टीफेंस कॉलेज के लड़कों का था, दूसरा आई.ए.एस. ट्रेनिंग इंस्टिट्यूट था। पूरे इलाक़े में हरियाली थी। शुद्ध हवा थी और खुला आसमान था। एक गहरी साँस भरो, तो जंगलों की हवा कई जड़ी–बूटियों, फूलों और पत्तों की गन्ध के साथ फेफड़ों में समा जाती। ख़ाली समय में अनुभा और उसकी सहेलियाँ छत पर जाती थीं। कुछ लड़कियाँ कुदरत का सुन्दर नज़ारा देखने जाती थीं और कुछ उन लड़कों को देखने जाती थीं, जो दूसरे हॉस्टल की छत और कमरों की बालकनियों में नज़र आते थे। लड़के भी समय मिलते ही छतों पर आ जाते थे। कुछ ने तो लड़कियों की वजह से वहाँ बसेरा ही बना लिया था।

उम्र का वह दौर ऐसा ही होता है। किसी सम्भावित प्रेमपात्र को देखकर दिल की धड़कनें तेज़ हो जाती हैं। मन बादलों पर सवार होकर उड़ता है। हॉस्टल में अनुशासन और बन्दिशें थीं। अनुभा के लिए यह नया अनुभव नहीं था। वह संयुक्त परिवार और पिता के अनुशासन में रहने की आदी थी। उसे यह सब बुरा नहीं लगा। रविवार को सब छात्राओं को दिन में दस बजे पहाड़ी के नीचे टाउन में ख़रीददारी के लिए ले जाया जाता था। फिर शाम को चार बजे बस उसी जगह से पहाड़ी पर बने हॉस्टल में वापस जाती थी। जो जल्दी आना चाहतीं, वे ऑटो भाड़े पर लेकर हॉस्टल आ जाती थीं। जो बस से आना चाहतीं, वे शाम चार बजे बस के वापस आने की प्रतीक्षा करती थीं।

अनुभा के दिन एक निश्चित ढर्रे पर कट रहे थे, लेकिन एक दिन कुछ अलग हुआ। एक रविवार को हमेशा की तरह उनकी बस ने साप्ताहिक ख़रीददारी के लिए अनुभा और उसकी सहेलियों को शहर के चौराहे पर छोड़ा। उस वक़्त वहाँ काफ़ी भीड़ थी। कई सारी दुकानें सजी थीं, जिनमें रंग–बिरंगे स्कार्फ़, स्वेटर, कपड़े और बहुत–सी दूसरी चीज़ें बिक रही थीं। वहाँ कोई सालाना उत्सव भी था। एक छोटा–सा मेला लगा था। लोग सामान्य रविवारों से अधिक संख्या में नज़र आ रहे थे। अनुभा को अपने लिए फल और कुछ सूखे मेवे लेने थे। अनुभा और उसकी सब सहेलियाँ रात को भूख लगने पर ये चीज़ें खाती थीं। एक तरह से यह उनका एक रिचुअल होता। सब अपने खाने का सामान लेकर अँधेरे में एक बिस्तर पर जमा हो जाते और ख़ूब बातें करते थे। वे कभी किसी साथी डॉक्टर की, कभी सामने से गुज़रे किसी हैंडसम फौजी की या फिर कभी किसी और रोचक चीज़ की, जो उन्होंने देखी या सुनी, उनकी कहानियाँ और बातें एक–दूसरे से शेयर करते थे।

मुख्य सड़क पर बहुत भीड़ थी। उसी सड़क पर अनुभा और उसकी चार सहेलियों का एक ग्रुप भी चहलक़दमी कर रहा था। वे लोग भीड़ और कोलाहल का आनन्द लेती सम्हल–सँभलकर सड़क पार कर रही थीं। अनुभा और उसकी सहेलियाँ सड़क पार करके दूसरी तरफ़ के मैदान की तरफ़ बढ़ीं। एक छोटा–सा प्लेग्राउंड था, जिसमें चार दिनों के लिए यह मेला लगा था। मैदान में प्रवेश के दो द्वार थे। एक उत्तर की तरफ़ था, दूसरा उसके ठीक विपरीत दक्षिण में था। मैदान को चारों तरफ़ से बाँस की चार फीट की फेंस से घेर दिया गया था। दोनों प्रवेश द्वारों के सामने खाने–पीने की चीज़ों और रंग–बिरंगे खिलौनों की दुकानें थीं। बच्चों और किशोरों के झुण्ड खिलखिलाते हुए मेले में आवाजाही कर रहे थे।

कहीं से पकवान तलने की गन्ध आ रही थी, तो कहीं से सीटी बजने और लाउडस्पीकर की आवाज़ें आ रही थीं। एक बायस्कोप दिखलाने वाला चिल्ला–चिल्लाकर सबका ध्यान अपनी ओर खींच रहा था। पहाड़ी औरतें टोकरियों में रखकर पहाड़ी फल बेच रही थीं।

रंग–बिरंगे कपड़ों में सजे महिलाओं और बच्चों के समूह दुकानों में अपनी पसन्द की चीज़ें ख़रीद रहे थे। अनुभा को यह सब बेहद अच्छा लगा। उसे मनुष्य की ज़िन्दगी और उसके साधारण क्रिया–कलाप बहुत रिझाते थे।

आँख उठा के आसमान को देखो, तो एकदम साफ़ नीला आसमान दिख रहा था, जिसमें फाहे जैसे सफ़ेद बादल टँगे हुए थे। फ़रवरी की सुबह की हल्की–हल्की धूप खिली थी। अनुभा के धुले हुए खुले केशों से जैस्मिन की गन्ध हवा में उड़ रही थी। उसकी पीली पोशाक जैसे सर्दियों को विदा कहकर वसन्त के आगमन की ओर संकेत कर रही थी। वे सब बेहद ख़ुशी से मेले में घूम रहे थे। थोड़ी दूर हटकर स्ट्रीट फूड के कई ठेले लगे थे। उनमें चाट–पकौड़ियाँ बिक रही थीं। अनुभा और उसकी सहेलियाँ मेस का एक–सा खाना खा–खाकर तंग आ गयी थीं। चाट और दही–बड़े के ठेले देखकर और उनकी गन्ध सूँघकर उनका मन ठेलों की तरह खिंचने लगा। सबने एक–दूसरे की तरफ़ देखा। आँखों ही आँखों में सब एक–दूसरे का मतलब समझ गये थे। अनुभा अभी तक अनिश्चय में ही थी। वह स्वभाव से थोड़ी सावधान थी। मेले का खान–पान उसे अनहेल्दी लगता था। वह आगे बढ़ने का फ़ैसला ले पाती, इससे पहले सुष्मिता ने उसे खींचते हुए कहा–

"अनुभा, चल न चाट खाते हैं।"

"चाट... हाँ चलो..." लेकिन दो क़दम चलकर अनुभा रुक गई।

"...क्या पता मेले की इतनी भीड़ में ये लोग साफ़–सफ़ाई का ध्यान रख भी पाये होंगे या नहीं? कहीं तबियत बिगड़ गयी तो?" अनुभा ने कहा।

"अरे, इतने सारे लोग तो खा रहे हैं।" सुष्मिता बोली।

"माफ़ करना, लेकिन तू ही वह अकेली इनसान है इस धरती पर, जिसे वह सड़ेला–सा मेस का खाना खाकर भी यह चाट–पकौड़ी देखकर मुँह में पानी नहीं आ रहा! मुझे कोई अभी ज़हर भी मिलाकर दे दे, तब भी मैं यह चाट खा लूँ!"

सुष्मिता ने ऐसी बेचारों जैसी शक़्ल बनाकर कहा कि अनुभा को हँसी आ गयी।

"हा–हा, इसकी शक़्ल तो देखो। चाट को ऐसे देख रही है, जैसे भूखी बन्दरिया कम्पाउंड में लगे पके अमरूद को देखती है!" साथ चल रही शोभा ने चुटकी ली। यह सुनकर दो क़दम पीछे चल रही नमिता और सुरेखा भी हँस पड़ीं।

अनुभा को सुष्मिता की शक़्ल देखकर तरस आ गया। मुस्कुराते हुए अनुभा बोली, "चलो ठीक है, चलते हैं, लेकिन बस एक प्लेट ही!"

"ओके! बस एक प्लेट!" सुष्मिता बच्चों जैसी ख़ुश होते हुए बोली। वे सब लोग उस ओर बढ़े, जहाँ से खाने वाले दुकानों की स्ट्रीट शुरू होती थी।

एक आँधी जिसने ज़िन्दगियाँ बदल दीं

जब तक वे लोग चाट के ठेले वाले के पास पहुँचे, वहाँ भीड़ बढ़ चुकी थी। ठेले के आस–पास लोग ऐसे जमा हो गये थे, जैसे शहद की बूँद के चारों ओर चींटियाँ जमा होती हैं। सुष्मिता डील–डौल में सबसे मज़बूत थी। जब भी भीड़ में घुसकर कोई काम कराना होता था, ग्रुप में उसे ही आगे कर दिया जाता था। वह भी ख़ुशी से यह ज़िम्मेदारी सँभाल लेती थी, बल्कि उसे इसमें मज़ा भी आता था।

अनुभा ने भौहें उचकायीं और इशारे से सुष्मिता से कहा–"इतनी भीड़ है! अब?"

सुष्मिता ने इशारा समझा। दो–तीन मरगिल्ले–से आदमियों को हटाते हुए, भीड़ को लगभग चीरते हुए सुष्मिता सीधे चाट वाले के पास पहुँच गयी और उससे बोली–"भैया, पहले हमको चाट दे दो... चार प्लेट, हमको वापस पहाड़ी पर बने अपने हॉस्टल जाना है। हमारी बस वहाँ जाने को तैयार खड़ी है।"

चाट वाला 'हाँ' में सिर हिलाता हुआ बहुत तेज़ी–से पत्ते के दोनों में चाट लगाने लगा। सुष्मिता वहीं खड़ी हो गयी कि चाट लेकर ही हटेगी। अनुभा और उसकी बाक़ी सहेलियाँ सड़क के एक तरफ़ खड़े होकर सुष्मिता के इशारे का इन्तज़ार करने लगीं। जैसे ही सुष्मिता इशारा करती, ये लोग जाकर चाट लाने में उसकी मदद करतीं।

मेले में भीड़ बढ़ती जा रही थी। हवा चलने से कहीं–कहीं से धूल उड़ती थी और दुकानों के तिरपाल और टीन के शेड्स के खड़कने की आवाज़ें आती थीं। हवा का दबाव ज़रा–ज़रा बढ़ता महसूस हो रहा था।

यह क्षेत्र लगभग पहाड़ की तराई में बसा था। यहाँ कभी भी बारिश हो जाती, तेज़ आँधियाँ आ जाती थीं। इसलिए ऐसी हवाएँ लोगों को असहज नहीं कर रही थीं। महिलाएँ और पुरुष अपने कपड़े सँभाल रहे थे। अनुभा के केश खुले थे। हवा बार–बार उन्हें छेड़ रही थी। तंग आकर उसने दुपट्टे से केश बाँध लिए। इतने में सुष्मिता ने हाथ उठाकर बाक़ी तीनों को इशारा किया। तीनों भीड़ में रास्ता बनाते हुए ठेले के नज़दीक पहुँचीं और दोने लेकर वापस फिर वहीं आ गईं, जहाँ पहले खड़ी थीं। वे सब आपस में बात करते हुए चाट खाने लगीं।

"इतना भी बुरा टेस्ट नहीं है", अनुभा बोली।

"बुरा! मेस के सड़े खाने के बाद तो यह अमृत ही लग रहा है!" नमिता ने कहा।

"हाँ सच!" सुरेखा ने कहा और वे सभी हस पड़ीं।

अचानक मौसम बदला और थोड़ी देर में सूरज की रौशनी मन्द पड़ गयी। हवाएँ न जाने अपने साथ कहाँ से बादल खींच लायी थीं। मौसम कुछ मिनटों में बदल गया था। ऐसा लग रहा था, किसी भी समय बारिश शुरू हो जायेगी। अनुभा को चिन्ता होने लगी। अगर भीग गये, तो बीमार होना तय है।

"तुम सब जल्दी–जल्दी चाट ख़त्म करो। लगता है, बारिश होगी। हमें बारिश से बचने के लिए कोई जगह तलाशनी पड़ेगी।" अनुभा सहेलियों से बोली।

"इस बारिश को भी अभी ही आना था? चैन से खाने भी नहीं देती, कमबख्त।" बुरा–सा मुँह बनाते हुए सुष्मिता ने कहा।

वे लोग जल्दी–जल्दी चाट खाने लगे। इतनी देर में बिजली कड़कने लगी और हवाओं ने अपना रुख़ बदल लिया। ऐसा लग रहा था, जैसे भरी दोपहर रात हो गयी है, लेकिन तेज़ आँधी बादलों को बरसने नहीं दे रही थी। आँधी के कारण मेले में भगदड़ जैसा माहौल हो गया। दुकानों के तिरपाल उखड़ गये और कुछ दुकानों पर बने कामचलाऊ छतनुमा शेड्स उड़कर इधर–उधर गिरने लगे। इससे कुछ लोग घायल भी हो गये।

"सब एक–दूसरे का हाथ पकड़ लो और साथ ही रहना!" अनुभा ने ज़ोर–से नमिता का हाथ पकड़ते हुए कहा।

"हमें जल्द से जल्द सेंट्रल लाइब्रेरी तक पहुँचना होगा। उसकी बिल्डिग यहाँ से थोड़ी ही दूर है। वहाँ हम तेज़ बारिश और अन्धड़ से बच सकते हैं।"

अनुभा ने कहा और वे चारों तेज़ी से एक ओर जाने लगीं। लोग इधर–उधर भाग रहे थे। लोगों के लिए सँभलकर चलना मुश्किल हो रहा था। अचानक अनुभा और उसकी सहेलियों को टीन का एक बड़ा टुकड़ा उड़कर अपनी तरफ़ आता हुआ दिखा। अनुभा ने बाक़ी सबको दूसरी तरफ़ धक्का दिया और ख़ुद पीछे की तरफ़ हटी। उसका ध्यान पीछे पड़े पत्थर पर नहीं गया। उसका पैर पत्थर से टकराया और वह असन्तुलित होकर लड़खड़ायी। जहाँ उसका पैर पड़ा, वहीं दूसरी तरफ़ किसी ने एक मचान पर लकड़ियों की बहुत–सी तख़्तियाँ जमा करके रखी थीं।

लड़खड़ाती अनुभा का शरीर मचान के एक पाये से टकराया। आँधी की वजह से मचान पहले ही डावाँडोल हो रही थी। अनुभा के टकराने से पाया टूट गया और वे तख़्तियाँ तेज़ आवाज़ के साथ गिरने लगीं। अनुभा को सँभलने का मौक़ा नहीं मिला, वह लड़खड़ाकर ज़मीन पर गिर गयी। उसे सर पर चोट भी लगी। तख़्तियाँ बस उस पर गिरने ही वाली थीं कि अगले ही पल उसने देखा, किसी इन्सान ने उसे तख़्तियों के नीचे आने से बचा लिया है। वह उसकी बाँहों में थी। एक हाथ से उसने अनुभा को सँभाल रखा था। दूसरे हाथ से उसने अनुभा और ख़ुद पर एक गिरी हुई तख़्ती की ओट–सी बना रखी थी। एक बड़ी तख़्ती की ओट में उसने अनुभा और ख़ुद को छिपा रखा था। कुछ तख़्तियाँ उसके हाथ से टकराकर दूसरी ओर छिटक गयी थीं। कुछ ओट की हुई तख़्ती पर लद गयी थीं। अनुभा ने इतना ही देखा, फिर वह सर पर लगी चोट की वजह से बेहोश हो गयी।

अनुभा ने बेहोश होने के बाद ख़ुद को एक सपने में पाया। उसने देखा, एक सुन्दर स्त्री को लोग लकड़ियों के एक ढेर पर एक खम्भे के

सहारे बाँधकर जलाने की तैयारी कर रहे हैं। वह औरत बुत बनी खड़ी है, जैसे न उसे जीवन से प्यार बचा है, न ही उसके अन्दर मरने का डर है। उसकी आँखों में झिलमिल आँसू थे, जो बह नहीं रहे थे। वह पास ही खड़े अपने परिवार को देख रही थी, अपने बेटे और बेटी को और उनके पिता को। अनुभा को समझ नहीं आया, यह औरत कौन है? उसने अपनी ज़िन्दगी में पहले कभी इस औरत को या इस परिवार को नहीं देखा था। पहनावे से वे लोग मध्यकालीन समाज का हिस्सा लग रहे थे। औरत को जलाने वाली भीड़ उस पर पत्थर फेंक रही थी और वे लोग उसे 'राक्षसी' और 'पिशाचिनी' आदि नामों से बुला रहे थे। वह औरत आँखों में आँसू भरे एकदम शान्त खड़ी थी, जैसे उसने ख़ुद को परिस्थितियों के हवाले कर दिया हो। वह न संघर्ष कर रही थी, न उसकी आँखों में संघर्ष करने की इच्छा दिख रही थी। वहीं दूसरी तरफ़ चट्टानों की ओट से एक आदमी इस पूरे दृश्य को देख रहा था। उसकी गर्दन पर एक निशान था। एक अजीब टैटू, जिसमें एक गरुड़ अँगूठी जैसी किसी चीज़ को चोंच में दबाये उड़ा जा रहा था।

फिर से मौसम बहारों का आने को है

जब अनुभा को होश आया, वह यह सपना क़रीब–क़रीब भूल चुकी थी। वह एक बेड पर लेटी थी। जैसे ही उसकी आँखें खुलीं, उसे सर में तेज़ दर्द महसूस हुआ। उसने अपने दोनों तरफ़ देखा, तो उसे समझ आया कि वह हॉस्पिटल में है। सादा–सा बिस्तर था, जिसके दोनों तरफ़ कुछ मेडिकल उपकरण लगे थे। वह उठने की कोशिश करने लगी। नाकाम रही, क्योंकि उसके एक पैर में भयानक दर्द था। वह सोच ही रही थी कि उसे क्या करना चाहिये, तभी एक आदमी अन्दर आया।

"लेटी रहो। तुम्हें शायद सर पर किसी नुकीली चीज़ से चोट लगी है।" उस आदमी ने कहा।

अनुभा इस इनसान को पहचान रही थी। यह वही था, जिसने हाथ से ओट करके लकड़ियों का गिरना रोका था। वह एकदम सही–सलामत था। उसका एक भी बाल बाँका नहीं हुआ था। क्या यह कोई सुपरमैन है? अनुभा को डर महसूस हुआ, लेकिन वह डर छिपाते हुए बोली–

"तुम कौन हो और मैं यहाँ कैसे पहुँची? मेरी सहेलियाँ कहाँ हैं? क्या वे ठीक हैं? क्या तुम्हीं ने मुझे मेले में मचान से कुचले जाने से बचाया था? तुमने वह करतब किया कैसे?"

"मेरा नाम समर्थ है, समर्थ कौशल। तुम्हारी सहेलियाँ ठीक–ठाक हैं। तुम बेहोश हो गयी थी, इसलिए मैं तुम्हें यहाँ पास के हॉस्पिटल में ले आया। तुम्हारी सहेलियाँ दूसरे कमरे में हैं। उन्हें मामूली खरोंचें आयी हैं। तुम्हारे गले में टँगे आईकार्ड में तुम्हारे कॉलेज का नाम था।

मैंने तुम्हारे हॉस्टल वार्डन को फ़ोन कर दिया है। वे कुछ देर में आते ही होंगे।"

उस इनसान ने बहुत प्यार से मुस्कुराते हुए कहा।

"वह सब तो ठीक है... लेकिन मेले में बेहोश होने से पहले मैंने तुम्हें हाथों के सहारे से भारी तख़्तियों से लदे मचान को गिरने से रोकते देखा! वह क्या था? तुमने ऐसा कैसे किया?" अनुभा ने पूछा।

समर्थ कुछ नहीं बोला। इतने में डॉक्टर्स के साथ अनुभा की वॉर्डन और सहेलियाँ अन्दर आयीं। उन्हें आता देखकर अनुभा की जान में जान आई। तीनों आते ही अनुभा से लिपट गयीं।

"तुम सब ठीक हो न?" अनुभा की आँखें ख़ुशी से छलक गयीं।

"हाँ, और तुम?" नमिता ने पूछा।

"मैं भी।" अनुभा ने जवाब दिया।

"अच्छा अनुभा, मैंने तुम्हारे घर फ़ोन कर दिया है। तुम्हारे पिताजी जल्दी आ जायेंगे। अब तक तो मेले में भगदड़ वाली ख़बर पूरे राज्य में फैल गयी है। कई लोग बुरी तरह घायल हुए हैं। तुम्हारी सहेलियों की चोटें मामूली हैं। उन्हें आज ही रिलीव कर दिया है। तुम्हारे ज़ख़्म थोड़े गहरे हैं, तो तुम्हें एक–दो रात शायद हॉस्पिटल में ही रहना होगा। सुष्मिता तुम्हारे साथ रहेगी। मैं कल सुबह तुम लोगों के कपड़े और दूसरे सामान भिजवा दूँगी। मैं सुबह–शाम आती–जाती रहूँगी। हॉस्टल का नम्बर तुम्हारे पास है। जब कोई ज़रूरत हो, तो अस्पताल के फ़ोन से कॉल करा लेना। कल तक शायद तुम्हारे पिता भी आ जायेंगे।" वार्डन ने कहा, "ठीक है, अब आराम करो। लड़कियो, चलो। सुष्मिता यहीं रुकेगी।"

इतना बोलकर वार्डन बाहर निकलकर कुछ काग़ज़ों पर साइन करने लगी। अनुभा ने चोर नज़रों से समर्थ को ढूँढ़ा। वह कमरे में नहीं था। जैसे अचानक मेले में उसके सामने आया था, वैसे ही अचानक कमरे से ग़ायब हो गया। नमिता, शोभा और सुरेखा ने काँच के पार से 'बाय' बोला और चली गईं। सुष्मिता और अनुभा कमरे में अकेले रह गईं।

"वह लड़का कहाँ गया? क्या नाम था उसका? ...हाँ, समर्थ। कहाँ गया वह?" अनुभा ने इधर–उधर बेचैनी से देखते हुए सुष्मिता से पूछा।

"कौन लड़का? कैसा समर्थ?" सुष्मिता आश्चर्य से बोली।

"अरे वही, जो मुझे हॉस्पिटल लाया था।" अनुभा ने जवाब दिया।

"तुझे कोई लड़का हॉस्पिटल लेकर आया था?" सुष्मिता ने आश्चर्य से पूछा।

"हाँ। तुम लोग कैसे यहाँ पहुँचे? जब मैंने तुम्हें धक्का दिया, उसके बाद क्या हुआ? "

अनुभा के मन में कई सवाल थे।

"जब तुमने हमने धक्का दिया, हम दूसरी तरफ़ जा गिरे। इतनी धूल उड़ रही थी कि कुछ भी दिखायी नहीं दे रहा था। फिर लोगों के पैरों और आँधी से बचकर जब हम खड़े होने लायक़ हुए, हमने आस–पास देखा। तुम कहीं नहीं थी। कुछ लोकल लोग तब तक मदद के लिए आ गये थे। उनमें से एक ने हमें यहाँ तक छोड़ा। फिर और लोगों को बचाने चला गया। हमने बहुत बार कहा कि हमारी एक साथी वहीं छूट गयी है, हमें दुबारा वहाँ जाने दें, लेकिन तब तक पुलिस भी आ गयी थी। उन लोगों ने हमें जाने ही नहीं दिया। हम मन मसोसकर मरहम–पट्टी करवाते रहे। गॉड... तुम्हारी चिन्ता से हमारी जान निकल रही थी! तू बता, तेरे साथ क्या हुआ? और यह लड़के का क्या चक्कर है?" सुष्मिता ने पूछा।

"तुम लोगों को धक्का देने के बाद मैं बेहोश हो गयी थी। जब आँख खुली, मैं यहाँ हॉस्पिटल में थी। एक लड़का यहाँ कुर्सी पर बैठा था। उसने अपना नाम समर्थ बताया और उसी ने यह भी बताया कि उसने ही मुझे यहाँ तक पहुँचाया है।" अनुभा ने सिर्फ़ इतना ही कहा।

"तो क्या वह सच बोल रहा था?" सुष्मिता के चेहरे पर जिज्ञासा थी।

"हाँ, मैंने बेहोश होने से पहले उसका चेहरा देखा था। उसी ने मुझे भरभराकर गिरती लकड़ियों के ढाँचे से बचाया वरना मैं बुरी तरह घायल हो जाती।"

अनुभा के मन ने कहा कि वह समर्थ द्वारा तख़्तियों को हाथ से रोकने वाली बात किसी को ना ही बताए, तो अधिक सही है।

"वाह!! इसे कहते हैं क़िस्मत, जो हमारी फूटी हुई है वरना हमें भी कोई लड़का बचाने आता, तोंद निकले थुलथुल पुलिस वाले नहीं! अच्छा बता... क्या वह हैंडसम था?" सुष्मिता के चेहरे पर ख़ुशी और शरारत, दोनों एक साथ दिख रहे थे।

"क्या रे, कुछ भी बोलती है। यहाँ हम मरते–मरते बचे हैं और तुझे उसकी हैंडसमनेस की पड़ी है?" अनुभा के चेहरे पर यह कहते हुए भी एक मुस्कराहट थी। उसके गाल गुलाबी हो गये थे। सुष्मिता ने ताड़ लिया।

"देख–देख, तू शर्मा रही है। ज़रूर वह बहुत सुन्दर होगा। हमारा हीरो... हमारा सेवियर!!" सुष्मिता ने आहें भरते हुए नाटकीय ढंग से कहा।

"चुप कर और देखकर आ, खाना कैंटीन से मिलेगा या कोई और व्यवस्था है? मतलब, क्या जाकर लाना पड़ेगा? मैं भूख से मरी जा रही हूँ।" अनुभा, सुष्मिता को टालने के लिहाज से बोली।

समर्थ सुन्दर तो था और अनुभा उसे पसन्द भी करने लगी थी, लेकिन अब भी अनुभा उसके करतब का सच जानने के लिए ही अधिक बेचैन थी।

उसने दिमाग़ पर ज़ोर डालकर समर्थ का चेहरा और वह घटना दुबारा याद करने की कोशिश की। सब कुछ टुकड़ों–टुकड़ों में उसकी स्मृति में आया। समर्थ ने काले रंग के बॉडी फ़िटेड स्पोर्ट्स वियर पहने थे। जिसमें सफ़ेद रंग की एक लाइन थी। उसने सफ़ेद बेस बॉल कैप और ख़ाकी स्नीकर्स भी पहने थे। उसके बाल लाल आभा लिये गहरे कॉफ़ी के रंग के थे। आँखें सुन्दर, नीली। उसकी गर्दन में दायीं ओर एक विचित्र टैटू था। अनुभा ने वह निशान पहले भी कहीं देखा था, लेकिन कहाँ? समर्थ कौन था? कहाँ से आया था? अचानक कहाँ ग़ायब हो गया? आख़िर उसकी आश्चर्यजनक ताक़त का क्या रहस्य है? अनुभा सोचे जा रही थी।

सवाल, जिनका कोई जवाब नहीं था

अनुभा देर तक उस टैटू के बारे में सोचती रही, जो उसने समर्थ की गर्दन में देखा था। उसे ऐसा महसूस हो रहा था जैसे उसने यह टैटू कहीं देखा है, लेकिन उसे ठीक से याद नहीं आ रहा था कि उसने यह कहाँ देखा था। यह एक पक्षी सम्भवतः बाज़ या गरुड़ का चित्र था, जिसने अपनी चोंच में कोई अँगूठी या उसी तरह की कोई चीज़ दबा रखी थी।

थोड़ी देर में सुष्मिता कैंटीन से आ गयी। उसने बताया कि वे लोग यहीं आकर सुबह–शाम का भोजन दे जायेंगे। उन्होंने बस इतना पूछा कि क्या कोई खाने की चीज़ है, जिससे तुम एलर्जिक हो? मैंने बता दिया कि कोई ऐसी चीज़ नहीं है।

"अच्छा, अब शान्ति से बैठ जाओ। बहुत कूद–फाँदकर चुकी हो। माना कि तुम्हें चोट नहीं लगी, लेकिन फिर भी आराम करने में कोई नुक़सान नहीं है। और मुझे ज़रा वह नोटपैड और पेन देना।" सामने की टेबल की तरफ़ इशारा करते हुए अनुभा ने कहा। वह टैटू बना लेना चाहती थी, जिससे बाद में उसका कोई सुराग पा सके।

"अभी तुम्हें क्या लिखने का भूत सवार हुआ है? क्या हम उस हैंडसम हंक समर्थ के बारे में बात नहीं कर सकते हैं?" शरारत से मुस्कुराते हुए सुष्मिता ने कहा।

"अरे दो न। लिखना नहीं है। उसी के बारे में तुम्हें कोई बात बतानी है!"

"लिखकर?"

"नहीं, दिखाकर!"

"चित्र बनाओगी उसका?" सुष्मिता ने आँखें मटकाते हुए कहा।

"नहीं रे, पागल। पहले नोटपैड लाओ तो सही।"

"अच्छा, यह लो!"

सुष्मिता ने क़लम और नोटपैड अनुभा को पकड़ा दिया। फिर अनुभा ने अपना बेड बैठने की पोज़ीशन में एडजस्ट करने को कहा और वह बैठकर समर्थ की गर्दन में बने टैटू का चित्र बनाने लगी। उसने पक्षी का चित्र बनाया, फिर उसकी चोंच में दबे छल्ले का। फिर उसे सुष्मिता को दिखाकर बोली, "यह देखो, उसकी गर्दन में यह गोदना था। यह तुमने पहले कहीं देखा है?"

सुष्मिता ने नोटपैड उठा कर ग़ौर से देखा। फिर बोली "नहीं।"

"...पर तुम्हें इस टैटू में इतनी दिलचस्पी क्यों है? लोग कई तरह के गोदने ऐसे ही बनवा लेते हैं, या तुम्हारी दिलचस्पी सिर्फ़ टैटू वाले में है और तुम मुझे ऐसे ही बना रही हो?

"उस लड़के में मेरी कोई दिलचस्पी नहीं।"

मन के भाव छिपाते हुए अनुभा बोली– "लेकिन यह चिह्न मैंने कहीं देखा है। बार–बार मुझे यह याद आता है, लेकिन कहाँ देखा है, यह याद नहीं आता।"

इसके बाद दोनों ने उस चित्र को कई कोणों से उलट–पलट के देखा, पर उससे दोनों को ही कुछ याद नहीं आया। यह वही टैटू था, जो अनुभा ने मेले में बेहोश होने के बाद अपने मन में उभरे उस दृश्य में देखा था। दृश्य में उस स्त्री को जलाने वाली भीड़ से कुछ दूर एक युवक उस स्थान को छिपकर देख रहा था। अनुभा ने उसकी गर्दन में यह टैटू देखा था। थक–हारकर खाना खाकर वो दोनों सो गईं। जब वे जागीं, शाम हो गयी थी। उन्होंने फ़ोन पर कैंटीन वाले को चाय लाने को कहा। तभी अनुभा के पिता ठाकुर विश्वेश्वर सिंह ने कमरे में प्रवेश किया। वे हमेशा की तरह बन्द गले के ज़रीदार कुर्ते में थे। उनके चेहरे पर चिन्ता की रेखाएँ साफ़ दिख रही थीं।

"अनुभा, तुम ठीक हो?" उन्होंने अनुभा का सिर सहलाते हुए पूछा।

"अनुभा, मैं रात के डिनर का मेनू देख कर आती हूँ।" सुष्मिता ने ठाकुर विश्वेश्वर सिंह के लिए कुर्सी बेड के पास सरका दी और कमरे से बाहर चली गयी। वह पिता–पुत्री दोनों को अकेले में बात करने का मौक़ा देना चाहती थी।

"हाँ पापा, मैं ठीक हूँ।" अनुभा ने जवाब दिया, "बस मामूली मोच–सी आयी है पैर में, और कुछ खरोंचें इधर–उधर, बहुत हल्की–सी। शायद एक–दो दिन में मुझे हॉस्टल जाने दे देंगे।"

"नहीं, यहाँ से तुम हॉस्टल नहीं जाओगी। तुम्हारी माँ ने रो–रोकर घर सिर पर उठा रखा है। पहले तुम घर जाओगी, फिर एक–दो सप्ताह रहकर हॉस्टल चली जाना।"

"लेकिन इससे तो मेरी बहुत–सी क्लासेज़ मिस हो जायेंगी, पापा।"

"कोई बात नहीं। सुष्मिता तुम्हारी मदद कर देगी। नहीं तो मैं फैकल्टी से बोलकर तुम्हें एक्स्ट्रा क्लासेज़ दिला दूँगा। मैं हर साल इस मेडिकल कॉलेज और रिसर्च सेंटर को इतना फण्ड देता हूँ। ये लोग इतना तो मेरे लिए कर ही सकते हैं।"

"लेकिन यह सही नहीं होगा!" अनुभा ने विरोध करना चाहा। ठाकुर साहब हमेशा उसकी समस्याओं का ऐसा हल निकालते थे, जो उसके सिद्धान्तों के एकदम विपरीत होता था।

"अब तुम कुछ नहीं बोलोगी। मैं डॉक्टर से बात करके आया हूँ। वे कल सुबह तुम्हें रिलीव करने को तैयार हैं। मैं कल आठ बजे आ जाऊँगा तुम्हें लेने। पास में गेस्ट हाउस में ठहरा हूँ। तुम तैयार रहना। सुष्मिता को हॉस्टल भिजवाने की व्यवस्था कर दी है मैंने।"

"ठीक है। जब आपकी यही ज़िद है, लेकिन मैं सिर्फ़ तीच–चार दिन रहकर वापस आ जाऊँगी।" माँ के बारे में सोचकर अनुभा इस बार चुप रह गयी। उसे पता था, माँ की क्या हालत हो रही होगी।

"एक सप्ताह रहना होगा...इस बीच हमारी कुलदेवी की सालाना पूजा का उत्सव भी है। तुम उसके बाद आराम से आ जाना।"

"ठीक है।" अनुभा जानती थी, अभी किसी तर्क का कोई फ़ायदा नहीं होगा।

"तुम लोग अब रात का भोजन कर लो। मुझे चेयरमैन से कुछ काम है, फिर मैं गेस्ट हाउस चला जाऊँगा।"

"ओके, पापा। गुड नाइट।"

"गुड नाइट, बेटा।" यह कहकर ठाकुर विश्वेश्वर सिंह तेज़ी से कमरे से निकल गये।

तब सुष्मिता अन्दर आयी, "क्या बोल रहे थे तेरे पापा?"

"बोल रहे थे, कल सुबह यहाँ से सीधे घर चलना होगा। माँ चोटों के लेकर बहुत परेशान है। मुझे देखे बिना नहीं मानेंगी। फिर हमारे परिवार की कुलदेवी का सालाना उत्सव है, तो मैं उसके एक सप्ताह बाद ही हॉस्टल लौट सकूँगी।"

"और क्लासेज़?"

"उसका इन्तज़ाम पापा ट्रस्टी से बोलकर बाद में करा देंगे।"

"ओह, लकी यू! तुम्हारे पापा तो सुपरमैन हैं। काश, मेरे भी पिता ऐसे होते!"

"इतने पसन्द हैं तो तू ही रख ले। मुझे यह सब एक्स्ट्रा ट्रीटमेंट नहीं पसन्द है।" अनुभा थोड़ा चिढ़कर बोली।

"ज़रूर रख लेती, मगर अफ़सोस, तेरे जैसी मेरी क़िस्मत नहीं है। मेरे पिता एक साधारण क्लर्क हैं।"

सुष्मिता नहीं जानती थी कि अनुभा की क़िस्मत कैसी है? ऊपर से ठीक–ठाक दिखती और सामान्य–सी लगती ज़िन्दगी को देखकर सभी यही सोचते हैं कि वाह! सामने वाले की क्या क़िस्मत है! लेकिन सिर्फ़ तब तक, जब तक उनकी ज़िन्दगी में आयी और आने वाली कठिनाइयों के बारे में हम कुछ नहीं जानते।

रहस्य पहले भी कम नहीं थे

अनुभा के पिता के जाने के बाद दोनों सहेलियों ने खाना खाया और बातें करते–करते सो गईं। अगली सुबह अनुभा के पिता फिर आये और सुष्मिता को अपने ड्राइवर के साथ हॉस्टल भिजवाकर खुद दूसरी कार से अनुभा को लेकर घर आ गये।

ठाकुर साहब की जायदाद और ज़मीनें भले ही अब पहले जितनी नहीं रही थीं, लेकिन उनका रुतबा कायम था। उन्होंने अपने परिश्रम से अर्जन करके अपने रहन–सहन में कोई फ़र्क़ नहीं आने दिया था। उनकी हवेली में पुराने महलों जैसी मेहराबदार खिड़कियाँ–दरवाज़े थे। बेहद ऊँची सीलिंग थी। सर्दी और गर्मी में रहने के लिए अलग हिस्सों में कमरे थे। हवेली में कुल निन्यानवे कमरे थे। हवेली का कम्पाउंड पाँच एकड़ में फैला हुआ था। किसी ब्रिटिश आर्किटेक्ट ने इसे डिज़ायन किया था। हवेली से थोड़ी दूर हटकर पहाड़ी शुरू होती थी। पहाड़ी और हवेली, दोनों एक तरफ़ से छोटे–से जंगल से जुड़ते थे।

सर्दियों में अनुभा और उसका पूरा परिवार पूर्व की ओर बनाये गये हिस्से में रहता था। यह हिस्सा पूरी तरह सर्दियों में रहने के हिसाब से डिजायन किया गया था और सूरज से अधिक गर्मी लेता था। उसमें खिड़कियाँ छोटी थीं और दो सुन्दर फ़ायरप्लेस भी थे। वहीं दूसरी ओर का हिस्सा खुला–खुला था। उसमें हवा की आवाजाही के लिए समानान्तर खिड़कियाँ बनी हुई थीं, जो घर के पीछे के छोटे तालाब की तरफ़ खुलती थीं। आधे साल जब अनुभा का परिवार एक हिस्से में रहता था, दूसरा हिस्सा अधिकतर बन्द रखा जाता था।

अभी सर्दियों का मौसम था। उन्होंने घर के पश्चिमी हिस्से को बन्द रखा था। इस हिस्से से उनकी कुलदेवी का मन्दिर भी साफ़ दिखता था। ठाकुर साहब ज़मींदारी जाने के बाद भी कुलदेवी के सम्मान में पहाड़ी मन्दिर में सालाना जलसा वैसे ही आयोजित करते थे, जैसे उनके पुरखे करते आये थे। मन्दिर और उसके आस–पास का हिस्सा पहले अनुभा के ननिहाल का हुआ करता था। ठाकुर विश्वेश्वर सिंह के परदादा ने हवेली से लगा होने के कारण वह हिस्सा अनुभा के ननिहाल वालों से ख़रीद लिया था।

कुलदेवी के मन्दिर में लड़कियों और स्त्रियों को जाने की मनाही थी। उसमें केवल पुरुष ही जा सकते थे। ऐसी मान्यता थी कि अगर कोई स्त्री मन्दिर के गर्भ गृह में चली जाये, तो उसका मानसिक सन्तुलन खो जायेगा। अनुभा की एक कज़िन दीदी के साथ ऐसा हो चुका था। वह एक बार एक खरगोश का पीछा करते हुए गर्भगृह में चली गयीं। जब वह लौटी तो उनका चेहरा लाश की तरह सफ़ेद था और उनकी आँखों में अजीब–सी भावशून्यता थी। उस दिन के बाद से वह हमेशा के लिए चुप हो गयीं। उन्हें कई डॉक्टर्स से दिखाया गया। सबका यही कहना था कि यह चुप्पी मानसिक है। उन्हें किसी बात का भय या आघात लगा है।

लोग तरह–तरह की बातें करते थे। कुछ कहते थे, उन्होंने गर्भ गृह में कुलदेवी का असली रूप देख लिया है। कुछ कहते, ठाकुर साहब ने ज़रूर गर्भगृह में कोई शैतानी ताक़त छिपा रखी है वरना ज़मींदारी जाने के सालों बाद उनकी इस समृद्धि का राज़ क्या है? ज़रूर उसी शैतानी ताक़त ने उनकी रिश्तेदार को पागल किया है। सच क्या है, कोई नहीं जानता था। जितने मुँह, उतनी बातें।

कुछ दिनों बाद उन दीदी को घर के पीछे एक कुएँ के नज़दीक मृत पाया गया। उनका शरीर नीला था, जैसे किसी ने ज़हर दिया हो या साँप ने उन्हें काटा हो, लेकिन पोस्टमार्टम में उनके पेट या ख़ून में कोई ज़हर नहीं मिला, न ही शरीर में किसी साँप के काटने के निशान मिले। हालाँकि उनकी नसों में नीलापन लिए उभार–सा था।

बहुत ही रहस्यमय मृत्यु थी। लोगों ने मान लिया कि यह कुलदेवी का कोप है। तब से गर्भगृह के प्रवेश–द्वार में दो मोटे ताले जड़ दिये गये और मन्दिर के कपाट भी बन्द रखे जाने लगे। केवल एक पुजारी जी थे, जो सुबह–शाम मन्दिर धोते, साफ़ करते और फिर दीपक जलाकर मन्दिर को यथावत बन्द कर देते थे।

अनुभा और परिवार की दूसरी स्त्रियाँ सालाना उत्सव में मन्दिर के भीतर जाती थीं, लेकिन सिर्फ़ बाहरी कक्ष में, जिसे महामण्डप कहा जाता है। वे उसमें पूजा करके ही लौट जाती थीं। दिनभर की पूजा और आरती के बाद मन्दिर वापस बन्द कर दिया जाता था। इस पूरे समय गर्भगृह के पास एक आदमी पहरे में खड़ा होता था, जो ठाकुर परिवार के पुरुषों और पुजारी के अलावा किसी भी स्त्री या पुरुष को अन्दर जाने से रोकता था। किसी ने कभी अन्दर जाने की कोशिश भी नहीं की। सब उपरोक्त घटना को जानते थे।

दरवाज़े से अन्दर आते ही माँ तारा देवी ने अनुभा को गले लगा लिया। उसका माथा चूमते हुए बोलीं– "तू ठीक है? तुझे गहरी चोट तो नहीं आयी?"

"नहीं माँ, बस पैर में हल्की मोच है! बाक़ी सब ठीक है... तुम्हारी क़सम! "

"पैर टूटा तो नहीं है न? दिखा मुझे!"

"अरे नहीं, टूटा नहीं है। बस, मोच आयी है। अब जाने भी दो न माँ। भूख लगी है, कुछ खाने को दो मुझे।" अनुभा ने माँ का ध्यान भटकाने के लिए खाने की माँग की।

"ठीक है, तू कमरे में चलकर आराम कर। मैं तुम सबके लिए कुछ खाने और नहाने की व्यवस्था करती हूँ... मालती, छोटी मालकिन को कमरे में ले जा।" माँ ने नौकरानी को आवाज़ दी।

मालती आयी और अनुभा को सहारा देकर उसके कमरे में ले गयी। पत्थर से लगी ठोकर की वजह से वह लँगड़ाकर चल रही थी। तारा देवी हॉल में खड़ी ठाकुर साहब से अनुभा की चोटों के बारे में डॉक्टर की कही बातें पूछती रहीं। फिर खाने की व्यवस्था करने चली गयीं।

अनुभा अपने कमरे में आराम करने लगी। उसे किसी का सहारा लेना पसन्द नहीं था। इसलिए वह पलंग पर लेटी–लेटी ख़ुद पर झल्ला भी रही थी।

इस झल्लाहट के बीच भी बार–बार उसे समर्थ की याद आ रही थी। अनुभा के मन में अभी भी मेले में हुई घटना और समर्थ को लेकर हज़ारों सवाल थे, लेकिन वह अपने घर अपने माता–पिता के पास लौटकर ख़ुश थी। जब भी वह हॉस्टल से घर आती थी, उसे उसका कमरा पहले जैसा ही मिलता था। तारा देवी उसके न रहने पर भी प्रतिदिन कमरे की साफ़–सफ़ाई करवाती थीं। चादरें और टेबल पर रखे फूलदान के फूल बदलवाती थीं। किसी बड़े लेखक ने क्या ख़ूब कहा है, आप किसी जगह से किसी इनसान को निकाल सकते हैं, लेकिन उस इनसान के अन्दर से उस जगह को नहीं निकाल सकते। अनुभा इसी घर में जन्मी और पली–बढ़ी थी। उसे हमेशा लगता था कि इस जगह को कोई उसके अन्दर से नहीं निकाल सकता।

वह सुबह का नाश्ता कर के बिस्तर पर लेटी ही थी कि उसे नींद आ गयी। जब वह जागी, तब तक दोपहर हो गयी थी। उसने मालती को आवाज़ दी। वह नहीं आयी, तो उसने फिर से आवाज़ देने की जगह दीवार का सहारा लिया और ड्राइंग रूम की ओर चल दी। वहाँ उसके पिता की किसी से बात करने और ठहाके लगाने की आवाज़ आ रही थी। वह यह आवाज़ पहचानती है। यह आवाज़ उसके बचपन के दोस्त रोहन की थी।

जिसकी पर्दादारी है

"अरे रोहन, तुम कब आये?" अनुभा ने मुस्कुराकर रोहन से पूछा।

"दो घण्टे पहले। पता चला, तुम सो रही हो, तो मैं अंकल से बात करने लगा।" रोहन अपनी जगह से उठा और अनुभा को सहारा देकर सोफे पर बिठाया।

"अंकल–आंटी नहीं आए?" अनुभा ने रोहन के माता–पिता के बारे में पूछा।

"नहीं अनुभा, रोहन यहाँ हमारे सालाना उत्सव में भाग लेने आया है। कुछ दिन हमारे साथ ही रहेगा। ठाकुर भुवन राय चौधरी जी एवं उनकी पत्नी सम्माननीय वसुधा भाभी जी उत्सव वाले दिन ही आ सकेंगे। वे अभी विदेश भ्रमण पर हैं। लौटते ही एयरपोर्ट से सीधा यहीं आयेंगे।" ठाकुर साहब ने अनुभा को सूचना दी।

रोहन राय चौधरी ठाकुर विश्वेश्वर सिंह के हमप्याला–हमनिवाला साथी भुवन राय चौधरी का इकलौता बेटा था। दोनों परिवारों में बहुत घनिष्ठता थी। अनुभा और रोहन के बचपन से ही हर त्योहार दोनों परिवार साथ मनाते आये थे। अनुभा और रोहन में भी ऐसी ही घनिष्ठता थी। अनुभा की तरफ़ से यह मित्रता थी, लेकिन रोहन अनुभा को मित्र से अधिक बढ़कर समझता था। यह बात अनुभा को भी मालूम थी।

"तुम दोनों बातें करो, मैं कुछ काम निबटाकर तुम लोगों को रात के खाने पर मिलता हूँ।" अनुभा को आया जान कर ठाकुर विश्वेश्वर सिंह हवेली के दूसरे कमरे में बने अपने ऑफ़िस चले गये।

"कैसी हो तुम? मैंने मेले में हुई भगदड़ की न्यूज़ देखी थी टी.वी. पर, इसलिए पहले चला आया। सोचा, जाकर देख लूँ, तुम ठीक तो हो वरना मैं उत्सव के दिन माँ–पापा के साथ ही आने वाला था।" रोहन ने कहा।

"मैं ठीक हूँ। मुझे अधिक चोटें नहीं आयी हैं। बस, एक पत्थर से टकराने की वजह से पैर में ज़रा–सी मोच है। एक–दो दिन में ठीक हो जायेगी यह भी। तुम बताओ, तुम कैसे हो? और क़ब्रों की खुदाई का प्रोग्राम कैसा चल रहा है?" मुस्कुरा कर अनुभा बोली।

"यार, अब ऐसा तो मत बोलो। मैं सिर्फ़ क़ब्रों की खुदाई ही नहीं करता। मैं इतिहासकार और भाषाविद हूँ और हम लोग ज़मीन के अन्दर दबे इतिहास की खुदाई करते हैं। हम ही होते हैं, जो कई बार इस तरह की ज़रा–सी हिंट पर पूरी सभ्यता ढूँढ़ लाते हैं। समझीं?"

"अच्छा बाबा, मान ली तुम्हारी बात। चलो, छत पर चल कर बातें करते हैं। वहाँ धूप होगी अभी।" अनुभा हँसी और किचन की तरफ़ मुँह करके चिल्लाई– "माँ, थोड़े–से नमकीन और चाय छत पर भी भिजवा दो। रोहन और मैं वहीं बैठकर बातें करना चाहते हैं।"

"हाँ, भिजवा देती हूँ, लेकिन तू छत पर चढ़ेगी कैसे?" माँ ने सामने से आते हुए पूछा।

"मैं रेलिंग के सहारे चढ़ लूँगी। मोच है, पैर में कोई फ़्रेक्चर नहीं हुआ है।"

"लेकिन मोच बढ़ गयी तो? और दर्द तो होगा ही।"

"नहीं बढ़ेगी। रोहन मुझे सहारा देकर चढ़ा देगा सीढ़ियों पर। प्लीज़ माँ, मुझे अपनी फ़ेवरेट जगह पर बैठना है। मान जाओ। मैं एक सप्ताह में वापस चली जाऊँगी।" अनुभा ने माँ को इमोशनल ब्लैकमेल किया। माँ ने एक नज़र रोहन को देखा।

"जाने दीजिए आंटी, मैं ले जाता हूँ सँभालकर। कोई परेशानी नहीं होगी इसे।"

"ठीक है इतनी ही ज़िद है तो जाओ। मैं नमकीन और चाय वहीं भिजवाती हूँ।"

इतना बोलकर माँ चली गयी। अनुभा को सहारा देकर रोहन उसे सीढ़ियाँ चढ़ाने लगा। अनुभा और रोहन छत पर लगी कुर्सियों पर बैठ गये। थोड़ी देर बाद मालती आयी और चाय–नाश्ता सामने लगी टेबल पर रख कर चली गयी।

"याद है अनुभा, बचपन में हम हर बार मकर संक्रान्ति तुम्हारे यहाँ मनाते थे। कितनी पतंगें उड़ाया करते थे हम! यह तुम्हारी फ़ेवरेट जगह थी!"

"हाँ, याद है मुझे। और 'थी' से तुम्हारा मतलब? यह अब भी मेरी फ़ेवरेट जगह है। हॉस्टल में छत है तो सही, लेकिन इतनी सुन्दर नहीं है। और वहाँ मेरे पास इस तरह बैठने का समय भी नहीं होता है। कभी जब समय होता भी है, तो वहाँ इतनी लड़कियाँ जमा होती हैं कि लगता है, मेले में आ गये हैं। इतना सुकून, इतनी शान्ति कभी नहीं मिलती।"

"अच्छा, फिर तो तुम्हें ठाकुर अंकल से कहना चाहिये। वह पूरा हॉस्टल ख़रीदकर अकेले तुम्हें उपहार में ही दे देंगे।" यह बोलकर रोहन हँस पड़ा।

अनुभा के जले पर नमक छिड़कने में उसे बहुत आनन्द आता था। वह जानता था, अनुभा अपने प्रति ठाकुर साहब के कंट्रोलिंग रवैये को बिल्कुल बर्दाश्त नहीं करती। उसे पिता का हर समस्या का समाधान पैसे और ताक़त से ढूँढ़ना एकदम पसन्द नहीं है।

"डफ़र, मुझे चिढ़ाने में तो तुम्हें ख़ूब मज़ा आता है।"

"नहीं, सीरियसली। तुम चाहती, तो विदेश में भी मेडिकल की पढ़ाई कर सकती थी। फिर उस छोटे पहाड़ी शहर में जाकर पढ़ने की ज़रूरत ही क्या है?"

"क्योंकि मेरे नानाजी वहाँ के थे। मेरी माँ पुराने आयुर्वेदिक चिकित्सकों के परिवार से ताल्लुक़ रखती हैं। वह मेडिकल कॉलेज आज जहाँ है, वहाँ के जंगलों में सदियों पहले माँ के कुल के लोग चिकित्सकीय विद्यापीठ चलाते थे। तुम तो जानते ही हो। इतिहास के इतने बड़े ज्ञाता हो। यह सम्मान देने का तरीक़ा है मेरी परम्परा और इतिहास को... ख़ैर, जाने दो। इतिहास से याद आया, पिछली चिट्ठी

में तुमने बताया था कि तुम किसी बड़ी खोज के नज़दीक हो। बताओ कौन–सी खोज? मुझे भी तुम्हारे काम के बारे में बताओ।" अनुभा ने बात बदलने की गरज से कहा।

छत पर उतरते सूरज की धूप थी। अनुभा को धूप अच्छी लगी। उसने स्वेटर उतारकर रखना चाहा, तभी उसकी जेब से वह ड्राइंग निकलकर फ़र्श पर गिरी, जिसे उसने हॉस्पिटल में नोटपैड पर बनाया था। रोहन की नज़र उस कागज़ पर गयी और उसने कागज़ का वह टुकड़ा उठा लिया। उसने अनुभा को उसकी बात का उत्तर नहीं दिया।

"यह निशान तुम्हें कहाँ से मिला?" निशान का चित्र देखकर एकदम–से रोहन के चेहरे पर गम्भीरता और आश्चर्य के मिले–जुले भाव आ गये थे।

"मिला नहीं, मैंने बनाया है।"

"हाँ लेकिन कैसे? कहाँ देखकर?"

"मेले में एक आदमी की गर्दन पर यह निशान था। क्यों? क्या हुआ? तुम जानते हो, इसका क्या मतलब है?"

"कौन आदमी? क्या तुम उसे जानती हो?"

"नहीं, मैं उसे नहीं जानती। तुम बताओ, तुम इस निशान के बारे में क्या जानते हो? और अचानक तुम इतना क्यों गम्भीर हो गये? क्या हुआ, अगर मैं उसे जानती होऊँ? क्या बात है?"

ऐसा कुछ था, जो इस निशान के सम्बन्ध में रोहन जानता था, अनुभा नहीं। आख़िर वह क्या था ?

छायादूतों और वनिकाओं का सम्प्रदाय

रोहन ने अनुभा को गहरी नज़रों से देखा, जैसे मन–ही–मन तौल रहा हो कि वह क्या और कितना बोले। फिर ज़रा देर बाद उसने बोलना शुरू किया।

"यह पहाड़ी देख रही हो? कहा जाता है, जब रियासतें नहीं बनीं थीं, यह एक प्राचीन ब्रह्मचारी योद्धा सम्प्रदाय के मठ का इलाक़ा था। यह निशान मठ के प्रमुख और योद्धाओं के आदिम गुरु कालकम्पन का शक्तिचिह्न है। उन सबको 'छायादूत' कहा जाता है। जैसे राजशाही में मोहरें होती हैं, वैसे ही यह निशान उनके पंथ और उनकी शक्ति का प्रतीक है। फ़र्क़ इतना है कि मोहरें सिर्फ़ काग़ज़ों और दूसरी निर्जीव वस्तुओं पर अंकित की जाती हैं। यह शक्तिचिह्न छायादूतों के शरीर पर अंकित किये जाते हैं।"

"बोलते रहो, मुझे पूरी बात बताओ।" अनुभा बोली।

"बताता हूँ। थोड़ी लम्बी कहानी है, धीरज से सुनना। इनके सम्प्रदाय की कहानी बहुत रोचक है। इनकी मान्यताओं और विश्वास के अनुसार छायादूत ईश्वर की परछाईं से बने हैं। ये अयोनिज हैं अर्थात् इनका जन्म स्त्री के पेट से नहीं हुआ है। ये अमर और बहुत ताक़तवर होते हैं। ईश्वर ने अपनी छाया से इन्हें जन्म दिया और फिर धरती के कल्याण के लिए स्वर्ग से धरती पर भेज दिया। वे बुरी शक्तियों, ख़ासकर इनसानों की प्राणशक्ति चूसने वाली वनिकाओं का शिकार करके उनसे इनसानों को बचाते हैं।"

"ये वनिकाएँ क्या होती हैं?" अनुभा ने आश्चर्य और जिज्ञासा से पूछा।

"ऐसा माना जाता है कि इस पहाड़ी से विपरीत दूसरी तरफ़ जो जंगल है, वहाँ वनिकाओं का बसेरा था। वे भी छायादूतों की तरह अलौकिक होती हैं। कहा जाता है, वे रात–रात भर जागतीं, सुनसान या जंगल की तरफ़ से गाँव जाने वाले भटके राहगीरों को रिझाकर अपने बसेरे पर ले जातीं, फिर अपने भ्रम–जाल में उलझाकर उन्हें अपने जादू से संक्रमित कर देती थीं। वे तत्काल उन्हें मारती नहीं थीं बल्कि वे इनसानी शरीर को होस्ट की तरह इस्तेमाल करती थीं। वे संक्रमित इनसान को महीनों, कभी–कभी सालों तक ज़िन्दा रखकर रोज थोड़ी–थोड़ी मात्रा में उनकी आत्मा खाती थीं। संक्रमित मनुष्य कई सालों तक ज़िन्दा रह सकता था। वह कितनी देर जीवित रहेगा, यह उस पर नियन्त्रण रखने वाली वनिका पर निर्भर करता था। ऐसा सुना गया है कि कुछ वनिकाएँ बहुत जल्दबाज़ होती हैं। वे तेज़ी–से एक इनसान की जीवन शक्ति खाकर दूसरा शिकार ढूँढ़ने लगती हैं। कुछ जो समझदार होतीं, एक ही समय में कई सारे इनसानों को अपना शिकार बनाती थीं और रोज सभी से बराबर मात्रा में भोजन प्राप्त करती थीं। ऐसे वे सब आदमी जल्दी मरते नहीं थे और समाज में सब सामान्य बना रहता था। इससे किसी को अचानक बिना कारण स्वस्थ लोगों के मरने पर सन्देह नहीं होता था। इससे वनिकाओं की पहचान लम्बे समय तक छिपी रहती थी, क्योंकि अचानक लोगों के मरते चले जाने से सबको किसी अनहोनी का शक होने लगता था और ऐसे में छायादूतों तक ख़बर भी पहुँच जाती थी।" रोहन ने बोलना जारी रखा।

"दोनों सम्प्रदायों में गहरी शत्रुता थी। छायादूत वनिकाओं का शिकार करते थे। वनिकाएँ छायादूतों को पराजित करके उनकी प्राणशक्ति भक्ष लेती थीं। बाद के समय में लगातार शिकार किये जाने से वनिकाओं की ताक़त घट गयी। छायादूतों का पलड़ा भारी हो गया। उनके आतंक से वनिकाएँ घबरा गयी थीं। छायादूत उनका शिकार करते ही जा रहे थे।

''छायादूतों को जहाँ भी इन वनिकाओं के बारे में पता चलता, वे छापामार टुकड़ी बनाकर रात में हमला कर देते थे। वे जीत रहे थे क्योंकि उन्होंने कुछ मनुष्यों को भी अपने साथ कर लिया था। उनके लिए यह आसान था, क्योंकि उन्हें जीवित रहने के लिए मनुष्य की प्राणशक्ति नहीं खानी पड़ती थी। डरे हुए मनुष्य जल्दी ही छायादूतों का साथ देने लगे। छायादूत वनिकाओं को पकड़कर ले जाते और उन्हें एक विशेष अनुष्ठान में ज़िन्दा जला देते थे। समाज में कुछ लोग वनिकाओं की पूजा भी करते हैं। उनका मानना है, ऐसा करके वे वनिकाओं के कोप से बचे रहेंगे। उनकी यह भी मान्यता है कि वनिका सिर्फ़ बुरे मनुष्यों का शिकार करती है, लेकिन छायादूतों के अनुसार वनिकाओं के मन्दिर अशुद्ध क्रियाओं के गढ़ थे। इसलिए छायादूत उनको मारने के बाद उनके मन्दिरों को भी नष्ट कर देते थे।

''मैंने हाल में ही यहाँ खुदाई में मिले एक शिलालेख में इनकी एक कहानी पढ़ी है, जिसे मेरे अलावा अभी तक और कोई नहीं जानता। मैं इसे भविष्य में किताब की शक्ल देने वाला हूँ, लेकिन उससे पहले मैं यह कहानी तुम्हें सुनाता हूँ।''

रोहन कहानी सुनाने लगा। अनुभा ख़ूब रुचि से सुन रही थी।

"छायादूत तेज़ी–से वनिकाओं का शिकार कर रहे थे। वनिकाओं को लगने लगा था, आने वाले समय में वे पूरी तरह विलुप्त हो जायेंगी। उनके लिए यह आपात स्थिति थी। इसके समाधान के लिए रानी वनिका ने बाक़ी वनिकाओं की एक सभा बुलाई।

"वनिकाओं की रानी का नाम स्वर्णमल्लिका था। उनके आदेश से सभा शुरू हुई। कई सम्भावित रणनीतियों पर विचार किया गया। सब इस बात को लेकर एकमत थीं कि छायादूतों के मठ के तहख़ाने में घुसकर अगर उनका औषधि घट दूषित कर दिया जाये, तो छायादूतों पर उनके जादू का असर होने लगेगा। यह औषधि ही उन्हें वनिकाओं के जादुई भ्रमजाल से बचाती थी। एक तरह से यह जादू और भ्रम के लिए वैक्सीन का काम करती थी। भ्रम ही वनिकाओं का सबसे ताक़तवर औज़ार था। यह औषधि छायादूतों के मष्तिष्क में भ्रम के प्रभाव को रोक

देती थी। वनिकाएँ कलाकार और गुणी स्त्रियाँ होती हैं। उनमें से कई ऐसे चित्र बना सकती थीं कि वे असली जैसे लगें। वे जड़ी–बूटियों के औषधीय उपयोग में भी माहिर थीं। कुछ औज़ार बनाने में, तो कुछ संगीत और तकनीक में निपुण थीं। कुछ को जानवरों की भाषा समझना आता था।

"बाक़ी बची वनिकाओं ने तय कर लिया था कि वे किसी भी क़ीमत पर छायादूतों को सबक सिखायेंगी। छायादूतों पर उनके जादू का असर हो, इसके लिए उन्हें किसी एक छायादूत को भ्रमित करके अपने मन्दिर में लाना होगा। फिर उसे संक्रमित करके वे उससे औषधि घट दूषित करा सकती हैं। यह उनकी योजना थी, लेकिन यह एक मुश्किल काम था। सभी छायादूत नियमित रूप से जादू निरोधी औषधि लेते थे, जिस कारण उन पर वनिकाओं की माया का असर नहीं होता था। माया के हथियार के अभाव में छायादूत उन्हें देखते ही उनसे लड़कर उन्हें बन्दी बना लेते थे। वे बाहुबल में उनसे बीस थे, क्योंकि वे प्रशिक्षित योद्धा थे। उन्होंने जीवन–भर बस लड़ने का ही अभ्यास किया था। उनके जीवन का यही एकमात्र लक्ष्य था, इसलिए वे ब्रह्मचारी रहते थे। उनका ध्यान न भटक जाये, इसलिए परिवार नहीं बनाते थे। औषधि के प्रभाव के कारण वनिकाओं का जादू उनके सामने किसी काम का नहीं था। रानी स्वर्णमल्लिका ने सबको पुस्तकालय से लाये भोजपत्र के मोटे–मोटे पुलिन्दे दिए और आदेश जारी किया कि कोई ऐसा मन्त्र, जादू या काढ़ा ढूँढ़ा जाए, जिससे छायादूतों की अमोघ औषधि का प्रभाव नष्ट हो सके। जब तक वह न मिले, सब लोग अपने सब काम छोड़कर इसी काम के लगे रहें। रानी के आदेश से सभागृह एक विशाल पाठशाला में तब्दील हो गया था। वनिकाओं ने पाँच–पाँच के समूह बना लिए। उन्होंने शपथ ली थी कि जब तक इस विपत्ति का कोई हल नहीं मिलेगा, वे अपने सामान्य जीवन में वापस नहीं जायेंगी।"

वनिकाओं के सभागार में

रोहन ने बोलना जारी रखा–

"कई वनिकाओं के मन में यह विचार था कि कोई एक मन्त्र, काढ़ा या अनुष्ठान अगर काफ़ी नहीं है, तो उन्हें या तो एक साथ मिला दिया जाए या फिर उनके क्रम में फेर–बदल करके देखा जाये। लेकिन समस्या यह थी कि इसके लिए एक ज़िन्दा छायादूत चाहिए था, जिसका अपहरण करके उस पर प्रयोग किये जा सकें। यह बहुत बड़ी समस्या थी क्योंकि अगर कई वनिकाएँ मिलकर एक छायादूत पकड़ भी लेतीं तो छायादूत दिन ढलने के साथ ही अपना जीवन समाप्त कर लेते थे। उनके लिए पराजय का मतलब आत्महत्या था। दूसरी समस्या समय की थी। उनके पास प्रयोग करते रहने का समय भी नहीं था। उनकी संख्या हज़ारों से सिमटकर सैकड़ों में रह गयी थी।" रोहन साँस लेने को रुका।

"अच्छा? रोचक कहानी है, आगे बताओ।" अनुभा उत्सुकता से बोली।

"सब बैठकर विचार कर ही रहे थे कि क्या और कैसे किया जाये? तभी एक खूबसूरत युवा वनिका जिसका नाम मोहिनी था, अपनी जगह से उठी और रानी स्वर्णमल्लिका को सम्बोधित करके बोली–"मुझे कुछ कहना है। क्या आपकी अनुमति है?"

"हाँ, बोलो।" स्वर्णमल्लिका बोली।

मोहिनी बोली–"कुछ बरस पहले मेरी माँ को छायादूतों ने मार दिया था। मैं बहुत समय शोक में रही। तब मैं किसी से बात नहीं करती

थी और अकेली ही रहती थी। उस दौरान रातों को अक्सर डरावने सपने आते थे, जिसमें मैं देखती थी कि छायादूत मेरी माँ को जला रहे हैं। वे चीख़ रही हैं। मैं डरकर नींद से जाग जाती थी और फिर पूरी रात जागती ही रहती थी। मेरी माँ जब ज़िन्दा थी तो उन्होंने कहा था कि अगर कभी अपने काम से वे अधिक समय के लिए मुझसे दूर चली जायें, तो मैं नीले फूल के पौधे का बीज बोऊँ। जब फूल खिलेंगे, वे वापस आ जायेंगी। यह बात वे मुझे बहलाने के लिए कहती थीं, लेकिन फिर भी उनकी मृत्यु के बाद जितनी रातें मैं सो नहीं पाती थी, उसकी सुबह उठकर उनकी याद में मैं एक बीज बोती थी। ऐसे मैंने दक्षिण की तरफ़ की ढलान में एक पूरा बाग़ीचा बना लिया। आप में से कइयों ने शायद वह बग़ीचा देखा भी हो। उसमें धीरे–धीरे बहुत–सी पीली तितलियाँ आने लगीं। मुझे उन तितलियों से एक लगाव हो गया। उन तितलियों को भी मुझसे बहुत प्रेम है। मैं अक्सर दिन में कई–कई घण्टे तितलियों के साथ बिताती हूँ। एक दिन मैं माँ की याद में बहुत दुःखी थी और ख़ुद से गुस्सा भी थी... सोच रही थी, मेरी इतनी ताक़त का क्या लाभ है, जब मैं अपनी माँ की क्रूर हत्या का बदला भी नहीं ले पा रही! मैं बेबसी में रोने लगी। तभी पीली तितलियों का एक झुण्ड मेरे पास आया और मेरे चारों तरफ़ मँडराने लगा, जैसे वे कुछ कहना चाहती हों। उनमें से एक मेरे गाल पर भी बैठ गयी। फिर वह मुझसे कुछ दूर जाकर ज़मीन पर एक तीर के निशान के रूप में बैठ गयी, जो पश्चिम की तरफ़ इशारा कर रहा था। मैं समझ गयी कि हम सबकी अधिष्ठात्री माँ प्रकृति मुझे उस ओर जाने को कह रही हैं। मैं तितलियों की तरफ़ बढ़ी। तितलियाँ मुझसे कुछ क़दम आगे उड़ती हुई एक दिशा में जाने लगीं। फिर वे एक पत्थर की ओट में जाकर बैठ गयीं। मैं उस तरफ़ बढ़ी, तो मुझे कुछ आवाज़ें सुनायी देने लगीं। मैंने देखा, वहाँ कुछ छायादूत बैठे कड़ाह में खुम्बियाँ और वनस्पतियाँ उबाल रहे हैं और बातें कर रहे हैं। शायद यह उनका रात का भोजन था। वहीं मैंने देखा कि एक छायादूत की कमर में मेरी माँ का कंगन लटक रहा है। ज़रूर उसने मेरी माँ को जलाने से पहले पारितोषिक और अपनी जीत के चिह्न के रूप में वह

कंगन रख लिया होगा। मुझे बहुत गुस्सा आया। मैं उसी समय उसकी हत्या कर देना चाहती थी, लेकिन वे संख्या में अधिक थे। इसलिए मैं छिपी रही। वे लोग आपस में बातें कर रहे थे। मैं सुनने लगी। उनमें से एक ने, जो थोड़ा मोटा और उम्रदराज़ लग रहा था, एक नवयुवक से कहा–"विशारद, क्या तुमने औषधि के लिए रक्तबूटी जमा की?"

"हाँ महाशय, मैंने कर ली, लेकिन यह रक्तबूटी प्रतिदिन नई क्यों ले जानी होती है? क्या पुराने से काम नहीं चला सकते?" विशारद नाम के उस छायादूत ने पूछा।

"नहीं, औषधि के तमाम दूसरे तत्त्व पहले से रखे जा सकते हैं, लेकिन रक्तबूटी ताज़ी ही डालनी पड़ती है। अगर यह ताज़ी न हुई, तो इसका असर आधा हो जायेगा और एक दिन में हमें दो बार औषधि लेनी होगी।"

"परतु महाशय, क्या हो अगर कोई इन रक्तबूटियों को ही इस पर्वत से हटा दे?"

"हमारे मठ में इसकी कई क्यारियाँ हैं। अगर ये यहाँ न भी रहेंगी, तब भी वहाँ हैं ही। कम–से–कम इतनी तो हैं ही कि हम उन्हें कुछ महीने इस्तेमाल कर सकें। फिर हम आराम से मठ में ही उन्हें उगा सकते हैं। लेकिन पर्वत में ये इतनी संख्या में हैं कि ऐसा करने की कोई ज़रूरत नहीं है। इसलिए तुम निश्चिन्त रहो। वनिकाओं को इस बूटी के बारे में कुछ भी मालूम नहीं है।" दूसरे छायादूत ने जवाब दिया।

मोहिनी बोलती रही–"हमने यह देखा है कि जब भी हम किसी छायादूत को पकड़ते हैं, वह तुरन्त आत्महत्या नहीं करता, बल्कि शाम ढलने का इन्तज़ार करता है। शाम के बाद भी जब उसके मित्रगण उसकी सुरक्षा नहीं कर पाते, उसे छुड़ा नहीं पाते, तब वह आत्महत्या करता है। ऐसा करने के पीछे वजह है कि शाम के बाद छायादूत को औषधि दुबारा चाहिए होती होगी। औषधि न मिलने पर वह हमारे जादू से प्रभावित हो जायेगा। इससे उसके बाक़ी साथी खतरे में आ जायेंगे। वे हमारी तरह अलौकिक हैं। हम उन्हें स्वैच्छिक आत्महत्या करने से नहीं रोक सकते, लेकिन अगर किसी तरह हम शाम के बाद बस कुछ

क्षण उसे जीवित रख सकें, तो उस पर से औषधि का प्रभाव ख़त्म हो जायेगा। तब हम उसे प्रभावित करके मठ का औषधि पात्र दूषित कर सकते हैं या फिर अगर उन्हें मालूम न हो कि उन्होंने कम प्रभावी औषधि पी है, तो हम उन्हें शाम से पहले भी प्रभावित कर सकते हैं!"

"लेकिन यह कैसे सम्भव है?" किसी ने प्रतिवाद किया।

"इसके लिए हमें बस किसी तरह से रक्तबूटी को शाखा से टूटने के बाद भी उसमें लगा हुआ दिखाना पड़ेगा और वह ताज़ा दिखे, ऐसी कोई प्रक्रिया ढूँढ़नी पड़ेगी। इससे यह होगा कि छायादूत बस आधे दिन तक ही भ्रम से बचे रहेंगे। बाक़ी बचे आधे दिन में हम उनमें से किसी को अकेला पाकर उन्हें अपनी योजना का भाग बना लेंगे... पहले हमें इस बारे में कुछ मालूम नहीं था, लेकिन आज जब हम रक्तबूटी के बारे में जानते हैं, हम जानकारी का इस्तेमाल क्यों नहीं करें?" मोहिनी ने कहा।

"तुम्हारी बात में दम तो है, अपनी पूरी योजना बताओ।" रानी स्वर्णमल्लिका ने आदेश दिया। मोहिनी ने सर झुकाया और आगे बोलने लगी।

मोहिनी का दृढ़ निश्चय

मोहिनी बोली–

"हमारा प्रकृति पर अधिकार है, हम इस जंगल की सन्तानें हैं। जैसे इस प्रकृति ने जंगल के पेड़–पौधों और जीवों को रचा है, वैसे ही हमें भी रचा है। हम इन्सान की जीवन–शक्ति खींचकर जीवित रहते हैं। यह हमारा दोष नहीं है, हमें प्रकृति ने ऐसा ही बनाया है। पहले के समय में हम सिर्फ़ उन अपराधियों, ठगों और चोरों को अपना शिकार बनाते थे, जो निर्दोषों की हत्या करते थे। इस कारण हमारा इतना सम्मान था और हमें जंगल की देवियों की तरह पूजा जाता था। यह तो ये छायादूत हैं, जिन्होंने हमारे बारे में अफ़वाह फैलाकर हमें नष्ट होने के क़रीब पहुँचा दिया है। इस कारण अब जो भी सामने उपलब्ध हो, हमें उससे जीवन सत्व खींचना पड़ता है। हमारा ईश्वर जानता है, हम इससे कितने क्षुब्ध होते हैं?

"हम वे सभी युक्तियाँ जानते हैं, जिससे किसी पौधे को जड़ से कटने के बाद भी मुरझाने से रोक सकें। जंगल में जितनी भी रक्तबूटियाँ मौजूद हैं, एक रात हम उन सबको उनके तने से काट देंगे। फिर सहस्रवृन्त की छाल के घोल में डालकर उन्हें दो घण्टे रखेंगे। इससे वे आने वाले आठ से दस घण्टे तक नहीं मुरझाएँगी। फिर उन्हें पोंछकर उनकी उसी शाखा पर जंगली गोंद और नुकीले तिनके से जोड़कर छोड़ देंगे, जहाँ से उन्हें तोड़ा था। रक्तबूटी का तना गाँठदार होता है। जहाँ गाँठ होगी, जोड़ वहीं लगाएँगे, जिससे कटाई और गोंद के जोड़ के कारण आयी असामान्यता ढक जाये। फिर भी एहतियातन जहाँ–जहाँ

जोड़ होगा, वहाँ हम ऐसी चित्रकारी करेंगे कि जोड़ आसानी से तने के गठन के बीच छिप जाए और टूटा हुआ न लगे। वैसे भी यहाँ घास इतनी बड़ी है कि सन्धियाँ घासों के बीच आसानी से छिप जायेंगी। छायादूत सिर्फ़ ऊपर से बूटी तोड़ेंगे जोकि रोज की तरह ताज़ी ही दिखेगी। इस पूरी प्रक्रिया में जादू का कोई अंश नहीं है। बस, हमारा वह ज्ञान है, जो प्रकृति से हमने इतने समय में पाया है। इसलिए न उनकी औषधि इस पर कोई प्रतिक्रिया करेगी, न उन्हें कोई शक होगा कि बूटी में कोई ख़ामी है। वे यह भी नहीं जानते कि हम जानते हैं कि उन्हें औषधि के लिए रक्तबूटी की ज़रूरत है। वे बूटियाँ क्योंकि शाखा से आधी रात के पहले ही टूट चुकी होंगी, इसलिए उनका असर छह से सात घण्टे का ही होगा, बारह घण्टे का नहीं। वे लोग सुबह छह बजे बूटी लेने आयेंगे। हमें सूरज निकलने से पहले तक सारा काम ख़त्म करना होगा। छायादूत हमारे डर की वजह से रात को नहीं निकलते, इसलिए हमें यह काम रात होते ही शुरू करके भोर से पहले ख़त्म कर देना होगा।

"बासी बूटियों का असर दोपहर या उससे थोड़ी देर बाद तक ही होगा। हम किसी एक छायादूत को पकड़ लेंगे। वह आत्महत्या करने के लिए सूरज डूबने तक का इन्तज़ार करेगा, क्योंकि उसे लगेगा कि औषधि का असर शाम से पहले नहीं ख़त्म होगा, लेकिन शाम होने से पहले हम उसे संक्रमित कर चुके होंगे। उसे पता नहीं चलेगा कि वह जादू के प्रभाव में आ चुका है। उसके बाद वह उनका नहीं हमारा योद्धा होगा।" मोहिनी बोली।

"लेकिन औषधि घट के पास पहरा होता है। मैंने एक बार छिपकर देखा है। वह इनके मठ महन्त के कमरे में होता है। अगर हमने किसी को संक्रमित भी कर दिया, तब भी वह सीधे जाकर औषधि घट दूषित नहीं कर सकता है। उसे अपनी पारी का इन्तज़ार करना होगा। एक छायादूत के बूते का यह काम नहीं है और सबको एक साथ हम पकड़ नहीं सकते। और अगर वे सावधान हो गये, तो तुरन्त मठ में जाकर फिर से औषधि पी लेंगे! फिर इसके लिए तुम्हारे पास क्या योजना है?" किसी दूसरी वनिका ने प्रतिवाद किया।

"मेरी पूरी बात ध्यान से सुनना। यह बिल्कुल आसान नहीं है कि हम छायादूतों से जीत जायें। मैं जानती हूँ कि सिर्फ़ एक क़ैदी छायादूत को जादू से प्रभावित करने से काम नहीं चलेगा। न ही वह अकेले औषधि तक उसी दिन पहुँच पायेगा, न ही उसे दूषित कर सकेगा, क्योंकि जैसा कि तुमने कहा, औषधि की सुरक्षा के लिए मठ महन्त रोज़ बदल–बदलकर दूतों को उसकी निगरानी का काम देते हैं। निगरानी में कोई क्रम नहीं होता है यानि जो कोई भी दूत यह करेगा, वह उसी सुबह तय किया जाएगा और उसके अलावा कोई और घट तक नहीं पहुँच सकता। अगर किसी कारण अगर उसकी मौत हो जाती है, तो इसकी ख़बर तुरन्त दूसरे दूतों को लग जायेगी और वे सावधान हो जायेंगे। इसका मतलब है कि क़ैदी दूत को स्वेच्छा से उस दिन घट दूषित करना होगा, जब उसे उसकी निगरानी का काम मिले।"

"यह कैसे सम्भव है? इतने दिन किसी जादू का प्रभाव कैसे चलेगा?" रानी स्वर्णमल्लिका ने पूछा।

"इसकी भी एक युक्ति है। जिस समय हमारा क़ैदी छायादूत हमारे पास रहेगा, हम उस समय उस पर जादू कर सकते हैं। इसलिये जादू से हम उसके मन में स्मृतियाँ बना देंगे। प्रेम के बीज बो देंगे। वह दूसरी सुबह औषधि पीने के कारण आगे से जादू के प्रभाव में नहीं आएगा, लेकिन बाहर आने के बाद भी पहले किये गये जादू की वजह से अपनी प्रेमिका को नहीं भूल सकेगा। वह उससे मिलने आता रहेगा, क्योंकि यादें उस क्षण बनाई गयी थीं, जब उस पर बूटी का प्रभाव नहीं था। मुझे भरोसा है, वह धीरे–धीरे उसके प्रेम पर भरोसा करने लगेगा। वह आज़ाद होकर अपने समूह में पहुँच जाएगा, लेकिन तब भी उसके मन में उसकी प्रेमिका की यादें बनी रहेंगी। हम उससे प्रेम का ऐसा प्रहसन रचायेंगे कि वह अपनी प्रेमिका के प्रेम को ही अपने जीवन का आधार मानने लगेगा। हम उसे अपना वह रूप दिखायेंगे कि उसे विश्वास हो जाएगा कि हम भले लोग हैं और जिनके मध्य वह रह रहा है, वे हम पर जुल्म कर रहे हैं। फिर अपनी प्रेमिका को बचाने के लिए वह कुछ

भी करेगा। फिर औषधि को दूषित करना तो एक छोटा–सा हानिरहित काम है।" मोहिनी बोली।

"...लेकिन इस काम में बहुत ख़तरा है।" रानी स्वर्णमल्लिका बोली।

फिर उसने कुछ क्षण का मौन धारण कर लिया। वह इस पूरी योजना के बारे में तर्कपूर्वक सोच रही थी। मोहिनी अब भी सभा के बीच खड़ी थी। सभा में किसी तरह की कोई ध्वनि नहीं सुनायी दे रही थी। थोड़ी देर बाद रानी स्वर्णमल्लिका गम्भीर स्वर में बोली–

"मैंने मोहिनी की योजना पर विचार किया। मुझे इस योजना में एक अन्तिम सम्भावना नज़र आ रही है। शायद इस पर अमल करके हम अपना अस्तित्व बचा सकते हैं। अगर इस योजना में ज़रा–सी चूक हुई तो कई या सभी की जानें जा सकती हैं, लेकिन इस योजना के अलावा हमारे पास कोई विकल्प भी नहीं है। इसलिए मैं तुम सबको आदेश देती हूँ कि तुम सब मोहिनी की हर बात मानो और इसकी इच्छा को मेरी इच्छा और आदेश समझकर पूरा करो।"

"लेकिन रानी स्वर्णमल्लिका, कौन–सी ऐसी वनिका होगी, जो अपनी जान ख़तरे में डालकर क़ैदी छायादूत से प्रेम का स्वाँग करेगी? एक बार में हम उसके मन में जादू से प्रेम के बीज डाल सकते हैं, लेकिन प्रेम को गाढ़ा करने के लिए और उसका विश्वासपात्र होने के लिए उसकी कथित प्रेमिका को बार–बार उससे मिलना होगा। कौन वनिका यह ख़तरा उठायेगी?" एक वनिका ने उठकर तीव्र स्वर में प्रश्न किया।

"यह प्रहसन मेरी योजना है और मैं ही इसका प्रमुख पात्र बनूँगी।" निश्चय के स्वर में मोहिनी बोली।

सभा में सब उसकी तरफ़ देखने लगे।

संघर्ष का आरम्भ

सभा में दबी–दबी फुसफुसाहटों की आवाज़ें आने लगीं। मोहिनी चेहरे पर आत्मविश्वास और बुद्धिमत्ता का दर्प लिये सभा के बीचोबीच खड़ी थी।

"मैं ही इसका मुख्य पात्र बनूँगी। जब मैंने अपनी माँ के कंगन को उस छायादूत के पास देखा, तभी मैंने तय कर लिया था, मैं इन सबके अस्तित्व का नाश कर दूँगी। मेरी माँ ने कभी किसी निर्दोष व्यक्ति का प्राणरस नहीं खींचा था। वह जंगल के पूर्वी हिस्से में अपने मन्दिर में नितान्त शान्ति और एकान्त से रहती थी। जब किसी भी मनुष्य को अपने जीवन से न समाप्त होने वाली निराशा होती थी या कोई असाध्य कष्टप्रद रोग होता था, वह मेरी माँ के मन्दिर में जाकर स्वयं मृत्युदान का प्रसाद माँगता था। सिर्फ़ तब माँ उनका प्राणरस हर के उसे मुक्ति देती थी। इसके अलावा तो वह मन्दिर से बाहर भी नहीं निकलती थी। इसलिए सब उसके मन्दिर को 'मुक्ति का मन्दिर' कहते थे। लोग मरते–मरते भी मेरी माता की जय बोलते थे। ऐसी साध्वी आत्मा को नष्ट करके वह निर्लज्ज उसका कंगन अपनी बहादुरी के तमगे की तरह लेकर सबको दिखाता फिरता है। इसलिए मैं और सिर्फ़ मैं ही इस प्रहसन की नायिका बनने के योग्य हूँ।"

आवेश से मोहिनी की आवाज़ काँप रही थी। वह इस समय माँ के प्रति अपने प्रेम, उसके हत्यारे के प्रति नफ़रत और अपने समाज के प्रति ज़िम्मेदारी के भावों में गले तक डूबी थी।

"रानी स्वर्णमल्लिका, आपसे मेरा आग्रह है कि आप मुझे यह काम करने दें।" मोहिनी ने घुटनों के बल रानी के आगे बैठकर अपने हाथ प्रणाम की मुद्रा में जोड़ लिए। "मुझे मेरी माँ की हत्या का प्रतिकार करने दें। मैं अपने मन की यह शान्ति और अपने कुल का हित कमाना चाहती हूँ। इसमें मेरी जान भी चली जाए, तो इसका मुझे कोई अफ़सोस न होगा।" यह कहते कहते मोहिनी की आवाज़ भर्रा गयी।

"उठो मोहिनी, अगर तुम्हारी यही इच्छा है, तो ठीक है, तुम्हें आज्ञा है।" रानी की गम्भीर आवाज़ सभा में धनुष की टंकार की तरह गूँजी।

"अगर मोहिनी की योजना सफल होती है, तो हम सब सदा के लिए विजयी होने का एक मौक़ा हासिल कर लेंगे, लेकिन अगर कोई इससे सहमत नहीं है और कोई दूसरी युक्ति अगर किसी के पास है, तो वह अभी बोले!" रानी ने पूछा, लेकिन पूरी सभा में किसी और ने कुछ नहीं कहा।

"ठीक है, तो अब यह सभा समाप्त घोषित की जाती है। माननीय सभासदों और मोहिनी को छोड़कर आप सब अपने–अपने घरों में वापस लौट जाएँ और मेरे आदेश की प्रतीक्षा करें।" रानी ने कहा।

धीरे–धीरे सभी लोग सभा से चले गये। सिर्फ़ सभासद वनिकाएँ और मोहिनी ही सभा में रह गयीं।"

इतना कहकर रोहन साँस लेने के लिए रुका। उसने पानी का ग्लास उठाया और मुँह से लगा लिया। धड़ाधड़ उसने पानी के दो ग्लास ख़ाली कर दिये। अनुभा उसकी तरफ़ जिज्ञासा से देख रही थी।

"यार अनुभा, ज़रा फिर से चाय के लिए बोल दो! तुम्हें कहानी सुनाते–सुनाते तो मेरा गला ही सूख गया है।"

अनुभा ने छत की जालीदार छोटी चारदीवारी से आँगन की ओर झाँका और आवाज़ लगायी, "मालती, ओ मालती! सुन रही हो?"

"हाँ, दीदी। आती हूँ।"

"आने की ज़रूरत नहीं है। बस, दो चाय और भिजवा दे।" अनुभा ने चारदीवारी पर वैसे ही झुके–झुके जवाब दिया।

"हाँ तो अब आगे की कहानी सुनाओ।"

"हाँ, तो आगे की कहानी यह है–

मोहिनी ने पूरे दल में घूम–घूमकर पता लगाया कि कौन–सी वनिका किस काम में अच्छी है। उसने सभी को उसकी क्षमता और योग्यता के अनुसार काम दे दिये। रक्तबूटियाँ समूहों में उगती थीं। इसलिए उन्हें चिन्हित करना आसान था। कुछ वनिकाओं ने मठ के आसपास के इलाके चिन्हित किये, जिनमें छायादूत अक्सर बूटियाँ तोड़ने आते थे। फिर रात होते ही उन्होंने योजना के अनुसार चिन्हित क्षेत्र के सभी पौधों से बूटियों की शाखाओं को काटा। फिर उन्हें सहस्रवृन्त के पेड़ की छाल के घोल में डुबोकर रखा। दो घण्टे बाद उन्होंने शाखाओं को वापस पौधों पर लगा दिया। उनकी गाँठों पर चित्रकारी की और घास से उनकी सन्धियाँ छिपा दीं।

निश्चित समय पर छायादूत आये और बूटियों को ताज़ा समझ कर ले गये। उन्होंने बासी बूटियों से औषधि बनायी और पीकर रोज़ की तरह वनिकाओं के शिकार पर निकले। दोपहर बाद उन पर से औषधि का असर कम होने लगा, लेकिन उन्हें इस बात का पता नहीं था। वे हमेशा की तरह गाँवों और सुनसान रास्तों में वनिकाओं की तलाश में भटक रहे थे। उनको मालूम था, वनिकाएँ दिन के समय कमज़ोर होती हैं इसलिए वे सीधी भिड़न्त नहीं चाहतीं और अक्सर सुनसान खण्डहरों में छिपी रहती हैं। वे हमेशा की तरह उन्हें सम्भावित जगहों पर ढूँढ़ रहे थे।

इधर वनिकाओं के पास पूरी योजना थी। छायादूत अक्सर सामान्य शिकारियों की तरह दो की संख्या में शिकार पर निकलते थे, जिससे वे कमज़ोर न पड़ें और हर तरफ़ नज़र रख सकें। सुयश और सुप्रभ नाम के दो छायादूत मठ से काफी दूर सुनसान रास्ते में वनिकाओं को ढूँढ़ने निकल आये थे। किसी ने उन्हें ख़बर दी थी कि पुराने धोबी तालाब के पास दो दिनों के अन्तराल में चार लाशें पायी गयी हैं। देखने से ऐसा लग रहा था कि उनके शरीर को कड़ी धूप में सारा द्रव निकलने तक सुखाया गया है। यह सब वनिकाओं की बृहत् योजना का हिस्सा था।

सुयश और सुप्रभ चौकन्ने होकर धोबी तालाब जाने वाले रास्ते की तरफ़ बढ़े जा रहे थे कि एक सत्रह साल का युवक दौड़ते हुए सुप्रभ

से आकर टकराया। वह किसी से भाग रहा था। उसकी दशा पागलों जैसी हो गयी थी। भागते हुए वह अपने शरीर को नोच रहा था और ज़ोर–ज़ोर–से चिल्लाते हुए रो रहा था। सुप्रभ से टकराकर वह ज़मीन पर गिर गया। फिर वैसे ही रोता–चिल्लाता उठा और दूसरी दिशा में दौड़ पड़ा। सुप्रभ और सुयश समझ गये थे कि यह वनिकाओं का काम है। जब वनिका प्राणरस चूसती है, तो नसों में रक्त सूखने–सा एहसास होता है, जिससे एक क़िस्म की उन्मादी मदहोशी–सी छा जाती है। इसी से वह आदमी ख़ुद को नोच रहा था और पागलों की तरह चिल्ला रहा था।

सुप्रभ ने अभी ख़ुद को सँभाला ही था कि तभी चार वनिकाएँ उड़ती हुई आयीं और हुँकार भरती हुईं उन दोनों पर टूट पड़ीं। दोनों ने मोर्चा सँभाल लिया और वनिकाओं से लड़ने लगे। छायादूत धरती, पेड़ों की फुनगियों और पत्थरों का सहारा लेकर उन पर पैर मारकर उछलते वनिकाओं के वार से बच रहे थे और वनिकाएँ हवा में कलाबाज़ियाँ दिखातीं, चीज़ें उठा–उठाकर छायादूतों पर फेंकती जाती थीं। दोनों छायादूत बलवान थे और कुशल योद्धा थे। वे अथक लड़ रहे थे, लेकिन वनिकाओं को एक खरोंच भी नहीं आ रही थी। यह देखकर सुयश और सुप्रभ हैरान थे। कोई और दिन होता, तो अब तक दोनों ने चारों वनिकाओं को ढेर कर दिया होता। आज वे जिस बिजली की तेज़ी से लड़ रहीं थीं, दोनों मिलकर भी किसी एक वनिका का एक बाल भी बांका नहीं कर पा रहे थे।

दरअसल, वे वनिकाएँ असली नहीं थीं, न ही वह युवक असली था, जो सुप्रभ से टकराया था।

एक अनोखी प्रेम-कथा

सुयश और सुप्रभ जिन वनिकाओं से लड़ रहे थे, वे जादू से बनायी गयी थीं। दोपहर बीत चुकी थी। उन दोनों पर से औषधि का प्रभाव ख़त्म हो गया था। अब वनिकाएँ उनके मन से खेल रही थीं। चार वनिकाएँ और उनसे बचकर भागता वह युवक उन पर छाये जादू का हिस्सा था। दरअसल, वे हवा में तलवार चला रहे थे। थोड़े समय बाद वे ख़ुद से लड़ते–लड़ते थकने लगे। तब वनिकाओं ने दोनों के सर पर तेज़ प्रहार किया। दोनों बेहोश होकर भूमि पर गिर गये।

थोड़ी देर बाद सुप्रभ को होश आया। होश आने के बाद वह एक बदला हुआ इनसान था। कम–से–कम मोहिनी नामक एक वनिका के बारे में उसके ख़याल एकदम ही बदल गये थे। उसकी स्मृति में मोहिनी की कई झलकियाँ थीं। स्मृति एक अजीब शै है। कभी ऐसा होता है कि हम अपनी स्मृतियों से उतने ही परिचित होते हैं, जितना अपने सबसे गहरे प्रेम की अनुभूतियों से, तो कभी जैसे पौधे धूप देखकर अपनी शाखाओं की दिशा तय कर लेते हैं, वैसे ही वर्तमान के समर्थन के लिए सुदूर अतीत में कहीं स्मृतियाँ अपनी तहों में वाज़िब हेर–फेर कर लेती हैं।

सुप्रभ पर जादू करके वनिकाओं ने मोहिनी से उसके प्रेम की कई झलकियाँ उसकी पहले से मौजूद स्मृतियों में जोड़ दी थीं। जिन झलकियों को सुप्रभ के मन में आरोपित किया गया था, उनके अनुसार सभी वनिकाएँ बुरी नहीं होती हैं। कुछ उनमें से अच्छी भी होती हैं, लेकिन यह बात दूसरे छायादूत नहीं समझते। मोहिनी एक दयाशील,

ममतामयी और बेहद सौम्य वनिका है। मोहिनी और उसका कई बरसों का साथ है, लेकिन उसने इस साथ को अपने साथियों से छिपाकर रखा है।

सुप्रभ ने लेटे–लेटे कमरे के दरवाज़े की तरफ़ देखा। मोहिनी हाथ में नारियल के आधे खोपड़े से बनी कटोरी में काढ़ा लेकर आयी।

"कैसे हो अब तुम?" मोहिनी ने आँखों में चिन्ता और स्नेह भरकर पूछा। वह उसके बगल में बैठ गयी और उसके कन्धे पर लगे घाव की पट्टी बदलने लगी।

"मैं ठीक हूँ। सुयश कहाँ है? कैसा है? क्या हुआ था मेरे साथ?" सुप्रभ ने पूछा।

"तुम लोगों पर रास्ते में चार वनिकाओं का हमला हुआ था। मैं वहीं पास से गुज़र रही थीं। सुयश को उन्होंने मार डाला, लेकिन मैंने अपनी माया से तुम्हें वहाँ से दूर ले जाकर बचा लिया। इस गुस्से से उन्होंने मेरी शिकायत रानी से कर दी। मैं अब न तो अपने समूह में वापस लौट सकती हूँ, न ही हमारे समाज में।" मोहिनी ने जवाब दिया।

"यह कौन–सी जगह है?" सुप्रभ ने पूछा।

"यह मेरी माँ का मन्दिर है। यहाँ कोई नहीं आता। यह काढ़ा पी लो। यह तुम्हारे घाव ठीक कर देगा। शाम होने वाली है। तुम्हें संध्या तारा उदित होने से पहले मठ लौट जाना चाहिये वरना तुम्हारे दोस्तों को सन्देह हो जायेगा। मैं अब से यहीं रहूँगी। तुम्हें जब भी मिलने का मन हो, यहाँ आ जाना।" मोहिनी ने कहा।

सुयश ही वह इनसान था, जिसकी कमर पर मोहिनी ने अपनी माँ का कंगन लटकता देखा था। इसलिए उसने इन दोनों को अपना निशाना बनाया। सुयश को मोहिनी ने उसी वक़्त मार डाला था और अपनी योजना के अनुसार वह सुप्रभ को अपने माँ के मन्दिर में लेकर आयी थी।

मोहिनी का साथ सुप्रभ को अच्छा लग रहा था। उसकी स्मृतियों पर किया गया जादू उसे इस काल्पनिक सत्य पर भरोसा करने पर

मजबूर कर रहा था कि वह सालों से मोहिनी से प्रेम करता आ रहा है। उसने काढ़ा पिया। इससे उसके ज़ख़्म भर गये। उसे सुयश की मौत का बहुत दुःख हो रहा था। वह चुपचाप अपने मठ वापस लौट गया। छायादूत परछाईं से बने थे। उनकी देह मृत्यु होते ही समाप्त हो जाती थी। साथी उनकी तलवार को ही उनकी देह की तरह चिता पर रखकर नदी में बहा देते थे। सुप्रभ ने सबके साथ मिलकर सुयश का दाह–संस्कार किया।

जब उससे पूछा गया, वह कहाँ था तो उसने मोहिनी के कहे अनुसार झूठ कहा कि चारों में से एक वनिका से लड़ते और उसका पीछा करते हुए वह जंगल में दूर निकल गया था। वह वनिका भाग गयी और लौटते वक़्त वह रास्ता भटक गया। इसलिए उसे लौटने में देर हो गयी। बात आयी–गयी हो गयी। दिन पहले की तरह बीतने लगे। सुप्रभ गाहे–ब–गाहे मोहिनी से मिलने मन्दिर जाता था। दोनों के मध्य प्रेम आसमान छूने लगा था। मोहिनी भी अभिनय करते–करते कभी–कभी भूल जाती थी कि यह सत्य नहीं, प्रहसन है। लेकिन प्रहसन तो प्रहसन ही था। रानी स्वर्णमल्लिका ने मोहिनी को सावधान करने और अपने कर्तव्य याद दिलाने में कोई कोर–कसर नहीं छोड़ी। फिर एक दिन जब सुप्रभ, मोहिनी से मिलने मन्दिर पहुँचा, मोहिनी उसे घायल मरणासन्न अवस्था में मन्दिर की चौखट पर पड़ी मिली। सुप्रभ ने उसे गोद में उठाया। फूस से बने बिस्तर पर उसे लिटाकर वह उसके गाल थपथपा कर उसका नाम पुकारने लगा।

"मोहिनी, मोहिनी.... आँखें खोलो, मेरी तरफ़ देखो!... मोहिनी, कुछ तो बोलो!!"

मोहिनी कराही, "...सुप्रभ...तुम यहाँ हो?"

"हाँ, मोहिनी मैं ही हूँ। यह सब कैसे हुआ? किसने किया? "

"वे दुष्ट वनिकाएँ यहाँ आयी थीं, जिन्होंने तुम्हारे साथी की हत्या की थी, सुप्रभ। उन्हें मेरे यहाँ छिपे होने का पता चल गया था। उन्होंने मेरा यह हाल कर दिया। शायद मेरे जाने का समय आ गया है ..."

"लेकिन मैंने तो सुना था कि वनिका अमर होती है। वह कभी मरती नहीं है... उन्हें सिर्फ़ हम छायादूत विशिष्ट आनुष्ठानिक हत्या में मार सकते हैं या फिर उन्हें इच्छा मृत्यु आती है।"

"हाँ, वे लगभग अमर होती हैं। अलौकिक आत्माएँ जैसे वनिका या तुम जैसे छायादूत उन्हें अनुष्ठान में मार सकते हैं। मुझे मरणासन्न स्थिति में पहुँचाने वाली वनिकाएँ भी अलौकिक हैं और वे भी आनुष्ठानिक हत्या कर सकती हैं। हालाँकि मैं अभी पूरी तरह मरी नहीं हूँ। वे मुझे तड़पा के मारना चाहती थीं, इसलिए मुझे अधमरा छोड़ कर चली गयीं। मुझे पुनर्जीवित किया जा सकता है, लेकिन उसकी बहुत कठोर शर्त है..." मोहिनी बोली।

"क्या शर्त है, बताओ! तुम्हारे लिए मैं कुछ भी करूँगा..."

"नहीं मेरे भोले प्रेमी, तुम नहीं कर सकोगे..." छलकती आँखों से सुप्रभ को देखकर मोहिनी बोली।

"तुम कहो, मोहिनी। फिर चाहे वह जो भी हो, मैं उसे ज़रूर पूरा करूँगा!" सुप्रभ –दृढ़ स्वर में बोला।

"बोलो, वरना तुम्हारे प्राण त्यागते ही मैं भी प्राण दे दूँगा।" सुप्रभ ने कमर में खोंसा खंजर निकाल लिया।

"नहीं, ऐसा मत करना। अगर तुम्हारी यही ज़िद है तो सुनो। मुझे यह देह छोड़नी ही पड़ेगी। वनिकाओं ने इसकी सब ऊर्जा नष्ट कर दी है, लेकिन मेरा प्राण–तत्व मेरी किसी वस्तु में क़ैद किया जा सकता है।"

मोहिनी ने अपने गले से एक माला निकाली। आँखें बन्द करके एक मन्त्र पढ़ा। फिर आँखें खोलकर उसकी तरफ़ मूंगे पत्थर की एक माला बढ़ायी।

"मैं अपना प्राण तत्व तुम्हें इस माला में क़ैद करके दिए जा रही हूँ। तुम्हारे मठ में जो औषधि घट है, वह अक्षय ऊर्जा और प्राणशक्ति का केन्द्र है। तुम मुझे वापस लाना चाहो, तो औषधि घट की निगरानी के लिए अपनी पारी आने तक प्रतीक्षा करना। फिर इस माला को उस घट में विसर्जित कर देना। मैं अपने ऊर्जा रूप से मुक्त होकर सदेह तुम्हारे सामने आ जाऊँगी, लेकिन इससे वह घट अपवित्र हो जायेगा

और तुम्हारे सभी भाई–बन्धु वनिकाओं के जादू से कई सौ सालों के लिए असुरक्षित हो जायेंगे। यह जादू सिर्फ़ तभी काम करेगा, जब मेरे कुल की कम–से–कम एक वनिका जीवित रहेगी। अगर धरती से हमारा कुल ख़त्म हो गया, तो मैं इस दुनिया से ख़ुद को जोड़े रखने वाली रक्त की डोर को खो दूँगी और हमेशा के लिए लुप्त हो जाऊँगी। फ़ैसला तुम्हारा है। अपना ध्यान रखना। अब मैं जाती हूँ... मैं भले ही जीवित न रहूँ, लेकिन मैं तुम्हें बहुत प्यार...।" मोहिनी इससे अधिक नहीं बोल सकी। उसकी आँखें बन्द हो गयीं।

"इसके बाद क्या हुआ?" अनुभा ने अधीर होते हुए रोहन से पूछा।

परीक्षा की घड़ी

रोहन अनुभा की अधीरता का उत्तर देता, इससे पहले तारा देवी छत पर आ गयीं। "शीत बढ़ने लगी है अनुभा। चलो, नीचे चलकर बैठो। रोहन, तुम भी चलो।"

इतना कहकर तारा देवी ने अनुभा को सहारा दिया। अनुभा माँ के सहारे सीढ़ियों से नीचे आयी और वे एक फ़ायर प्लेस के पास बैठ गये।

"हाँ तो रोहन, कहानी आगे बताओ।"

"हाँ तो मैंने कहाँ तक बताया था?" रोहन याद करने की कोशिश करता हुआ बोल पड़ा।

"...कि मोहिनी की आँखें बन्द हो गयीं।" अनुभा ने तुरन्त जवाब दिया।

"हाँ... मोहिनी की आँखें बन्द हो गयीं। सर एक तरफ़ लुढ़क गया। उसके जादू के असर से उसके प्राण उसकी देह से निकले और माला में समा गये। मोहिनी की देह असंख्य पीली तितलियों में बदलकर हवा में विलीन हो गई।"

"मोहिनी...!!" सुप्रभ चीत्कार कर उठा। उसकी आँखों से अविरल अश्रुधारा बह चली। मोहिनी चली गयी। उसने अपने लक्ष्य के लिए अपने प्राण दाँव पर लगा दिये। सुप्रभ हाथ में माला लिये वहीं बैठा रह गया। कुछ समय बाद वह वापस अपने मठ लौट आया। बहुत समय हुआ, लेकिन सुप्रभ ने माला को औषधि घट में नहीं डाला। वह मोहिनी को बहुत प्यार करता था, लेकिन अपने साथियों के प्रति भी ईमानदार रहना चाहता था। वह दुःखी और उदास रहने लगा। उसे हर पल मोहिनी की

याद सताती थी। दोनों समूहों में मार–काट पहले जैसी ही चलती रही। सुप्रभ में लेकिन पहले जैसा उत्साह न रहा। वह मोहिनी को लेकर कोई फ़ैसला नहीं कर पा रहा था। कई बार उसे औषधि घट की निगरानी का मौक़ा मिला। वह अकेले में माला निकालता और औषधि घट के ऊपर लटकाकर देखता। माला के प्रतिबिम्ब की जगह भरे हुए औषधि घट में मोहिनी की मुस्कुराती छवि दिखती थी। पूरी रात में कई बार सुप्रभ घण्टों उसे देखते हुए बिता देता था, लेकिन वह अभी भी घट को अशुद्ध करने का निर्णय नहीं ले पाया था।

दोनों समूहों के मध्य संघर्ष जारी था। सबने लगभग यह मान लिया था कि इस रक्त–प्रसंग का शायद कोई अन्त नहीं है। वनिकाएँ धीरे–धीरे कमज़ोर पड़ने लगीं। छायादूत मज़बूत होते गये। अब वे समूहों में वनिकाएँ पकड़कर लाते थे और सबको एक साथ आनुष्ठानिक अग्नि में ज़िन्दा झोंक देते थे। कुछ दिनों बाद वनिकाओं की संख्या उँगलियों पर गिनने लायक़ रह गयी।

एक दिन छायादूतों को अपने अभियान में बड़ी सफलता मिली। उन्होंने वनिकाओं के अन्तिम समूह को भी बन्दी बना लिया और उन्हें जादू का निषेध करने वाली हथकड़ियाँ पहनाकर एक काल–कोठरी में रख दिया। वे शाम को सूरज डूबने के बाद उनका सामूहिक दहन करना चाहते थे। यह उनकी बड़ी जीत थी, इसलिए वे इस जीत का प्रदर्शन करना चाहते थे। इसके लिए उन्होंने मठ के पीछे के मैदान को साफ़ किया और वहाँ बड़ी–सी चिता सजायी।

सुप्रभ को इन सबका पता था। यह आख़िरी मौक़ा था, जब वह मोहिनी को वापस ला सकता था। सभी वनिकाओं के ख़त्म होने के बाद मोहिनी संसार से अपना रक्तसूत्र खो देती। इसके बाद मोहिनी कभी वापस नहीं आ सकती थी। सुप्रभ, गुरु कालकम्पन के आदेशानुसार वनिकाओं के समूह की निगरानी कर रहा था। वहाँ सबके साथ रानी स्वर्णमल्लिका भी बन्द थी। उसने सुप्रभ को पहचान लिया। रानी ने देखा, सुप्रभ की कलाई में मोहिनी की दी हुई माला बँधी है।

अपनी जान बचाने और अपने लोगों की रक्षा का अन्तिम मौक़ा उसे सुप्रभ में दिखा। उसने कोशिश करने का मन बनाया और सुप्रभ से कहा–

"तुम्हीं वह छायादूत हो न, जिसके लिए मोहिनी ने हमसे बग़ावत की और अपनी जान दे दी?" रानी की आवाज़ में घृणा थी।

"अरे! कैसे प्रेमी हो तुम? वह तुम्हें बचाने के एवज में मारी गयी और तुमने उसके बलिदान को इतनी इज़्ज़त देने लायक़ भी नहीं समझा कि उसे वापस ले आओ? "

"यह तुम कह रही हो? जिसने उसे मार डाला!!" सुप्रभ ने क्रोध में जवाब दिया

"मैंने उसे नहीं मारा। वे मेरे लोग नहीं थे। वे वही वनिकाएँ थीं, जिन्होंने तुम पर हमला किया था। वे विद्रोही थीं। मेरी बात नहीं सुनतीं थीं। मोहिनी ने तुम्हें बचाया था, इसलिए मैंने दण्डस्वरुप मोहिनी को समूह से बाहर किया था। वह मेरे लिए पुत्री की तरह थी। मैं उसकी हत्या का आदेश कभी नहीं दे सकती। बाग़ी वनिकाओं ने उसे बदला लेने के लिए मार डाला। इसका दोष मुझे मत दो। वह तुम्हें बचाने की क़ीमत थी, जो उसने चुकायी!" रानी बोली।

"हम सात वनिकाएँ ही उसे वापस लाने का तुम्हारा अन्तिम मौक़ा हैं। अगर हम मर गयीं, तो इस जनम में तुम मोहिनी से नहीं मिल सकोगे। बोलो!... उठा सकोगे इस अपराध का बोझ अपनी आत्मा पर? अगर हम जीवित रह गयीं, सिर्फ़ तभी तुम मोहिनी को वापस ला सकते हो। इसलिए अभी फ़ैसला करो। शाम के बाद तुम लोगों पर से औषधि का असर कम हो जायेगा। तुम्हारे लोग यह जानते हैं कि हम अन्तिम वनिकाएँ हैं। इसलिये उनका ध्यान औषधि घट की तरफ़ नहीं है। तुम इस समय बहुत आसानी से औषधि घट तक पहुँच सकते हो। माला उसमें डाल दो। तुम्हें तुम्हारी मोहिनी मिल जायेगी और हम अपने जादू के सहारे आज़ाद हो जायेंगी। ये बेड़ियाँ भी उसी औषधि से लेपित हैं। घट दूषित हो जायेगा, तो यह भी निष्क्रिय हो जायेंगी और हम इन्हें तोड़ सकेंगे। मैं तुम्हें वचन देती हूँ, मुक्त होने के बाद मैं अपने लोगों के

साथ यहाँ से बिना किसी तरह की हिंसा किये चुपचाप चली जाऊँगी।"

"तुम सोचती हो, मैं तुम पर भरोसा कर लूँगा?" सुप्रभ का मन रानी की बातों से प्रभावित होने लगा था।

"मत करो भरोसा। अटूट वचन ले लो। आज़ाद होने के बाद न मैं, न ही यहाँ मौजूद कोई और वनिका तुम्हें या यहाँ उपस्थित किसी भी छायादूत को कोई नुक़सान नहीं पहुँचायेगी। अपना हाथ इधर लाओ। मैं अपने शब्दों से पीछे नहीं हटूँगी।"

सुप्रभ जानता था, अटूट वचन पंचतत्त्वों धरती, आकाश, अग्नि, जल और वायु को साक्षी मानकर दिया जाता है। इस वचन को तोड़ने वाले की तत्क्षण मृत्यु हो जाती है।

"सोच क्या रहे हो, सुप्रभ? तुम कुछ नहीं खोओगे। कोई कभी जान नहीं सकेगा, यहाँ क्या हुआ था? हम आज़ाद हो जायेंगे। ये लोग कुछ समझ सकें, इससे पहले तुम मोहिनी को लेकर यहाँ से बहुत दूर चले जाना। इसी में सब की भलाई है।" रानी चतुराई से बोली।

सुप्रभ को यह सही लगा। वह मोहिनी को हमेशा के लिए खोना नहीं चाहता था। उसने अपने हाथ को सलाखों के बीच से रानी स्वर्णमल्लिका की तरफ़ बढ़ा दिया। स्वर्णमल्लिका ने अपना हाथ सुप्रभ के हाथ पर रखा। अपनी और उसकी एक–एक लट उखाड़ी उसे दोनों के हाथों पर लपेट दिया और बोलीं।

मोहिनी का फिर से प्रकट होना

रानी बोली–

"मैं रानी स्वर्णमल्लिका पंचतत्त्वों को साक्षी मानकर सुप्रभ को अटूट वचन देती हूँ। अगर वह मोहिनी को लौटा लाता है, तो मैं या यहाँ मौजूद कोई वनिका यहाँ उपस्थित किसी छायादूत को कभी जान का नुक़सान नहीं पहुँचायेगी। अगर ऐसा होता है, तो वचन तोड़ने वाले की उसी क्षण मृत्यु हो जायेगी।"

सुप्रभ सन्तुष्ट हुआ। वह मोहिनी और अपने सुखद भविष्य के बारे में सोचने लगा। उसे मोहिनी के प्रेम पर अगाध विश्वास था। कुछ देर बाद दूसरे छायादूत आये और रानी समेत अन्य वनिकाओं को चिता पर बिठाने के लिए ले जाने लगे। रानी और अन्य वनिकाएँ उनको कोसतीं, उनपर थूकती, उनसे झगड़ती, बँधी हुई, उनके साथ जाने लगीं। जाते–जाते रानी स्वर्णमल्लिका ने अर्थपूर्ण नज़रों से सुप्रभ की ओर देखा। सुप्रभ के पास यही अन्तिम मौक़ा था। वह तेज़ी–से वहाँ से हटा और औषधि कक्ष की तरफ़ भागा।

मठ का माहौल और छायादूतों का उत्साह देखते ही बनता था। आज वे ख़ुश थे कि वनिकाओं का नाम भी धरती के लोगों की स्मृति से मिटा देंगे। वनिकाओं के इस अन्तिम समूह को अग्नि देते ही उनकी सदियों पुरानी वनिकाओं को समूल नष्ट कर देने की शपथ पूरी हो जायेगी। उन्होंने पूरे मैदान को मशालों से जगमग कर दिया था। मैदान के ठीक बीचोबीच सूखी लकड़ियों का ढेर लगाया गया। थोड़ी–थोड़ी दूर पर सात खम्भे बँधे थे। छायादूत वनिकाओं को लेकर वहाँ आ गये।

रानी स्वर्णमल्लिका और मठ महन्त कालकम्पन की नज़रें मिलीं। मठ महन्त ने जीत की ख़ुशी से दमकते चेहरे और व्यंग्य भरी विद्रूप मुस्कराहट के साथ रानी स्वर्णमल्लिका की तरफ़ देखा।

मठ महन्त अपने आसन से उठे। आगे आये और सबको सम्बन्धित करके बोले–"साथियो! हमारे अथक प्रयासों और हार न मानने की मनोवृत्ति की वजह से आज हमने वह कर दिखाया है, जिसकी प्रतीक्षा लगभग हज़ार साल से हम सभी लोग कर रहे थे। ये जो सात वनिकाएँ आपके सामने हैं, ये अपनी प्रजाति की अन्तिम स्त्रियाँ हैं। आज इनका सामूहिक आनुष्ठानिक दहन करके हम अपने कुल का सिर गर्व से ऊँचा करेंगे।''

यह सुनकर सभी छायादूतों ने अपनी तलवारें और खड्ग उठा कर जयघोष किया।

"ले जाओ इन्हें और वहाँ खम्भे से बाँध दो!!" मठ महन्त ने घृणा से वनिकाओं को देखते हुए आदेश दिया। छायादूत आगे आये और उन्होंने वनिकाओं को ले जाकर थोड़ी–थोड़ी दूर में लगे हुए खम्भों पर बाँध दिया।

"चिताएँ प्रज्ज्वलित की जायें!" मठ महन्त ने गरजते स्वर में आदेश दिया।

कुछ छायादूत आगे आये और उन्होंने चिताओं में आग लगा दी। वनिकाएँ अपने आप को मुक्त करने के लिए छटपटायीं, लेकिन वे अपने हाथ नहीं खोल पायीं। चिताओं से धुआँ निकलने लगा। लपटें आसमान छूने लगीं। वनिकाएँ बस जलकर मरने ही वाली थीं कि तभी आसमान में बिना मौसम ज़ोर–से बादल गरजे और पलक झपकते ही गरज के साथ तेज़ मूसलधार बारिश होने लगी। बिना मौसम बिजलियों का कड़कना जारी था। सब आश्चर्यचकित होकर आसमान की तरफ़ देखने लगे। आसमान में बादलों के बीच से एक नारी आकृति दाह–स्थल की तरफ़ उतरती दिखायी दी। उसके हाथ आसमान की तरफ़ उठे थे, जिससे बिजलियाँ लिपटी थीं। उसके बाल तेज़ हवा में उड़ रहे थे।

बारिश के बीच वह रौशनी के एक आभामण्डल में घिरी थी। उसके सफ़ेद वस्त्र बिजलियों की तरह हवा में लहरा रहे थे।

रानी ने देखा, वह मोहिनी थी। सुप्रभ ने अपना वादा पूरा किया। माला औषधि घट में डालकर वह मोहिनी को सदेह लौटा लाया था। इसके साथ ही मोहिनी को औषधि घट की अन्य अलौकिक शक्तियाँ भी मिल गयी थीं।

मोहिनी दहन–स्थल में उतरी। उसने हाथ के इशारे से बारिश रोक दी और फिर वह रानी की तरफ़ बढ़ी। छायादूत उसे रोकने के लिए खड्ग उठाकर दौड़े। मोहिनी ने क्षण भर में बिजलियों के पाश में सभी छायादूतों को जकड़ लिया। औषधि घट से पुनर्जन्म ने उसे अपूर्व ताक़त से भर दिया था। छायादूत घट दूषित हो जाने की वजह से मोहिनी के जादू से नहीं लड़ पा रहे थे। मोहिनी ने कालकम्पन को भी एक जादुई पिंजड़े में क़ैद कर लिया। फिर उसने रानी और अन्य वनिकाओं को बन्धन से मुक्त किया और रानी के चरणों के सामने घुटनों के बल बैठती हुई बोली, "रानी स्वर्णमल्लिका को मोहिनी का प्रणाम!"

रानी ने मोहिनी को कन्धे से पकड़कर उठाया और गले से लगा लिया। तभी दूसरी तरफ़ से सुप्रभ दौड़ता हुआ आया।

"मोहिनी..." उसने आवाज़ दी।

मोहिनी असमंजस में घिरी उसकी तरफ़ जाने को बढ़ी।

"रुको, मोहिनी..." तभी रानी स्वर्णमल्लिका का स्वर मोहिनी को सुनायी दिया। मोहिनी रुक गयी। सुप्रभ अपनी जगह खड़ा हो गया। रानी मठ महन्त की तरफ़ बढ़ी। वह मठ महन्त के पिंजड़े के पास से गुज़री और फिर महन्त के ही सिंहासन पर जाकर बैठ गयी। उसने एक बार सुप्रभ की तरफ़ देखा। फिर मोहिनी से बोली–"मोहिनी, तुम्हें अपनी बात याद तो है?"

मोहिनी ने 'हाँ' में सर हिलाया। जादू के सहारे सभी छायादूतों की आत्मा को औषधि घट में ही क़ैद करके उसने वह घड़ा रानी को दे दिया। उनकी देहों को मोहिनी ने हाथ के इशारे से जला दिया। सुप्रभ आगे बढ़ा, तो मोहिनी ने उसे भी मठ महन्त की तरह पिंजड़े में

क़ैद कर लिया। वह असहाय अपने साथियों को नष्ट होता देखता रहा। पीड़ा और क्रोध से भरकर उसने रानी से पूछा–

"आपने तो कहा था, आप या कोई और वनिका छायादूतों को कभी कोई नुक़सान नहीं पहुँचाएगी?"

"मैंने अक्षरशः अपने शब्दों का पालन किया है।" रानी ने कहा, "याद करो मेरे शब्द! मैंने कहा था, मैं या यहाँ मौजूद कोई और वनिका यहाँ मौजूद किसी छायादूत को नुक़सान नहीं पहुँचाएगी। उस समय मोहिनी यहाँ मौजूद नहीं थी। वह इस दुनिया में भी नहीं थी। वह इस दुनिया और परलोक के मध्य किसी जगह पर थी। मैंने या यहाँ मौजूद किसी वनिका ने तुम्हें या तुम्हारे लोगों को कोई हानि नहीं पहुँचायी है। अगर ऐसा होता, तो हम अभी जीवित नहीं होते। यही मेरा अटूट वचन था, जो अब भी क़ायम है वरना मैं जीवित नहीं होती। लेकिन मोहिनी इस वचन की सीमाओं में नहीं आती क्योंकि वह यहाँ मौजूद नहीं थी... न ही इस दुनिया में और न इस स्थल पर। उसे सिर्फ़ घायल करके छोड़ा गया था। उसने अपनी मर्ज़ी ने देह छोड़ी, इसलिए वह अपना प्राणतत्त्व आभूषण में रखकर तुम्हें दे गयी, जिससे उसे वापस लाया जा सके। यह सब उसकी एक बड़ी योजना का हिस्सा था।"

रानी बोलती रही–

"तुमने सोचा, मोहिनी तुमसे प्रेम करती है!! मोहिनी, इसे बताओ कि हमारी क्या योजना थी? कैसे तुमने इन्हें पराजित किया?"

मोहिनी सर झुकाकर चुपचाप खड़ी रही।

"क्या हुआ, मोहिनी? तुम्हें तो अपने बल और बुद्धि पर गर्व होना चाहिए। इस तरह सर झुकाकर क्यों खड़ी हो!" रानी ने मुस्कुराकर कहा।

दो प्रेमियों का दुःखद अलगाव

"अरे, बताओ इस महामूर्ख को कि कैसे तुमने रक्तबूटियों को आधे दिन के लिए निष्प्रभाव किया। फिर इसके मन में अपनी झूठी स्मृतियों के बीज डाले। इससे प्रेम का प्रहसन किया। बताओ इसे कि तुम्हारी मृत्यु भी उसी योजना का हिस्सा थी, जिससे तुम्हें वापस लाने के लिए यह इस औषधि घट को दूषित कर दे। फिर हम लोग छायादूतों का नाश कर सकें। बोलो मोहिनी, चुप क्यों हो?" रानी बोली।

मोहिनी फिर भी चुप ही रही। सुप्रभ के नेत्र भर आये। उसे लगा, उसके पैरों में शक्ति नहीं बची है। वह घुटनों के बल भूमि पर गिर गया। उसने पिंजरे की सलाखें पकड़ लीं। आँसू भरे नेत्रों से मोहिनी को देखता हुआ वह बोला–"मोहिनी, क्या यह सच है? क्या हमारा प्रेम, तुम्हारी बातें? ... सब झूठ था?"

मोहिनी इस प्रश्न से और सुप्रभ को इस तरह टूटता देखकर अन्दर–अन्दर रो पड़ी। "नहीं सुप्रभ, वह प्रेम झूठ नहीं था। मैंने अपने मन–प्राण से सिर्फ़ तुम्हें ही प्रेम किया है।" उसकी आत्मा चीख़कर यह कहना चाहती थी, लेकिन वह चुप रही।

"कुछ तो बोलो मोहिनी! आख़िर तुम्हारे प्रेम में मुझसे कौन–सा अपराध हुआ, जो मुझे यह दण्ड दे रही हो?" सुप्रभ ने रोते–रोते सलाखों पर सर टिका लिया। मोहिनी चुप रही। आख़िर उसके मन में क्या था? उसकी असली भावनाएँ क्या हैं, यह सवाल सुप्रभ को खाये जा रहा था। उसके मन का कोई एक कोना यह मानने को तैयार नहीं था कि मोहिनी इतनी कठोर हो सकती है। बार–बार उसे प्रेम के क्षणों में अपनी आँखों

में झाँकता मोहिनी का चेहरा याद आ रहा था। रानी की अनुभवी नज़रों को यह बात समझ आ गयी कि प्रेम का प्रहसन करते–करते मोहिनी शायद सचमुच सुप्रभ से प्रेम करने लगी है। रानी हर वनिका को अपनी पुत्री की तरह ही मानती थी। उसका मन करुणा से भर गया, लेकिन कर्तव्य का बोझ करुणा से बड़ा था। वह समझ गयी, उसे जल्दी इस स्थिति से मोहिनी को दूर लेकर जाना होगा।

इस बीच मोहिनी सुप्रभ के पिंजरे की तरफ़ बढ़ी।

"उठो सुप्रभ, शोक करके मनुष्य मृत्यु से पहले ही मर जाता है। इसका कभी कोई लाभ नहीं होता! याद है, तुमने कहा था, हम भविष्य और सन्तुलन के लिए जीने वाले लोग हैं। तुम्हीं बताओ, तुम्हारे लोग जिस तरह हमारी पूरी नस्ल को मिटा देने पर आमादा थे, क्या वह हमारे प्रति न्याय होता? क्या हमारा इस धरती से पूरी तरह नष्ट हो जाना प्रकृति के समीकरण को नहीं बिगाड़ देता? हम सभी जीवित प्राणी इस संसार का हिस्सा हैं। कोई एक भाग नष्ट हो जाये, तो बाक़ी सभी भागों पर असर पड़ता है। तुम्हारे लोग कभी यह बात नहीं मानते। मेरे पास छायादूतों को पराजित करने का बस यही तरीक़ा था। मैंने बस वही किया, जो प्रकृति के न्याय के अनुसार सही था। मैंने अपनी नस्ल की कुछ अन्तिम वनिकाओं की ज़िन्दगी की रक्षा की। इसमें कोई धोखा नहीं है। यह न्याय है और न्याय के लिए कोई भी मार्ग अनुचित नहीं होता।"

"न्याय!! तुम इसे न्याय कहती हो, मोहिनी? मैंने हर पल तुम्हें अपने प्राणों से भी अधिक प्रेम किया... और बदले में मैंने क्या पाया? तुमने मेरे सभी भाई–बन्धुओं को नष्ट करके उनकी आत्मा को बन्दी बना लिया। क्या वे कभी मुक्त हो सकेंगे? तुमने कहा सन्तुलन, तो बताओ, कहाँ है सन्तुलन? कहाँ हैं मेरे साथी?"

"तुम्हारे साथी यहाँ इस घट में बन्द हैं।"

इस बार रानी स्वर्णमल्लिका बोली। उसने समझ लिया था, उसे कोई कूटनीतिक फ़ैसला लेना पड़ेगा। वह सुप्रभ की हत्या करके मोहिनी और उसकी शक्तियों को हमेशा के लिए नहीं खोना चाहती थी।

अटूट वचन और औषधि घट की शक्तियों की वजह से सिर्फ़ मोहिनी में ही इतनी शक्ति थी कि वह छायादूतों को क़ैद रख सके। अगर वह अपना मन बदल लेती, तो जादू तोड़ भी सकती थी और इससे सभी छायादूतों की आत्माएँ बाहर आ जाती। भले ही उनकी देह नष्ट हो गयी थी, लेकिन आत्मा रूप में भी वे ख़तरनाक हो सकते थे।

"...तुम्हारे साथी यहाँ इस घट में बन्द हैं और वे अजर–अमर हैं। उनकी शक्तियाँ सिर्फ़ क़ैद हुईं हैं। उनकी देह नष्ट हुई है, वे नष्ट नहीं हुए हैं। वे भविष्य में बाहर आ सकते हैं। उनका भाग्य बलवान होगा, तो तुम उन्हें इस घट से बाहर लाने की युक्ति ज़रूर ढूँढ़ लोगे। इस तरह फिर से सन्तुलन बन जायेगा। तब तक हम उनकी स्मृति से भी इतनी दूर चले जायेंगे कि वे हमारा कुछ बिगाड़ नहीं पायेंगे। मैं चाहूँ, तो अभी मोहिनी को यह आदेश दे सकती हूँ कि वह तुम्हें भी इसी घट में क़ैद कर दे। इससे छायादूतों के आज़ाद होने की हर सम्भावना अभी समाप्त हो जायेगी, लेकिन तुम न चाहते हुए भी हमारे मददगार बने। मोहिनी को वापस लाये। इसलिए मैं तुम्हें एक शर्त पर आज़ाद करती हूँ कि तुम मोहिनी के बीस गज से अधिक नज़दीक नहीं आओगे और न ही मोहिनी पृथ्वी पर मौजूद किसी भी मनुष्य को यह रहस्य बता सकेगी कि छायादूतों को घट से बाहर लाने का क्या मार्ग है? अगर ऐसा हुआ, तो तुम और मोहिनी, दोनों मृत्यु को प्राप्त हो जाओगे। अगर तुम और मोहिनी यह अटूट वचन मुझे दो, तो मैं तुम्हें प्राणदान दूँगी। यही इस सन्तुलन और तुम्हारे प्राणों का मूल्य है। बताओ, क्या तुम दोनों को यह मंज़ूर है?"

सुप्रभ ने एक क्षण मोहिनी को देखा, दूसरे क्षण उसके मन में अपने साथियों का ख़याल आया। उसने आँसू भरी पलकें बन्द कीं। मन में एक निश्चय किया और आँखें खोलकर, आँसू पोंछकर बोला। "हाँ रानी, मुझे तुम्हारी शर्तें मंज़ूर हैं। अगर इस घट में क़ैद मेरे साथियों को बाहर लाने की कोई युक्ति है, तो चाहे कितनी भी शताब्दियाँ बीत जाएँ, मैं इसका समाधान ढूँढ़कर रहूँगा।"

"और तुम, मोहिनी?" रानी ने पूछा, "क्या तुम्हें यह शर्त मंज़ूर है?"

"हाँ महारानी, मुझे भी यह शर्त मंजूर है।" मोहिनी ने कहा। सुप्रभ के प्रति अपराधबोध और रानी तथा अपने लोगों के प्रति अपने कर्तव्य से घिरी मोहिनी सिर्फ़ इतना ही कह सकी।

मोहिनी भावनाओं के भीषण उतार–चढ़ाव में डूबी हुई थी। उसे लगा, रानी जो करेंगी, वही सबके हित में होगा। वह नहीं चाहती थी कि रानी उसे सुप्रभ की हत्या करने को कहे और उसे रानी के विरुद्ध जाना पड़े। मोहिनी जानती थी कि सुप्रभ अब उसका चेहरा भी देखना नहीं चाहेगा। वह वैसे भी उसे कोई स्पष्टीकरण नहीं देना चाहती थी। सुप्रभ क़ैद नहीं होना चाहता था। वह घट से आज़ाद रहकर घट के अन्दर बन्द अपने साथियों को आज़ाद कराने का तरीक़ा ढूँढ़ना चाहता था। दोनों ने रानी की शर्त मान ली।

अलग रास्ते, अलग मंज़िलें

रानी अपनी जय पर ख़ुश हुई। उसने अपने माथे से दो लटें उखाड़ीं। अपने दोनों हाथों में एक–एक लट पकड़कर उसने आँखों से एक वनिका को इशारा किया। मोहिनी और सुप्रभ आगे आये। दोनों ने रानी की हथेली पर अपनी हथेलियाँ रखीं। उस वनिका ने रानी और उन दोनों के माथे से ली गयी लट को चारों हथेलियों के चारों तरफ़ लपेट दिया।

"सुप्रभ, पहले तुम वचन दो।" रानी ने कहा

सुप्रभ ने 'हाँ' में सिर हिलाया। फिर बोला–"मैं सुप्रभ पंचतत्त्वों को साक्षी मानकर रानी स्वर्णमल्लिका को यह वचन देता हूँ कि मैं कभी मोहिनी के बीस गज से अधिक निकट नहीं जाऊँगा। अगर ऐसा होता है, तो मेरा जीवन समाप्त हो जाये!"

रानी ने मोहिनी की तरफ़ देखा।

"मैं मोहिनी वायु, आकाश, जल, भूमि और अग्नि को साक्षी मानकर यह वचन देती हूँ कि मैं अपने अलावा किसी अन्य मनुष्य पर कभी औषधि घट को खोलने की युक्ति नहीं प्रकट करूँगी। अगर मैंने ऐसा किया, तो प्रकृति मेरा प्राणतत्त्व मुझसे छीन ले।"

"ऐसा ही हो।" रानी ने कहा।

स्वर्णमल्लिका पीछे हटी। कुछ क़दम पीछे जाकर उसने अपना हाथ ऊपर आसमान की तरफ़ उठाया। कड़कती बिजली की एक शाखा उसकी मध्यमा अँगुली से निकली। रानी ने हाथ नीचे की तरफ़ झुकाया। जहाँ सुप्रभ और मोहिनी खड़े थे, उनके बीच ज़मीन पर बिजली धरती से टकरायी। ज़ोरों की गड़गड़ाहट हुई। ज़मीन फटने लगी।

सुप्रभ और मोहिनी के मध्य कई फ़ीट गहरी खाई बन गयी। खाई के उस पार मोहिनी रानी और अन्य वनिकाओं के साथ खड़ी थी, खाई के इस पार सुप्रभ अकेला था।

"चलो, मोहिनी! अब जाने का समय है!" रानी ने मोहिनी के कन्धे पर हाथ रखकर कहा। उनकी आँखों में मोहिनी के लिए वात्सल्य और दया थी। मोहिनी मुड़ी। रानी ने मोहिनी को गले लगा लिया। उन्होंने खाई के दूसरी तरफ़ खड़े सुप्रभ को तीक्ष्ण नेत्रों से देखा। फिर वे सब एक साथ घट लेकर हवा में अदृश्य हो गयीं।

दूसरी तरफ़ सुप्रभ अवाक्, निश्चेष्ट खड़ा उस स्थान को देखता रह गया, जहाँ थोड़ी देर पहले मोहिनी खड़ी थी। उसे सब स्वप्न जैसा लग रहा था। अभी बस थोड़ी ही देर पहले जब वह मोहिनी की माला लेकर औषधि घट की तरफ़ जा रहा था। उसे यह भरोसा था कि मोहिनी जैसे ही उसे देखेगी, ख़ुशी और प्रेम से पागल होकर उसे गले से लगा लेगी। फिर वह उसके साथ हमेशा के लिए इन सभी मुश्किलों और लड़ाइयों से दूर चला जायेगा। उसे लगा था, रानी अटूट वचन से मजबूर होकर छायादूतों को कभी हानि नहीं पहुँचा सकेगी और छायादूत औषधि घट दूषित होने की वजह से जादू के भय के कारण वनिकाओं के विरुद्ध युद्ध बन्द कर देंगे। उसने सबके लिए शान्ति चाही थी। उसने अपने लिए प्रेम चाहा था। उसे क्या मालूम था कि उसकी ज़िन्दगी में न शान्ति लिखी है न प्रेम!

वनिकाओं के जाने के बाद वह अपनी तलवार एक तरफ़ रखकर भूमि पर बैठ गया। उसका मन घायल परिन्दे की तरह छटपटा रहा था। उसे समझ में नहीं आ रहा था कि पहले उसे क्या करना चाहिये। वह ग़ायब हो चुकी वनिकाओं की तलाश में जाये या फिर यह जानने की कोशिश करे कि औषधि घट उन्होंने कहाँ छिपाया होगा या मोहिनी की खोज करे? मोहिनी ने ही घट पर जादुई कवच लगाया है। सिर्फ़ वही जानती है कि इस जादू का तोड़ क्या है? गुस्से में एक बार तो सुप्रभ के मन में ख़याल आया कि वह मोहिनी की हत्या ही कर दे।

फिर उसने सोचा, उसका दण्ड यही है कि वह अपने मुख से सत्य कह दे कि घट का जादू कैसे तोड़ा जाये? फिर वह खुद ही मर जायेगी।

"यह सत्य उससे कहलवाना ही अब मेरे जीवन का एकमात्र उद्देश्य है। जैसे ही सच कहेगी, अपने आप मर जायेगी। उसे उसके किये की सज़ा मिल जायेगी। मैं उसे अपने सामने मरते हुए देखूँगा।" सुप्रभ ने सोचा। "लेकिन मैं कैसे उसे सच बोलने को मजबूर करूँ? कैसे घट का जादू तोड़ने की तरकीब जानूँ और इन सबसे पहले उन्हें खोजूँ कहाँ?"

सोचने के लिए उसके पास असमाप्त समय था। वह लगभग अमर था। वनिकाओं की तरह ही छायादूतों की भी या तो आनुष्ठानिक हत्या या फिर इच्छा मृत्यु हो सकती थी।

उधर, मोहिनी ने रानी से कहा कि वह कुछ समय अकेली रहना चाहती है। रानी मोहिनी की शक्तिओं की वजह से उसे छोड़ना नहीं चाहती थी, लेकिन वह अनुभवी थी। जानती थी, प्रेम में टूटे मन पर अगर अधिक ज़ोर–ज़बरदस्ती की जाए तो वह विद्रोह कर सकता है। रानी ने सोचा कि अगर मोहिनी कहीं चली भी जाती है, तो भी सभी छायादूत क़ैद हैं। सुप्रभ अकेला उनका कुछ नहीं बिगाड़ सकता न ही वह मोहिनी के क़रीब जाकर उसे प्रभावित कर सकता है। रानी हर तरफ़ से सुरक्षित थी। मोहिनी किसी भी अन्य मनुष्य को घट का रहस्य और स्थान न बताने के लिए वचनबद्ध थी।

"मोहिनी को अपनी यात्रा पर जाने की आज्ञा देकर अन्य वनिकाओं के साथ रानी यहाँ पास के गढ़ में रहने आ गयी। मुझे लगता है कि तुम्हारी कुलदेवी का मन्दिर ही वह जगह है, जहाँ वह घट छिपाया गया है। मैं खुदाई से प्राप्त शिलालेख में अभी इतना साफ़ नहीं पढ़ पाया हूँ, इसलिये यह मेरा अन्दाज़ा भर है। तुमसे मिलने यहाँ इस तरह आने का एक कारण यह भी था कि मैं इस बात की जाँच करना चाहता हूँ। मुझे लगता है, शायद इसलिए ही मन्दिर के इर्द–गिर्द अफ़वाहों का जाल है। तुम्हारे कुल की स्त्रियों और दूसरे लोगों का जाना वहाँ प्रतिबन्धित है। हालाँकि इस बात में कितनी सच्चाई है, यह मुझे नहीं मालूम।

मोहिनी कहाँ गयी, यह कभी किसी को पता नहीं चला। शायद वह अब भी संसार में कहीं घूम रही हो या हिमालय की किसी कन्दरा में बैठी ध्यानमग्न हो या फिर किसी गृहस्थ के साथ उसने घर बसा लिया हो।

"यह जो निशान काग़ज़ पर है, सुप्रभ के मठ का निशान है। यह गरुड़ पक्षी है, जिसने एक साँप को मुँह में उठा रखा है। गरुड़ पक्षी अग्नि का प्रतीक है। वही अग्नि जिससे बनी छाया से छायादूत अपनी उत्पत्ति मानते हैं। और यह साँप जिसने अपनी पूँछ अपने मुँह में दबा रखी है, वनिकाओं का वंश चिह्न है। साँप का अपनी पूँछ को मुँह में दबाना जीवन, मृत्य और पुनर्जन्म के अनवरत चलते चक्र का प्रतीक है। जिस आदमी को तुमने देखा, वह कोई साधारण इन्सान नहीं था। वह इसी मिथक कथा से सम्बन्ध रखने वाला छायादूत रहा होगा या उनका कोई मनुष्य सेवक।" रोहन ने कहा और चुप होकर अनुभा को देखने लगा।

जिज्ञासा आनुवंशिक गुण है

अनुभा शान्त थी। उसके मन में हज़ार सवाल थे। कई बातें थीं। वह शान्त बैठकर टुकुर–टुकुर रोहन का चेहरा देख रही थी।

"लेकिन तुम्हें ये बातें इतनी डिटेल में कैसे पता हैं?" उसने पहला सवाल किया, "तुम ये घटनाएँ ऐसे सुना रहे हो जैसे जब यह सब घट रहा था, तुम वहीं थे!"

"मैं वहाँ नहीं था, लेकिन तुम्हें मालूम ही है, मैं इतिहासकार और भाषाविद् हूँ। कोई दस बरस पहले जब यहाँ पास पहाड़ी में बनी गुफाओं की खोज हुई, मैं भी वहाँ काम कर रहे इतिहासकारों की टीम में था। वहाँ निचले स्तर की गुफाओं की दीवारों में ये कहानियाँ एक पुरातन कबीलाई भाषा में खोदकर लिखी गयी थीं। ऐसा लगता है, वनिकाओं ने यह सब अपनी सन्तानों को पढ़ाने के लिए लिख रखा होगा। इसके मिलने से लेकर अब तक मैं ही प्रोजेक्ट का इंचार्ज हूँ। उन शिलालेखों पर लिखी गयी कई कहानियाँ मैंने पढ़ने की कोशिश की, लेकिन मुझे सिर्फ़ इतना ही समझ में आया, जितना मैंने तुम्हें बताया। इसके बाद लिखाई और जटिल हो गयी है, व्याकरण बहुत गूढ़ हो गया है। ऐसा लगता है, वो लिखाइयाँ इन लिखाइयों से पुरानी हैं। कई लाइनें आधी मिट भी गयी हैं। मैं उन्हें भी पढ़ने की कोशिश में लगा हूँ। मैं उन्हें समझने के क़रीब हूँ, लेकिन कुछ सिम्बल्स बचे हैं, जिन्हें मैं डिकोड नहीं कर पा रहा। कुछ महीने पहले तो मुझे लगा था, जैसे मैं इसे हल करने के एकदम नज़दीक पहुँच गया हूँ। इसी ख़ुमारी में मैंने तुम्हें चिट्ठी में लिखा भी था कि मैं एक बड़ी खोज के नज़दीक पहुँच गया हूँ, लेकिन उसके

कुछ दिन बाद मुझे पता चला, मैं एकदम ही ग़लत अर्थ लगा बैठा था। जब मैंने उन चिह्नों को आपस में मिलाकर पढ़ने की कोशिश की, बहुत बुरी तरह उलझ गया।" इतना कहकर रोहन चुप हो गया।

अनुभा बोली, "तुम्हें क्या लगता है ये अलौकिक जीव और उनकी ये कहानियाँ सच है? तुम्हारी कहानी के अनुसार तो ये छायादूत भले लोग लगते हैं। तुम्हीं ने कि कहा वे मनुष्यों का प्राणतत्त्व खींचने वाली वनिकाओं की हत्या करते थे यानी वे एक तरह से हीरो हुए न! प्रोटेक्टर!"

"इन रहस्यमयी जीवों के बारे में कुछ कहना मुश्किल है, अनुभा। और जहाँ तक सच–झूठ का सवाल है, मैं अपने दस साल के कॅरियर में दुनिया की कई संस्कृतियों और सभ्यताओं को देख चुका हूँ। उनकी आस्थाओं और मान्यताओं को जानता हूँ। मुझे तो यह सब सच ही लगता है।"

"तो क्या सच में छायादूत होते होंगे? और उन जैसे अलौकिक जीव?" अनुभा ने रोहन का मन टटोलना चाहा।

"होते होंगे। कम–से–कम मुझे तो ऐसा ही लगता है!"

"...तो वनिकाएँ भी होती होंगी!"

"हाँ, होती होंगी।"

"हम क्यों न अपने मन्दिर के गर्भगृह में जाकर देखें? अगर वहाँ कोई जादुई रहस्यमयी घड़ा मिला तो हम जान जायेंगे कि सच क्या है?" अनुभा उत्साह से लगभग उछलती हुई बोली।

"चाहता तो मैं भी हूँ, लेकिन अगर तुम्हारे पिता को पता चल गया वे हम दोनों की हालत ख़राब कर देंगे। वहाँ न तुम्हें और न ही मुझे जाने की परमिशन है। तुम अंकल के हाथों मुझे मरवाना चाहती हो? हमें थोड़ा इन्तज़ार करना चाहिये। जब तक मैं शिलालेख पूरा पढ़ नहीं लूँ, मैं नहीं चाहता तुम वहाँ जाने का ख़तरा उठाओ! क्या हुआ अगर कहानी सच हुई और तुम्हें कुछ हो गया तो? मैं अंकल को क्या मुँह दिखाऊँगा!"

अनुभा मन मसोसकर रह गयी। उसने सोचा, इतनी हिम्मत दिखाना इस डरपोक के बस की बात नहीं है। उसने यह फ़ैसला किया

कि पैर का दर्द कम होते ही वह मन्दिर के गर्भगृह में जाने का कोई रास्ता ढूँढ़ेगी। उसे इन कहानियों का सच तो जानना था ही, साथ ही उसे मेले में मिले उस अजनबी के बारे में भी जानना था, जिसके लिए उसके मन में अजीब–सा आकर्षण जन्म ले चुका था। इसके बाद इस बारे में उसकी रोहन से कोई बात नहीं हुई।

दो दिन बीत गये। अब अनुभा का पैर थोड़ा–थोड़ा चलने लायक़ हो गया था।

रोहन से बात करने का अनुभा को अधिक मौक़ा नहीं मिल रहा था। ठाकुर साहब रोहन को अपने साथ ही रखते थे। कभी वह उनके साथ उनके बग़ीचों के दौरे पर निकल जाता, कभी किसी बड़े नेता या अधिकारी से मिलने। ठाकुर साहब के मन में यह इच्छा थी कि रोहन का विवाह अनुभा से हो जाये। इसलिए वह उसे यह कहकर अपने साथ ले जाकर हर जगह दिखा रहे थे कि अगर मैं मर गया तो अनुभा को काम में मदद करने वाला कोई तो होना चहिये। तुम उसके साथ ही बड़े हुए हो, तुमसे अधिक उसका ख़याल कौन रखेगा? ठाकुर साहब ने अब तक रोहन से खुलकर कुछ नहीं कहा था, लेकिन रोहन भी ये इशारे समझता था। वह मन–ही–मन अनुभा को पसन्द भी करता था। इसलिए वह ठाकुर साहब की हर बात मानता था।

उधर अनुभा का मन बेचैन था। उसे समर्थ की आँखें याद आतीं। उसकी मुस्कराहट याद आती। उसकी बाँहों में उसे जिस सुरक्षा और अपनेपन का एहसास हुआ था, वह एहसास याद आता था। वह समर्थ के बारे में और अधिक जानना चाहती थी। इसलिए भी मन्दिर के अन्दर जाने की उसकी इच्छा बलवती होती जा रही थी। वह जानती थी, रोहन उसे पसन्द करता है। ऐसी बातें लड़कियाँ अक्सर ताड़ लेती हैं, इसलिए उसने रोहन से पूरी कहानी सुनने के बाद भी उसे समर्थ और उससे अस्पताल में हुई मुलाक़ात के बारे में कुछ नहीं बताया। वह मन्दिर जाकर औषधि घट के रहस्य का सत्य जान लेना चाहती थी। उसके मन में यह ख़याल था कि शायद वहाँ जाकर उसे समर्थ के बारे में कुछ पता चल सके। अगर ऐसा नहीं भी हुआ,

तो भी वह कोई रास्ता तो उस अजनबी को ढूँढ़ने का ज़रूर निकल लेगी, इतना उसे विश्वास था।

"आख़िर ईश्वर भी तो यही चाहता है, वरना क्यों मेरी जेब से वह काग़ज़ रोहन के सामने ही गिरता?"

अनुभा ने सोचा और मुस्कुरायी। उसने तय कर लिया था, आज रात वह बिना किसी को बताये मन्दिर में प्रवेश करेगी। उसे पता था, मन्दिर में हमेशा दो मोटे ताले रहते हैं और उनका चौकीदार भी वहाँ आस–पास पहरे पर रहता है। उसके अभियान के पहले चरण में उसे यह पता लगाना था कि उस मोटे ताले की चाभी कहाँ है? अनुभा जानती थी, इसका जवाब उसे सिर्फ़ उसकी माँ तारा देवी दे सकती हैं।

रात के भरम

अनुभा कभी माँ–बाप को परेशान करने वाली सन्तान नहीं रही थी। उससे जितना और जो कहा जाता, बह हमेशा उतना ही करती थी। वह स्वभाव से बहुत आज्ञाकारिणी भी थी। इसलिए जब अनुभा ने तारा देवी से गर्भगृह पर लटक रहे तालों की चाभी के बारे में पूछा, तारा देवी ने आसानी से बता दिया कि वह पूजाघर में मूर्ति के नीचे वाले बॉक्स में रखी है। तारा देवी को ज़रा भी अन्देशा नहीं था कि अनुभा मन्दिर में प्रवेश करने की योजना बना रही है।

उत्सव से दो दिन पहले एक रात अनुभा चुपके–चुपके पूजा घर में घुसी और उसने मूर्ति के नीचे रखे बॉक्स को खोला। उसमें पीतल की दो बड़ी चाभियाँ थीं। अनुभा ने गर्भगृह में लगा ताला कई बार देखा था। चाभियों के रंग और बनावट से उसने अनुमान लगाया कि यही उस ताले की चाभी हो सकती हैं। अनुभा ने चुपचाप चाभियाँ अपने कोट की जेब में रख लीं। सभी सो रहे थे। अनुभा चुपचाप लम्बा गलियारा पार करके हॉल का गेट खोलकर निकली। उसे पता था, बाउंडरी के मेन गेट में दो पहरेदार थे। इसलिए वह बग़ीचे की तरफ़ बढ़ी। बग़ीचे के सबसे पीछे वाली दीवार पर जेनेरेटर और मोटर रखने के लिए छोटे शेड्स बने थे। सुबह–सुबह अनुभा ने बाउंडरी वॉल की दूसरी तरफ़ बिचाली लदे ट्रैक्टर को खड़ा देखा था। अनुभा एक स्टूल लगाकर पहले शेड की छोटी दीवार पर चढ़ी। फिर बाउंडरी वॉल पर चढ़कर ट्रैक्टर पर कूद गयी। फिर वह वहाँ से सरककर नीचे उतरी। उसके कपड़ों, पूरे शरीर और बालों पर बिचाली के रेशे लग गये थे। उसने जल्दी–जल्दी

कपड़े और बाल ठीक किये। फिर मन्दिर की तरफ़ बढ़ी। रात बहुत ठण्डी थी। ठण्डी रातों में हर ज़िन्दा चीज़ सिकुड़ जाती है। शीत, निद्रा और मृत्यु, इसीलिए अक्सर कहावतों में एक साथ आते हैं। झींगुर बोल रहे थे, लेकिन उनके अलावा वातावरण में और कोई आवाज़ नहीं थी। आसमान में चाँद खिला हुआ था। चाँदनी की वजह से मन्दिर तक जाने वाला रास्ता दिखायी दे रहा था। अनुभा ने इस अभियान के लिए एक छोटी टॉर्च और रसोईघर में इस्तेमाल होने वाला चाकू और माचिस की डिबिया अपने पास रख ली थी। वह तेज़ क़दमों से मन्दिर के टीले की तरफ़ जाने वाली चढ़ाई पर चलने लगी। सड़क कहीं–कहीं से टूटी हुई थी। यह इलाक़ा उसके पिता की ही ज़मीन का हिस्सा था, इसलिए उसे मालूम था, रात में कोई इधर नहीं आयेगा। लेकिन फिर भी उसे थोड़ा डर ज़रूर लग रहा था। इसलिये उसने चलते समय किचन में रखा चाकू उठा लिया था।

उसे इस बात का भी डर लग रहा था कि कहीं किसी जंगली जानवर से भेंट न हो जाये, लेकिन बचपन से उसने सिर्फ़ एक–दो बार ही सुना था कि कोई ख़तरनाक जानलेवा जानवर आस–पास देखा गया है। यह भी सालों पहले की बात है। हालाँकि कुछ लोमड़ियाँ और भेड़िये कभी–कभी आस–पास दिख जाते थे, लेकिन उन्होंने अब तक किसी मनुष्य की हत्या नहीं की थी। अधिकतर वे बकरियों के छोटे मेमनों और मुर्गियों को ही मारकर खाते थे।

अनुभा मन्दिर तक पहुँच गयी। वह जानती थी कि मन्दिर के मुख्यद्वार में ताला नहीं रहता है। उसने छिपकर देखा, चौकीदार वहाँ नहीं था। शायद वह कहीं पड़ा सो रहा होगा। अनुभा कुण्डी खोलकर धीरे–से अन्दर पहुँची। अन्दर पेड़ों के कारण अँधेरा था। कुछ भी साफ़ दिख नहीं रहा था। अनुभा ने कोट की जेब से टॉर्च निकाली और उसे जलाकर सामने की तरफ़ उसका रुख़ किया।

अँधेरे में दो लाल आँखें बल्ब की तरह चमकीं। अनुभा ठिठकी। दो क़दम पीछे हटी। उसने गौर से देखा। बिल्ली थी। बिल्ली ने ज़ोर–से 'म्याऊँ' की आवाज़ की और मन्दिर के पीछे की तरफ़ भाग गयी।

अनुभा मुख्य मन्दिर की सीढियाँ चढ़ने लगी। महामण्डप पर पहुँचकर उसने एक बार टॉर्च जलाकर चारों तरफ़ देखा। एकाध चूहे दिखे, जो रौशनी से डरकर इधर–उधर भागने लगे। महामण्डप पार करके अनुभा गर्भगृह तक पहुँची। उसने कोट की जेब से चाभी निकाली और ताला खोलने के लिए बढ़ी।

न जाने क्यों उसके हाथ काँप रहे थे। कहीं कहानी वाली बातें सच हुई तो? कहीं सचमुच अन्दर वही औषधि घट रखा मिला तो? उसे अपनी कज़िन बहन की रहस्यमयी मृत्यु भी याद आ गयी। अनुभा की कल्पना में उनकी देह की शिराओं का उभरकर नीला पड़ जाना और उनका राख से भी सफ़ेद चेहरा कौंधने लगा। उसे पीठ पर एक सनसनी–सी महसूस हुई। उसने खोलने के लिए ताले को हाथ में पकड़ा। तभी सामने के पेड़ पर पत्तों के सरसराने की आवाज़ हुई और परिन्दे इधर–उधर उड़ कर भागने लगे। अनुभा ने डरते–डरते पीछे मुड़कर उधर टॉर्च जलाकर देखा। शाखाओं पर वही बिल्ली चल रही थी। टॉर्च की रौशनी पड़ते ही वह रुकी और उसने गुर्राकर अनुभा को देखा। अनुभा ने उस पर से अपना ध्यान हटाया और टॉर्च मुँह में पकड़कर ताले में चाभी लगायी। चाभी एक–दो बार अटकी, फिर पहला ताला खुला। उसने ताले के सामने दीवार में बने एक खाँचे में रख दिया। फिर उसने दूसरा ताला खोला। वह भी वहीं रख दिया। दरवाज़ा जाम था। खोलने के लिए अनुभा ने दरवाज़े को अन्दर की तरफ़ धकेला। थोड़ी मशक्क़त से दरवाज़ा खुल गया। अन्दर अँधेरा था। टॉर्च की रौशनी करने से एक ऊँचा चबूतरा दिखा, जिसके चारों कोनों में चार पात्र रखे थे, जिनमें तेल भरा था। अनुभा ने पास जाकर देखा, तो उसमें बातियाँ भी लगी थीं। अनुभा ने जेब से माचिस निकाली और जलाने को झुकी। दो–तीन बार कोशिश करने पर भी माचिस जली नहीं। खीझकर अनुभा ने माचिस वहीं फेंक दी और टॉर्च जलाकर अँधेरे में देखने की कोशिश करने लगी। चबूतरे के अलावा वहाँ देवी की मूर्ति थी और दूसरा कुछ भी नहीं था। लेकिन गर्भगृह की अन्दरूनी दीवारों पर हर तरफ़ छोटे–छोटे खाँचे बने थे, जिनमें कई मूर्तियाँ उकेरी और स्थापित

की गयी थीं। अनुभा ने नज़रें उठाकर ऊपर छत के पास उकेरा गया शिल्प देखा। शिल्प में अजीब से दानव बने थे। मुँह से आग उगलने वाले जानवर और साँप बने थे।

अचानक उसे एक अजीब–सा अहसास होने लगा, जैसे दीवारों पर की गयी शिल्पकारी जीवित होने लगी हो। शिल्प से निकलकर एक मोटे भयानक साँप ने अनुभा को जकड़ लिया। अनुभा ज़ोर–से चिल्लायी। उसे महसूस हुआ कि साँप उसे गर्दन पर काटने ही वाला है कि तभी किसी पत्थर से उसका पैर टकराया और वह लड़खड़ायी। अगले ही पल किसी ने उसे सँभाला। वह चीख़ने ही वाली थी कि सामने वाले ने लाइटर जलाया।

"अनुभा, तुम ठीक हो? तुम्हें इतना पसीना क्यों आ रहा है और इतनी घबराई हुई क्यों दिख रही हो?" यह रोहन था।

अनुभा ने चारों तरफ़ देखा। वहाँ कोई साँप नहीं था। ज़रूर यह उसका भ्रम रहा होगा। मेले में हुई घटना और रोहन की बतायी कहानी में डूबी होने के कारण वह पिछली दो–तीन रातों से सोई नहीं थी। उसे लगा, वह खड़े–खड़े सो गयी होगी। तभी उसने यह सपना देखा होगा। उसने ख़ुद को सँभाला, फिर बोली–"रोहन, तुम यहाँ कब आए? तुमने मुझे डरा ही दिया!! मुझे हार्ट अटैक आने वाला था अभी!!" अनुभा दिल पर हाथ रखकर बोली। उसकी धड़कनें इतनी तेज़ थीं कि उसे लग रहा था, उसका दिल पसलियाँ तोड़कर अभी बाहर आ जायेगा।

मन्दिर के रहस्यों के बीच

"अनुभा, मैंने तुमसे कहा था, इसे अभी खोलना सही आइडिया नहीं होगा। फिर तुम यहाँ क्यों आयी? अगर अंकल को पता चल गया तो हम दोनों मारे गये, समझो!" रोहन गुस्से में झल्लाते हुए अनुभा से बोला।

"मैं जानती थी, तुम ऐसा ही कुछ कहोगे, इसलिए मैंने तुम्हें आते समय बताया नहीं। तुम्हें यहाँ आने को मैंने तो नहीं बोला है न? और भला तुम यहाँ पहुँचे कैसे? तुम्हें पता कैसे चला, मैं यहाँ हूँ?" अनुभा ने गुस्से में पूछा। उसने चौकन्नी नज़रों से दीवारों पर बने शिल्प देखे। सब स्थिर थे। कोई मूवमेंट नहीं थी। उसे यक़ीन हो गया था कि उसके साथ थोड़ी देर पहले हुई साँप वाली बात उसका भ्रम ही रही होगी। शायद दो–तीन रातों से नहीं सोने और लगातार इन बातों के बारे में सोचते रहने के कारण उसे ज़रा देर के लिए झपकी आ गयी होगी। तब उसने यह सब सपने में देखा होगा।

"मुझे नींद नहीं आ रही थी। इसलिए मैं उठकर बालकनी में घूमने लगा। वहाँ से गलियारा दिख रहा था। मैंने तुम्हें उससे होकर पीछे की दीवार की तरफ़ जाते देखा। पहले मुझे लगा, कोई चोर तो नहीं? लेकिन ध्यान से देखने पर तुम्हारा कोट पहचान में आ गया। मुझे ख़ुद को श्योर करना था। इसलिए मैंने तुम्हारे कमरे में जाकर खिड़की से झाँककर देखा कि तुम वहाँ हो कि नहीं? तुम नहीं थी। मैं समझ गया कि तुम ज़रूर यह पागलपन करने ही आ रही हो। मैं भी फटाफट गरम कपड़े पहनकर निकला। दोनों पहरेदारों को विदेशी सिगरेट पिलाकर और यह बोलकर पटाया कि मुझे नींद नहीं आ रही,

इसलिए मैं थोड़ा घूमना चाहता हूँ। मैंने तुमसे कहा था न, शिलालेख पढ़ने तक इन्तज़ार करो। इस तरह क्यों आयी मेरे बिना? कम–से–कम मुझे बता तो देती!"

"तुम्हें बताती तो तुम मुझ पर पहरे लगवा देते पिताजी से बोलकर। और इतना ही डर लग रहा था, तो नहीं ही आते न? चलो, अब आ ही गये हो, तो यहाँ की जाँच करने में मेरी मदद करो। ये मशालें जलाओ तुम्हारी इस लाइटर से। मेरी माचिस शीत से भीग कर जल नहीं रही।" अनुभा ने चबूतरे के कोनों में बने मशालों की तरफ़ इशारा करते हुए कहा।

रोहन ने एक–एक करके सभी मशालें जला दीं। वे दोनों चबूतरे पर चढ़कर उसे अच्छी तरह देखने लगे। उस पर एक बहुत सुन्दर नारी का आदमक़द चित्र बना था। स्त्री के पैरों के पास लकड़ी के एक बड़े लट्ठे को काटकर एक गोल मण्डल बनाया गया था। परिधि पर यह मण्डल बाक़ी चबूतरे की सतह के बराबर था, लेकिन केन्द्र की तरफ़ बढ़ते हुए प्रत्येक सर्कल में उसकी सतह नीची होती जाती थी, जैसे उसे जान–बूझकर बीच में धँसा और परिधि की तरफ़ उभरा हुआ–सा आकार दिया गया हो। पूरे चबूतरे पर धूल भी बहुत जमी हुई थी।

"यह तो मण्डल है, जैसा बौद्ध और हिन्दू तन्त्र के अध्येता बनाते हैं, वैसा ही मण्डल"। अनुभा बोली।

"क्या यहाँ पूजा करते होंगे?" उसने रोहन से पूछा।

"देख रहा हूँ। मेरी मदद करो। इस पर बहुत धूल जमी है। धूल हटाओ।" रोहन बोला।

"कैसे हटाऊँ?" अनुभा बड़बड़ायी, "ओके! पुजारी जी मन्दिर साफ़ करने के लिए झाड़ रखते हैं। अभी लेकर आई।"

अनुभा बोली और वह तेज़ी–से बाहर भागी और कम्पाउंड के पास रखे साफ़–सफ़ाई के सामान से झाडू लेकर आयी।

"हटो।" उसने रोहन से कहा, फिर झाडू से वहाँ जमी धूल झाड़ने लगी। बाक़ी बची धूल उन दोनों ने पहले हाथ से उलीचकर, फिर फूँक मारकर हटायी। उसके केंद्र में एक बेहद छोटा एक निशान बना था।

जहाँ निशान बना था, वह स्थान भी बाक़ी के मण्डल की सतह से थोड़ा नीचे था, जैसे उसे खुरचकर या काटकर वैसा आकार दिया गया हो। दोनों उसके पास बैठकर उसे देखने लगे।

"यह तो वही निशान है। वही साँप जो गरुड़ के मुँह में था, जिसने अपनी पूँछ अपने मुँह में भर रखी थी।" अनुभा बोली।

"हाँ वही है, लेकिन इसमें गरुड़ नहीं है, सिर्फ़ साँप है। यह साँप वनिकाओं का कुल चिह्न है और इस निशान और इस पूरे लकड़ी के मण्डल को देखकर लग रहा है, जैसे यहाँ इसे किसी चीज़ को फिट करने के लिए बनाया गया है, जैसे कोई पज़ल का टुकड़ा हो वरना पत्थर के चबूतरे के बीच कोई लकड़ी का इतना बड़ा टुकड़ा क्यों इस तरह गढ़ेगा? यह ज़रूर वनिकाओं ने ही गढ़ा और बनाया होगा!" रोहन बोला।

वह उसकी बारीकी से जाँच कर रहा था। उसने अनुभा के हाथ से टॉर्च ले लिया। फिर मण्डल पर एकदम झुककर उँगलियों से मण्डल की काष्ठीय सतह को छूकर देखने लगा। वह कहीं–कहीं से बहुत हल्के से दब रही थी, जैसे अन्दर स्प्रिंग लगे हों।

"यहाँ ज़रूर कहीं एक द्वार है। और यह लकड़ी से बना मण्डल, जो इस चबूतरे पर फिक्स है, यह इसका ताला है।" बहुत देर देखने के बाद रोहन निश्चय के स्वर में बोला।

"तुम्हारा मतलब है, यह मण्डल किसी ताले जैसा है जिसे खोला जा सकता है?" अनुभा ने हैरान होते हुए पूछा।

"हाँ, पुराने ज़माने में ऐसे ताले होते थे। सभ्यता में कई जगह ऐसे ताले मिले हैं। ख़ासकर चीनी और रोमन सभ्यता में ऐसे छुपे हुए ताले लगाये जाते थे, लेकिन इसे यहाँ देखना मेरे लिए किसी आश्चर्य से कम नहीं है। यह बीच में मुट्ठी के साइज़ का जो गहरा डिज़ाइन देख रही हो? वह इसकी चाभी फ़िट करने के लिए बना है। जब सही चाभी इसमें लगाकर घुमायी जायेगी, तो इसके अन्दर बने धातु के पिन दबेंगे जोकि अन्दर से स्प्रिंग्स से जुड़े होते हैं। जैसे ही वे पिन घूमकर अन्दर दबकर सेट हो जायेंगे, यह दरवाज़ा खुल जायेगा। अगर किसी ने इसे

बिना ताले के ज़बरदस्ती खोलने की कोशिश की, तो यह दरवाज़ा नष्ट हो जाएगा"

"लेकिन इसकी चाभी कहाँ है?"

अनुभा ने आस–पास देखा। वहाँ पर सिर्फ़ मूर्तियाँ थी। कहीं कोई ऐसी चीज़ नहीं दिखी, जो इस मण्डल में सेट हो सके।

इतने में दूर से कुछ लोगों के बात करने की आवाज़ सुनायी दी।

"लगता है, कोई आ रहा है।" रोहन ने एक ऊँचे झरोखे से झाँककर देखा।

"गॉड, ये तो रामसिंह है तुम्हारा मुख्य सेवक। लगता है, जलती आग देखकर उनको किसी के होने का आभास हो गया है। हमें अभी यहाँ से भागना होगा अनुभा, इससे पहले कि वे यहाँ पहुँचे।" रोहन अनुभा को खींचते हुए बोला। दोनों तेज़ी से गर्भगृह से बाहर निकले।

समर्थ और अनुभा

रोहन और अनुभा के बाहर निकलने के बाद रामसिंह ने घुसपैठिये को चारों तरफ़ ख़ूब ढूँढ़ा, लेकिन उसे कोई नहीं मिला।

दोनों अपने कमरे में वापस लौट चुके थे। अनुभा को पीछे की दीवार से सहारा देकर वापस चढ़ाकर रोहन मेन गेट से अन्दर घुसा था। दोनों वापस आकर ऐसे सो गये, जैसे कुछ हुआ ही नहीं था। अनुभा अब भी रहस्यों के घेरे में थी। उसे जानना था कि गर्भगृह में क्या है, लेकिन उत्सव की चहल–पहल में उसे मौक़ा नहीं मिल रहा था। दिन में मन्दिर परिसर में लगातार लोग आना–जाना कर रहे थे। रात में उत्सव की तैयारियाँ चलती रहतीं, हवेली में नौकर जागते रहते थे। अनुभा के मन में समर्थ को दुबारा देखने की चाहत और उससे फिर मिलने की बेचैनी भी बढ़ती जा रही थी।

त्योहार का दिन शुरू हो गया था। अनुभा के पैर की मोच अब पूरी तरह ठीक थी। शाम को पूजा थी। हवेली और उससे लगे बाज़ार में ख़ूब चहल–पहल थी। अनुभा अपनी नौकरानी मालती और अपनी दो बुआओं के साथ पूजा के लिए माँ के बताये गये कई सारे सामान लाने बाज़ार निकली। माँ को यह बिल्कुल पसन्द नहीं था कि मुख्य पूजा का सामान नौकर लाये। अनुभा से पहले वह ख़ुद या ठाकुर साहब बाज़ार जाकर सामान लाते थे। बाक़ी का सारा काम नौकर करते थे। अनुभा मालती के साथ फूलों के दुकानदारों के पास खड़ी थी। बुआएँ फूलवालों से मोलभाव कर रही थीं। उन्हें कमल के 1008 फूलों की ज़रूरत थी।

दुकानदार दस फूल की क़ीमत एक रुपया माँग रहे थे, जबकि बड़ी बुआ एक फूल के पाँच पैसे ही देना चाहती थी। अनुभा दस मिनट से चल रहे इस मोलभाव से उकताकर इधर–उधर ताक रही थी। उसने एक बार कहा भी कि दुकानदार को उसके माँगे हुए दाम देकर फूल ले लिए जाएँ, लेकिन बुआओं ने उसे डाँटकर चुप करा दिया और वे फिर से मोल–भाव में लग गयीं।

अनुभा मेले की चहल–पहल देखने के लिए दुकान से थोड़ा हटकर दूसरी दिशा में टहलने लगी। उसने देखा, काठ के आईने और कंघी की एक दुकान में बाक़ी सभी दुकानों से अधिक भीड़ थी। वह उत्सुकता से देखने लगी कि उस दुकान के सामान में ऐसा क्या था जिसकी वजह से उस पर भीड़ बाक़ी दुकानों से अधिक है। उसने देखा, वहाँ कढ़ाईदार बॉर्डर वाले सुन्दर आईने और बेल–बूटे कढ़ी हुई सुन्दर कंघियाँ मिल रही थीं। नवयुवतियाँ मुँहमाँगे दाम देकर दुकानदार से कंघियाँ और आईने ख़रीद रही थीं। वह चुपचाप वहीं बगल में खड़ी होकर यह सारा कारोबार देखने लगी। खिलखिलाती हुई लड़कियाँ बातें कर रही थीं कि ये आईने जंगल के सबसे पुराने महोगनी के पेड़ की लकड़ी से बने हैं। इस पेड़ से बनी कँघियों और आईनों को वनिकाओं का आशीर्वाद प्राप्त है, इसलिये ये ख़ास हैं। इनमें आधी रात अपना चेहरा देखकर बाल सँवारने से अपने प्रेमी के मुखड़े के दर्शन होते हैं।

अनुभा ने भी एक आईना उठा लिया। उसके बेल–बूटों पर हाथ फेरकर देखने लगी। उसने आईने में अपना चेहरा देखा कि तभी अचानक उसे उसमें समर्थ की एक झलक दिखी। वह दन्न से पीछे मुड़ी, लेकिन पीछे कोई नहीं था। उसने आईना वहीं रख दिया और भीड़ में समर्थ को ढूँढ़ने लगी। उसे समर्थ कहीं दिख नहीं रहा था। उसकी नज़रें भीड़ में सिर्फ़ उसी को ढूँढ़ रही थीं।

समर्थ ज़रूर यहाँ है, उसकी नज़रें धोखा नहीं खा सकतीं।

कुछ क्षण बाद उसे समर्थ की एक झलक सड़क के उस पार दिखी। आईने में दिखा उसका चेहरा भ्रम नहीं था। उसने देखा, सड़क के दूसरी तरफ़ खड़ा समर्थ मुस्कुराकर उसका अभिवादन कर रहा था।

बदले में अनुभा भी मुस्कुरायी। समर्थ ने पलकें और सर झुकाकर अनुभा का अभिवादन किया था। अभिवादन में जब उसकी पलकें और सिर झुके अनुभा को ऐसा लगा, जैसे सदियों से उसने इस पल की प्रतीक्षा की है। उसे लगा, जैसे समर्थ अपने मन में हज़ारों बार इस अभिवादन का अभ्यास कर चुका है।

वह अनुभा को भोला–सा लगा। सुसंस्कृत प्रेमी, जिसने जाने कितने सालों से अपनी प्रेमिका का इन्तज़ार किया है। इस एक पल की प्रतीक्षा की है, जब वह अपनी प्रेमिका के आगे झुकेगा और घुटनों के बल बैठकर उसकी हथेलियाँ चूमेगा। उसकी आँखों में इतना प्यार था जो संसार की सबसे कठोर स्त्री का मन पिघला देता। इतना संयम कि जिसने सदियों से इस प्यार को अपने अन्दर समेट रखा है। इतनी कोमलता कि अनुभा को एहसास हुआ, किसी ने उसके पैरों के नीचे मखमल के ग़लीचे बिछा दिए हैं।

समर्थ की पलकों के उठने और झुकने के अन्तराल में मेले की भाग–दौड़ का दृश्य भी जैसे स्वप्न में बदल गया था। एक सुन्दर, प्रकाशित और सुगन्धित स्वप्न। जैसे अचानक धुन्ध छँटी हो और सूरज की रौशनी ने सभी परिन्दों को जगा दिया हो। समर्थ की नज़रों ने दुनिया के सबसे मधुर संगीत को जगा दिया था। अनुभा अपनी मुस्कराहट के बाहरी छोरों तक मुस्कुरायी। उसे लगा, उसकी आत्मा के सबसे अन्दरूनी अँधेरे हिस्से में अभी–अभी रौशनी का एक सोता फूटा है, जो धीरे–धीरे पहले उसकी आत्मा और फिर उसकी देह को अन्दरूनी दमक से भर रहा है। उन कुछ पलों में वह पूर्ण कान्तिमय और देदीप्यमान हो गयी थी। यह सब बस समर्थ की पलकों के अभिवादन में झुकने के साथ शुरू हुआ। वह उधर जाने के लिए बढ़ी ही थी कि उसकी बुआओं ने उसे पकड़ लिया।

"अरे अनुभा, कहाँ जा रही है? चल आगे। अभी और ख़रीददारी करनी है।" यह कहकर वे अनुभा को पकड़कर दूसरी तरफ़ खींचकर ले जाने लगीं। तभी एक बच्ची दौड़ती हुई आयी और अनुभा को वही आईना और कँघी पकड़ाकर बोली–

"दीदी, आप यह ख़रीदकर दुकानदार से लेना भूल गयी थीं। उसने भिजवाया है।"

इतना बोलकर वह तेज़ी से भीड़ में गुम हो गयी।

"मैंने तो यह आईना नहीं ख़रीदा? फिर किसने ख़रीदा है?" अनुभा ने सोचा। उसने जाते-जाते समर्थ की तरफ़ देखा। समर्थ ने आईने की ओर इशारा किया और बताया कि यह आईना उसने भिजवाया है। अनुभा ने भी मुस्कुराकर पलकें झुकाकर शुक्रिया कहा। वह कुछ और कर पाती, इससे पहले उसकी बुआएँ उसे खींचकर आगे ले गयीं।

अनुभा और उसकी बुआएँ पूजा के बाक़ी सामान बँधवाकर घर लौट आयीं। अनुभा अपने कमरे में चली गयी। आज के निःशब्द संवाद के बाद अनुभा के मन में समर्थ की मुस्कुराती छवि इस तरह बस गयी थी कि कोई उसे खुरचकर भी निकाल नहीं सकता था।

अनुभा सांगोपांग समर्थ के प्रेम में थी। वह इन निजी सुगन्धित पलों को याद करते-करते दर्पण हाथ में लेकर बैठी रही। कब शाम हुई, कब रात, यह अनुभा को एकदम पता नहीं चला। एक स्वप्न में चलते हुए उसने शाम बितायी। रात का भोजन किया। सपने में सबसे बातें कीं और सबसे विदा लेकर अपने कमरे में आ गयी।

बहुत देर तक अनुभा अपने बिस्तर पर करवटें बदलती रही, लेकिन उसे नींद नहीं आयी। उसने फिर से वह दर्पण उठाया और बिस्तर के किनारे बैठकर अपना चेहरा देखने लगी।

कुछ ही पल बीते होंगे कि दर्पण में अनुभा के चेहरे के ठीक पीछे समर्थ का चेहरा उभरा।

वो इश्क़ था कि जुनून था

अनुभा ने हड़बड़ाते हुए हाथ से दर्पण छोड़ दिया। आईना फ़र्श पर गिरकर चकनाचूर होने ही वाला था कि समर्थ के हाथों ने उसे पकड़ लिया। अनुभा ने पलटकर देखा, वहाँ सच में समर्थ खड़ा था। वह अचम्भे में दो क़दम पीछे हटी।

"क्या इसे तोड़ना चाहती हो? तोहफ़ा पसन्द नहीं आया?" समर्थ ने क़रीब आते हुए पूछा।

"नहीं! ऐसा नहीं है..."

"मतलब पसन्द आया?"

समर्थ उसके एकदम क़रीब था। दोनों की साँसें एक–दूसरे को छू रही थीं।

"आया..." अनुभा ने कहा।

"फिर तो मुझे ख़ुश होना चाहिए।" समर्थ ने मुस्कुरा कर कहा।

"हाँ..."

समर्थ ने देखा, उसकी आँखों में चाहत की झलक थी। लेकिन साथ ही कई सवाल भी थे।

"मुझे लगता है, हमें कहीं बैठकर बात करनी चाहिए।" अनुभा ने कहा।

"एक मिनट यहीं रुको।" अनुभा बोली और तेज़ी–से कमरे से बाहर निकली। जब वह वापस आयी, उसके पास चाभी का एक गुच्छा था। अनुभा ने समर्थ को अपने पीछे आने का इशारा किया। एक लम्बा गलियारा और दो बड़े आँगन पार करके वे एक जालीदार बड़े दरवाज़े

के पास पहुँचे। जालीदार दरवाज़े में लगे एक छोटे दरवाज़े को खोलकर अनुभा समर्थ को हवेली के उस हिस्से में ले गयी, जो गर्मियों में इस्तेमाल होने के लिए बन्द रखा गया था।

वे एक कमरे में पहुँचे। खिड़की में से बड़ा–सा चन्द्रमा दिखायी दे रहा था। अनुभा ने कोट की जेब से माचिस निकाली और वहाँ फ़ायर प्लेस में रखी लकड़ियों में आग लगा दी। उसने एक कबर्ड खोला और वहाँ से एक दरी निकालकर आग के पास बिछाकर बोली, "बैठो।"

समर्थ चुपचाप बैठ गया। कमरे में आग की गर्मी फैलने लगी।

"क्या तुम मेले वाली सुबह और अपने बारे में मुझे कुछ बताना नहीं चाहोगे?" अनुभा बोली।

उसने प्रश्न भरी आँखों से समर्थ के चेहरे की तरफ़ देखा। समर्थ ने अनुभा की आँखों में पहले भी सवाल देखे थे और वह उसके सभी सवालों का जवाब देना चाहता था। जब आप किसी से प्रेम करते हैं, आप उसे अपने बारे में शिक्षित करते हैं। हर उस क्षण और बात के बारे में उसे बताते हैं, जो आपके लिए महत्त्वपूर्ण है और जब आपका साथी आपकी ज़िन्दगी में नहीं था। आप चाहते हैं कि वह जाने कि आप किन–किन अनुभवों से गुज़रे हैं। प्रेम में किसी के व्यक्तित्व का आपके सामने खुलना हमेशा ऐसा होता है, जैसे वसन्त कलियों की पंखुड़ियाँ खोलता है।

"मैंने अपना नाम तो तुम्हें पहले ही बता दिया है।"

"हाँ, अगर वह तुम्हारा असली नाम हो।" अनुभा ने बात काटते हुए कहा।

"यह मेरा असली नाम ही है। तुम्हें ज़रूर लगा होगा कि मैं जादू दिखाने वाला कोई कलाबाज़ हूँ, है न?"

"नहीं। मैं जानती हूँ, तुम छायादूत हो।"

"ओह, अच्छा। मैं तुम्हारे ज्ञान से प्रभावित हुआ... तो बताओ, तुम्हें मेरे बारे में क्या–क्या मालूम है, जिससे मैं वह बता सकूँ, जो तुम्हें नहीं मालूम।" समर्थ बोला।

"मुझे वनिकाओं और छायादूतों की पूरी कहानी मालूम है। मैं यह भी जानती हूँ कि छायादूत सुप्रभ आज भी मोहिनी और उस कलश की

तलाश में है, जिसमें उसके साथी बन्द हैं। लेकिन मुझे बताओ, क्या तुम सच में ईश्वर की परछाईं से जन्मे हो? अमर और उतने ही ताक़तवर हो, जितना कि कहानियों में लिखा है? और सुप्रभ का क्या हुआ? वह छायादूत, जिसे वनिकाओं ने जाने दिया था? मुझे तुम्हारे बारे में जान कर लगा था कि शायद तुम्हीं सुप्रभ हो। लेकिन तुम कह रहे हो, तुम्हारा नाम समर्थ है। तो क्या तुम सब घट से आज़ाद हो गये?" अनुभा ने एक साँस में कई सवाल पूछ डाले।

"तुम्हें यह सब जानकारी कहाँ से मिली? मैं मानता हूँ कि वनिकाओं और छायादूतों के संघर्ष और उनकी दुश्मनी की कथाएँ यहाँ कई गाँव वाले जानते हैं, लेकिन इतनी डिटेल कि उनके नाम भी मालूम हो, यह तो कोई नहीं जानता! तुम यह सब कैसे जानती हो?" समर्थ आश्चर्य में था।

"मैंने पहले पूछा, तो मुझे ही जवाब पहले मिलना चाहिये। मैंने भी ऐसे ही कहीं किसी बूढ़े गाँव वाले से यह सब सुना है।" अनुभा बोली। वह रोहन का ज़िक्र नहीं करना चाहती थी।

"ठीक है। मैं सुप्रभ नहीं हूँ। जिस समय सभी छायादूतों को क़ैद किया गया, मैं वहाँ नहीं था। मैंने और मेरे एक साथी आरण्यक ने बहुत पहले ही गुरु कालकम्पन के आदेश से मठ छोड़ दिया था। उन्होंने मुझे एक काम सौंपा था। जब वह सब घटित हुआ, मैं वहाँ नहीं था। मैं जब वापस लौटा, तो मैंने सुना कि हमारे लोगों के साथ क्या हुआ। मैं बहुत समय तक सुप्रभ को, मोहिनी को और अन्य वनिकाओं को ढूँढ़ता रहा, लेकिन वे नहीं मिले। वनिकाएँ पहले एक साथ रहती थीं, इसलिए उन्हें ढूँढ़ना आसान था। बस, आपको उस जगह का पता लगाना है, जहाँ लोग अधिक संख्या में बिना कारण के मर रहे हैं। बस, उसी जगह के आस–पास वनिकाएँ मिलती हैं, लेकिन अब वे सतर्क हो गई हैं और आधुनिक समाज में घुल–मिलकर रहने लगी हैं। इससे उन्हें ढूँढ़ना मुश्किल हो गया है। हम अलौकिक शक्तियों के लिए समाज में छिपकर रहना हमारी जीवन–शैली का ही एक हिस्सा है। इनसानों को अगर हमारे बारे में पता

चल जाए, तो वे दहशत में आ जाते हैं और हमें अपना दुश्मन समझकर बिना कारण ही हमसे लड़ने चले आते हैं।" समर्थ ने कहा।

"क्या तुम सच में अमर हो?"

"लगभग। हमारी मृत्यु असम्भव है, अगर हम ख़ुद ऐसा न चाहें तो। सिर्फ़ वनिकाएँ या उन जैसी कोई अलौकिक शक्ति ही हमारा मुकाबला करके हमें मार सकती है।"

"तुमने मेले में मुझे क्यों बचाया? इससे तुम्हारी पहचान मुझ पर ज़ाहिर हो गई।"

"क्योंकि तुम मुझे अच्छी लगी।"

"इससे पहले तुम्हें कितनी लड़कियाँ अच्छी लगी हैं और तुम्हारी उम्र क्या है?" अनुभा ने शरारत से पूछा।

"मेरी उम्र तो अब मुझे भी मालूम नहीं। और अगर तुम हमारे मठ के बारे में जानती हो, तो यह भी जानती होगी। हमें ब्रह्मचर्य की शिक्षा मिली है। तो मैंने अब तक उसका ही पालन किया है।"

"तुम कह रहे हो, मैं तुम्हारे जीवन में पहली स्त्री हूँ।" अनुभा को गर्व महसूस हुआ।

"हाँ।"

"मैं ही क्यों?"

"क्या इस बात का जवाब संसार का कोई भी प्रेमी दे सकता है?" समर्थ ने कहा और दोनों हँस पड़े।

दोनों बातें करते रहे। सुबह होने से कुछ पहले समर्थ वहाँ से चला गया। फिर वे कई बार मिले। समर्थ हवा के झोंके की तरह शून्य से प्रकट हो जाता था और फिर वैसे ही शून्य में ग़ायब भी हो जाता था। समय के साथ उनका प्रेम गहराता चला गया। कुलदेवी की पूजा के बाद अनुभा हॉस्टल लौट आयी। उसके बाद भी वह छिप–छिप के समर्थ से मिलती रही। अनुभा उससे बहुत सारे सवाल करती थी। वह कभी–कभी जवाब देता था, कभी टाल जाता। अनुभा की छुट्टियों के समय वे हॉस्टल के पास वाले क़स्बे में साथ–साथ घूमने लगे। एक दिन ठाकुर साहब के किसी पहचान वाले ने अनुभा को समर्थ के साथ देख

लिया और उसने यह बात अनुभा के पिता को बता दी। ठाकुर साहब ने अनुभा को घर बुलाया और उसे अपने पास बिठाकर बोले–
"तुम्हें शायद यह नहीं मालूम है कि तुम और रोहन जब छोटे थे, तब ही तुम दोनों का विवाह होगा, यह बात मेरे और उसके पिता के बीच में तय हो गयी थी। अब वह समय आ गया है, जब तुम दोनों का विवाह कर दिया जाये। रोहन के माता–पिता और मैंने मिलकर आने वाली पूर्णिमा को तुम दोनों की शादी तय की है। मैं चाहता हूँ, यह सब ठीक तरह से तय समय पर हो जाए।"

"लेकिन पापा, अभी मेरी पढ़ाई नहीं ख़त्म हुई है।" अनुभा ने प्रतिवाद करना चाहा।

"तुम शादी के बाद पढ़ाई कर लेना... इस बारे में मैंने रोहन के परिवार से बात कर ली है।" ठाकुर साहब ने सपाट उत्तर दिया।

"लेकिन..." अनुभा फिर बोली।

"मुझे कुछ नहीं सुनना, अनुभा। तुम्हारे लिए अच्छा होगा, जैसा मैंने कहा है वैसा ही करो।"

ठाकुर साहब बोले और अनुभा की बात सुने बिना चले गये।

अलग-सा एक दिन

अनुभा ने माँ तारा देवी को पिता से बात करने को कहा। अनुभा की माँ तारा देवी ठाकुर साहब से सहमत थीं, लेकिन फिर भी अनुभा की ज़िद पर उन्होंने ठाकुर साहब से बात करने की कोशिश की। ठाकुर साहब ने तारा देवी की भी कोई बात नहीं सुनी। उनका निर्णय अटल था। अनुभा जानती थी, अब उसके पास घर से भागने के अलावा कोई और चारा नहीं है।

उसने समर्थ को बताया और दोनों ने एक दिन घर से भागकर एक मन्दिर में शादी कर ली। उन्होंने वह राज्य और शहर, दोनों छोड़ दिये और सुदूर मध्य भारत के एक क़स्बे में जाकर बस गये। समर्थ ने उस छोटे–से क़स्बे में कोई काम पकड़ लिया। उनके दिन सुखपूर्वक बीतने लगे। समर्थ अपने बारे में अधिक बात करना पसन्द नहीं करता था। जब भी अनुभा उससे छायादूतों या वनिकाओं के बारे में कोई सवाल करती, वह हँसकर टाल जाता था। इसलिए धीरे–धीरे अनुभा ने भी इस बारे में बात करना छोड़ दिया।

एक दिन ऐसा भी आया, जब अनुभा ने समर्थ को बताया कि वह माँ बनने वाली है। दोनों बहुत खुश थे। मातृत्व के नित नए अनुभव उसे निहाल कर रहे थे। उसे हर पल महसूस होता था, किसी की धड़कनें उसकी धडकनों के साथ जुड़ी हैं। किसी का साँस लेना उसके साँस लेने के साथ जुड़ा है।

"एक दिन सुबह नौ बजकर पैंतीस मिनट पर मेरा जन्म हुआ। मैं नवजात शिशु के रूप में इतनी सुन्दर थी कि जिसने भी मुझे देखा,

वह मन्त्रमुग्ध–सा देखता ही रह गया। इसी कारण अनुभा कौशल ने अपनी बेटी का नाम 'मुग्धा' रख दिया।'' अनुभा ने उसके गले में एक लॉकेट भी पहनाया, जिसमें उसके नाम के पहले दो अक्षर अंग्रेज़ी में खुदे थे।

''अनुभा अस्पताल से घर आ गयी। अनुभा और समर्थ रात–दिन जागकर मेरी देखभाल करने लगे। उन दिनों वे मेरे साथ रात–रात भर जागने से थके होते, लेकिन इतने ख़ुश होते थे कि थकान महसूस ही न होती थी। सब वैसा ही हो रहा था, जैसा तब होता है, जब कोई नवजात अपने माता–पिता की ज़िन्दगी में आता है।''

लेकिन एक दिन इसे बदल जाना था।

''मैं लगभग दो महीने की थी। माँ महीने–भर से घर से बाहर नहीं निकली थी। उसे अपनी ज़रूरत की कुछ चीज़ें ख़रीदनी थीं, इसलिए मुझे समर्थ के पास सुलाकर वह बाज़ार आ गयी।'' माँ अपनी बेटी को छोड़कर बाज़ार जाना नहीं चाहती थी, लेकिन समर्थ ने कहा कि थोड़ी ताज़ी हवा उसकी महीने भर की मानसिक थकान को मिटाकर उसे तरोताज़ा कर देगी। इसलिए वह मुग्धा के पास रहेगा और अनुभा को बाहर होकर आ जाना चाहिये। जब वह घर से चलने को हुई, ठीक उसी समय फ़ोन की घण्टी बजी। लाइन पर रोहन था।

जब अनुभा ने रोहन को बताया कि वह किसी और से प्रेम करती है और इस वजह से उससे विवाह नहीं कर सकेगी, तो उसने अनुभा से वादा किया था कि भले ही वह उसके साथ जीवनसाथी बनकर नहीं रह सका, लेकिन वह अनुभा के साथ है और जीवन–भर उसका मित्र बना रहेगा। अनुभा को इसकी बहुत तसल्ली थी। इसलिए वह समर्थ के साथ बिना ग्लानि के विवाह कर सकी।

अनुभा ने रोहन का फ़ोन रिसीव किया। उसने 'हेलो' बोला ही था कि उधर से आवाज़ आनी बन्द हो गयी। अनुभा को लगा, फ़ोन डेड हो गया। उसने थोड़ी देर रिंग होने का इन्तज़ार किया। फिर उसे लगा, रोहन शायद बाद में फिर फ़ोन करे, इसलिए वह बाज़ार आ गयी। ''बाज़ार घर से दस मिनट की दूरी पर था और मुझे हर दो–ढाई

घण्टे में भूख लगती थी। माँ ने सोचा था, वह एक घण्टे में वापस आ जायेगी।

बाज़ार में उसने बहुत प्यार से मेरे लिए छोटे मोजे और दस्ताने ख़रीदे। फिर उसने अपने लिए कुछ ज़रूरत का सामान ख़रीदा। इसके बाद वह रिक्शे पर चढ़कर घर की तरफ़ आने लगी। वह अभी आधे रास्ते पर ही थी कि तभी उसने देखा कि सामने से गुज़रती कार में से रोहन हाथ निकालकर उसे आवाज़ दे रहा है।''

"अनुभा...!! अनुभा!!" रोहन चिल्लाये जा रहा था।

"रिक्शा वाले, रिक्शा रोकिये!" अनुभा बोली।

रोहन ने कार साइड की और छूटते ही बोला, "तुम यहाँ अकेली बाज़ार में हो? मुग्धा कहाँ है?"

"मुग्धा घर पर है, समर्थ के साथ। क्यों, क्या हुआ?"

"मैंने फ़ोन पर कहा था न, मुग्धा को लेकर तुरन्त मेरे पास आ जाओ!" रोहन ने आश्चर्य और खीज से कहा।

"कब कहा था? और तुम इतनी जल्दी में और घबराये हुए क्यों लग रहे हो? क्या हुआ है?"

"अरे, अभी जब मैंने डेढ़ घण्टे पहले फ़ोन किया था। मैंने कहा था कि मुझे मुग्धा और तुम्हारे बारे में बात करनी है। चलो, गाड़ी में बैठो।"

"हाँ, लेकिन फ़ोन तो कट गया था और फिर आया ही नहीं। तुम क्या कह रहे हो? क्या हुआ है?"

"तुमने पूरी बात नहीं सुनी? तुमने जब फ़ोन रिसीव किया, उसके बाद मैंने सब कुछ कहा तो था, लेकिन तुम्हारी आवाज़ फिर से आयी नहीं!"

"फ़ोन कट गया था, ऐसा लगा मुझे। लेकिन तुम कह रहे हो, नहीं कटा था। यह तो अजीब है।"

"मुझे लगा, किसी ने रिसीवर उठा रखा था, इसलिए मैं बोलता ही रहा!"

"क्या बात है रोहन? बताओ मुझे! तुम मुझे डरा रहे हो।" अनुभा समझ नहीं पा रही थी कि रोहन क्या बोले जा रहा है?

"क्या बात है, बोलो!" अनुभा उसके कन्धे पर हाथ रखकर बोली।

"अनुभा, तुम ख़तरे में हो। जितनी कहानी मैंने तुम्हें सुनायी थी, वह तो तुम्हें याद है न?"

"हाँ।"

"मैंने यह भी कहा था कि इसके आगे की कहानी मैं अभी पढ़ नहीं पाया हूँ।"

"हाँ, लेकिन मुझे किससे ख़तरा है?"

"बताता हूँ। मैंने अब वह कहानी पूरी डिकोड कर ली है और उसमें कुछ ऐसी बातें हैं, जो तुम्हें बताने के लिए मैंने फ़ोन किया था।"

"हाँ, कहो...।"

"मैंने बताया था न कि मुझे अन्देशा है कि यह अफ़वाह सच है कि वह घट जिसमें गुरु कालकम्पन समेत बाक़ी के सभी छायादूत क़ैद हैं, वह तुम्हारे ही कुलदेवी के मन्दिर में रखा है। अब मुझे यक़ीन हो गया है कि वहाँ तहख़ाने में जो स्त्री प्रतिमा लगी है, वह मोहिनी की प्रतिमा है। मैंने बाक़ी का शिलालेख पढ़ लिया है। मोहिनी ही तुम्हारी कुलदेवी और पूर्वज हैं। और वह ताला उनके मुकुट को उल्टा करके मण्डल में सेट करके चाभी की तरह इस्तेमाल करने से खुलेगा।"

"क्या?" अनुभा एकदम से चौंक गयी।

"हाँ। और तुम कोई मामूली स्त्री नहीं हो, बल्कि मोहिनी की वंशज हो। तुम्हारी रगों में जो ख़ून है, वह चमत्कारी है। तुम भी आधी वनिका हो।"

"क्या कह रहे हो, रोहन?"

"वही जो उन शिलालेखों में लिखा है। मोहिनी जब रानी स्वर्णमल्लिका से विदा लेकर चली गयी, तब वह कई सदियों तक अकेली रही। फिर उसने एक मनुष्य के साथ गृहस्थी बसायी। तुममें मनुष्य और वनिका, दोनों का रक्त है।" रोहन बोला।

सच के कड़वे घूँट

"रोहन, तुम यह सब क्या कह रहे हो?"

"सच कह रहा हूँ। उस शिलालेख में तुम्हारी वंशावली का ज़िक्र था। तुम्हारे परिवार के सभी पूर्वजों का नाम स्पष्ट लिखा था। वनिका, मोहिनी ही तुम्हारी पूर्वज और तुम्हारी कुलदेवी है।" रोहन बोला।

"लेकिन यह कैसे हो सकता है? अगर मैं वनिका हूँ, तो मुझे जादू आना चाहिए। नहीं आता। मुझे अमर होना चाहिये, लेकिन तुम्हीं कह रहे हो, मेरी जान को ख़तरा है। आख़िर किससे?" अनुभा का सर घूम रहा था।

"वनिकाओं की सन्तानों में जादू एक हुनर की तरह आता है और वे अमर नहीं होतीं। तुम भी तो अभी सिर्फ़ मेडिकल छात्रा हो, लेकिन तुम एक जन्मजात हीलर हो। तुम तो घरेलू मसालों से भी रोगी को ठीक कर लेती हो। तुम जंगल के लगभग हर बूटे–पत्ते को उसके आयुर्वेदिक औषधीय गुण और नाम से जानती हो... और तुमने बताया था न, तुम्हारी एक कज़िन बहन तहख़ाने में ग़लती से चली गयी थी। शायद उन्होंने किसी तरह तहख़ाना खोल लिया था। वहाँ मौजूद शका की ताक़त से प्रभावित होकर ही उनकी जान गयी। इसलिए शायद तुम्हारे परिवार वालों ने किसी का भी वहाँ जाना निषिद्ध कर रखा है। यह छायादूतों का आदेश है कि तुम्हारे परिवार की कोई महिला वहाँ न जाये इससे उसकी जान ख़तरे में आ सकती है क्योंकि वनिका तत्त्व स्त्रियों में अधिक सक्रिय रहता है, पुरुष उसके सिर्फ़ वाहक बनते हैं। शिलालेख में लिखी

भविष्यवाणी के अनुसार, तुम्हें और तुम्हारी बेटी को छायादूतों से ख़तरा है। उन्होंने ही तुम्हारे परिवार को यहाँ बसाया है!"

"छायादूतों से? लेकिन क्यों...?" अनुभा ने पूछा।

"यह मुझे नहीं मालूम। शिलालेख के अनुसार जो मुझे मालूम था, मैंने बता दिया। शिलालेख पढ़ने के बाद मैं समझा कि तुम्हें मेले में वह छायादूत क्यों नज़र आया होगा? शायद वे लोग तुम पर छिपकर नज़र रखते हों!"

"नहीं! यह नहीं हो सकता। तुमने तो कहा कि वे प्रोटेक्टर थे। मनुष्यों को हत्यारिन वनिकाओं से बचाते थे। मुझे प्लीज़ पूरी बात बताओ, तुमने शिलालेख में क्या पढ़ा है?"

अनुभा का मन यह मानने को तैयार नहीं था कि समर्थ और वह ऐसे प्राचीन सम्प्रदाय से ताल्लुक़ रखते हैं, जो एक–दूसरे के जानी दुश्मन हैं।

"भविष्यवाणी में घट की लोकेशन लिखी थी। लिखा था, वह इसी मन्दिर के गर्भगृह में रखा है और जब मोहिनी के पच्चीसवें वंशज की सन्तान जन्म लेगी, तब चन्द्रग्रहण को दी गयी उसकी बलि का ख़ून ही घट में क़ैद सब छायादूतों की मुक्ति का कारण बनेगा। लेकिन ऐसा तब ही होगा, जब वह सन्तान छायादूत से उत्पन्न होगी। तुम मोहिनी की पच्चीसवीं वंशज हो, लेकिन समर्थ तो छायादूत नहीं है। इसलिए शायद मुग्धा को ख़तरा नहीं होना चाहिए, और इससे भविष्यवाणी भी ग़लत साबित होती है, लेकिन फिर भी तुम्हें आजीवन छिपकर रहना चाहिये। मैंने फ़ोन पर यही कहा था।" रोहन ने कहा।

"माँ लगभग संज्ञा शून्य हो गयी थी क्योंकि उसे मालूम था कि समर्थ छायादूत है। रोहन कह रहा है कि उसने फ़ोन पर यह सब कहा और उसे लगा कि रिसीवर के दूसरी ओर कोई है, तो इसका मतलब समर्थ को यह सब कुछ मालूम है, और वह समझ गया होगा कि रोहन बात न हो पाने पर यहाँ आकर मुझे सावधान करने की कोशिश ज़रूर करेगा। हे भगवान! माँ ने सोचा, कहीं इसलिए वह मुझे लेकर कहीं चला न जाये। क्या वह अपने साथियों की आज़ादी के लिए अपनी बेटी

को नुक़सान पहुँचायेगा? माँ की नसों में रक्त सूख रहा था। उसे याद आया, चन्द्रग्रहण तो आज ही है!

"अनुभा...अनुभा, कुछ बोलो..." रोहन ने उसे झिंझोड़ा।

"समर्थ एक छायादूत है और आज चन्द्र ग्रहण है!!" माँ के मुँह से सिर्फ़ इतना ही निकला।

"क्या बोल रही हो? मुझे लगा था, सभी छायादूत घड़े में क़ैद हैं? पूरी बात बताओ, अनुभा?"

''रोहन ने उसे खींचकर कार में बिठाया। वे लोग अनुभा के घर की तरफ़ चले। रोहन ने प्रश्नों की झड़ी लगा दी। सिर्फ़ यही पूछता जा रहा था कि अगर वह जानती थी कि समर्थ छायादूत है, तो उसने उसे पहले क्यों नहीं बताया? माँ ने कोई जवाब नहीं दिया। वह शॉक की अवस्था में कार में बैठी रही। वे दोनों घर पहुँचे। लेकिन वहाँ न मैं थी और न ही समर्थ कौशल।

माँ ने यह देखा और उसके मन में यह ख़याल पक्का हो गया कि फ़ोन कॉल पर कही गयी बातों को समर्थ ने सुन लिया है और इस वजह से वह मुझे लेकर कहीं चला गया है। तो इसका अर्थ है कि मुग्धा की जान को समर्थ से ख़तरा है। इस ख़याल ने माँ की चेतना वापस लौटा दी। उसे अपनी बेटी को बचाना था। उसने दिमाग़ लगाया कि अगर वह छायादूत होती, तो उसे अपने साथियों को आज़ाद कराने के लिए मुग्धा के अलावा कहानी में वर्णित वह औषधि घट चाहिए था। मतलब उसे अपने कुलदेवी के मन्दिर जाना होगा।

''वे बिना देर किये मन्दिर की तरफ़ जाने को निकले। जब वे दोनों वहाँ पहुँचे, रात हो गयी थी। मन्दिर में रौशनी थी। समर्थ वहाँ आ चुका था और उसने मन्दिर की सभी मशालें जला दी थीं। अनुभा और रोहन गर्भगृह की ओर बढ़े। उन्होंने देखा कि मण्डल पर से धूल हटी हुई है और वहाँ कुल देवी का मुकुट पड़ा हुआ है। उन्होंने अन्दाज़ा लगाया कि समर्थ ज़रूर तहख़ाने के अन्दर होगा। रोहन ने सबसे पहले पुलिस को फ़ोन किया। फिर उसने ज़मीन पर पड़ा मुकुट उठाया।

"तुम्हारी कुलदेवी यानि मोहिनी का यह मुकुट ही उस मण्डलनुमा ताले की चाभी है! यह मेरे दिमाग़ में पहले क्यों नहीं आया?"

मण्डल पर मुकुट को चाभी की तरह फिट करने से पहले वह माँ से बोला–"अनुभा, नीचे ख़तरा हो सकता है। क्या तुम फिर भी चलना चाहोगी? तुम यहाँ रुककर पुलिस का इन्तज़ार भी कर सकती हो।"

"मज़ाक़ कर रहे हो! मेरी बेटी अन्दर है, रोहन! न जाने का कोई सवाल नहीं है..." माँ ने जवाब दिया।

"ठीक है... देखो अनुभा, पुलिस किसी भी समय यहाँ पहुँच सकती है। हमें बस समर्थ को बातों में फँसाकर रखना है, जिससे वह कुछ देर मुग्धा को हानि नहीं पहुँचा सके क्योंकि भविष्यवाणी में लिखा था कि मुग्धा के आनुष्ठानिक बलि रक्त को अगर चन्द्र ग्रहण वाले दिन घट में डाला जायेगा, तभी छायादूत पूर्णतः मुक्त हो सकेंगे। आज चन्द्र ग्रहण है। समर्थ अमर और ताक़तवर है, लेकिन फिर भी उसे क़ैद किया जा सकता है। वह पूरी पुलिस फोर्स से नहीं लड़ सकता। इसलिए उसे बातों में फँसाकर पुलिस के आने तक रोकना ही हमारा एकमात्र ध्येय है।" रोहन ने कहा।

''माँ ने सर हिलाकर 'हाँ' कहा। रोहन ने मूर्ति के मुकुट को उल्टा करके मण्डल पर फिट किया और उसे ज़ोर–से दबाकर घड़ी की विपरीत दिशा में घुमाया। वहाँ एक दरवाज़ा खुला, जिसमें सीढ़ियाँ थीं, जो नीचे तहख़ाने में जाती थीं। वे दोनों अन्दर पहुँचे। रोहन ने रिवॉल्वर निकाल ली, जो उसने घर से चलते समय माँ को देने के लिए कार में रख ली थी। वहाँ कुछ और भी लोग थे। मशालें जल रही थीं। समर्थ मुझे लेकर घड़े के पास बैठा था और आरण्यक नाम का उसका दूसरा साथी छायादूत आँखें बन्द किये मन्त्र पढ़ रहा था। वे लोग कोई अनुष्ठान कर रहे थे। मैं उसकी गोद में सो रही थी। रोहन ने देखा, समर्थ के साथ काले कपड़े पहने बहुत–से प्रशिक्षित मनुष्य लड़ाकों की फ़ौज थी। छायादूतों के पास सदियों से जमा सोना और रत्न थे। वे उनसे जितने चाहे, उतने मनुष्य लड़ाके ख़रीद लेते

थे। समर्थ आहट सुनते ही खड़ा हो गया। अनुभा बेटी की तरफ़ बढ़ी। रोहन रिवॉल्वर तानकर खड़ा हो गया।

"तो तुम लोग अपनी जान के दुश्मन बने यहाँ आ ही गये।" समर्थ बोला।

''उसने मुझको वहीं रखी टोकरी में सुला दिया और अपनी जगह से उठ खड़ा हुआ। अनुष्ठान जारी रहा। आरण्यक बिना उठे मन्त्र पढ़ता ही रहा।

"समर्थ... मुझे मेरी बेटी वापस करो!!" माँ ने कहा।

"मैं तुम्हें चोट नहीं पहुँचाना चाहता, अनुभा। मुझे तुम्हारी बेटी मेरे गुरु और भाइयों की आज़ादी के लिये चाहिये। मैं पहले ही भविष्यवाणी का उतना हिस्सा पढ़ चुका था, जिसमें यह लिखा है कि किसी छायादूत से उत्पन्न तुम्हारी सन्तान ही मेरे साथियों की आज़ादी का ज़रिया बनेगी। मुझे मालूम था कि मुझे चन्द्रग्रहण के दिन मुग्धा की बलि देनी है, इसलिए इसके जन्म से लेकर आज तक मैं ग्रहण का ही इन्तज़ार कर रहा था। हालाँकि शिलालेख में इसके आगे मैं कुछ पढ़ पाता, इससे पहले वहाँ वनिकाएँ पहुँच गयी थीं और उन्होंने वह पूरी गुफा नष्ट कर दी थी। शिलालेख कई टुकड़ों में बँटकर ज़मीन में दफ़न हो गया था, लेकिन मुझे आगे पढ़ने की ज़रूरत भी नहीं थी। मैं आज रात तुम्हारे सो जाने के बाद आने वाला था, लेकिन रोहन से तुम्हें मेरा सच मालूम हो जाता, इसलिए मुझे मुग्धा को लेकर दिन में ही वहाँ से यहाँ आना पड़ा। मैंने मुग्धा को तुमसे सिर्फ़ इसी कारण पैदा किया था! आज वह दिन आ गया है!" समर्थ बोला।

"वह तुम्हारी सन्तान है, समर्थ! तुम्हारा ख़ून है। तुम कैसे अपनी बेटी की हत्या कर सकते हो? वह सिर्फ़ दो महीने की है!"

"मैं ऐसा करना नहीं चाहता, लेकिन मेरे लिए यही मेरे भाइयों को मुक्त कराने का एकमात्र ज़रिया है।"

"मुग्धा को वापस करो समर्थ, वरना मैं गोली चला दूँगा!" अब तक चुपचाप सब देख रहे रोहन ने रिवॉल्वर समर्थ पर तानते हुए कहा।

मृत्यु से पलायन

"मूर्ख! तुम समझते हो, इस टुच्चे खिलौने से तुम मेरा कुछ बिगाड़ सकते हो? वैसे भी भाई, तू अकेला है और मेरे पास लड़ने वालों की पूरी फ़ौज है। तुम लोग मक्खियों की तरह भिनभिनाते हुए न आते, तो अब तक मैं इसकी बलि चढ़ा चुका होता।" समर्थ ने गुस्से में कहा।

"मैं तुम्हें ऐसा नहीं करने दूँगी।"

अनुभा ने कहा और वह मुझे समर्थ से छीनने के लिए आगे बढ़ी। समर्थ ने माँ को ज़ोर–से धक्का दिया। उसका सर दीवार से टकराया और वह बेहोश हो गयी। रोहन को समझ नहीं आ रहा था कि उसे क्या करना चाहिये। वह इतने लोगों से एक साथ नहीं लड़ सकता था। उसकी रिवॉल्वर में सीमित गोलियाँ थीं। फिर भी वह समर्थ पर उसे ताने खड़ा रहा। हालाँकि उसके हाथ–पैर काँप रहे थे।

समर्थ ने जेब से चाकू निकाला।

"मुझे अब और इन्तज़ार नहीं करना चाहिये!"

इतना कहकर उसने मेरा हाथ ज़रा–सा काटकर ख़ून घट पर गिराया। मैं चीख़कर रोने लगी। घट से काला धुआँ और जले मांस की बदबू निकलने लगी और पूरे तहख़ाने में फैल गयी। आरण्यक अब भी बिना रुके, बिना आँख खोले मन्त्र पढ़ ही रहा था।

रोहन गोली चलाये या नहीं, इस असमंजस में पड़ा वहीं खड़ा था। गोली मुझे भी लग सकती थी। अब समर्थ ने मेरा गला काटने के लिए मुझे पत्थर की वेदी पर रखा। समर्थ ने चाकू वाला हाथ बढ़ाया ही था, तभी रानी स्वर्णमल्लिका कुछ वनिकाओं के साथ वहाँ प्रकट हुई।

जैसे ही समर्थ ने मेरा ख़ून घट पर गिराया, मोहिनी का जादू जाग्रत हो गया और वनिकाओं को इसकी ख़बर लग गयी थी। वे बिना देर किये वहाँ आ पहुँचीं। वनिकाओं ने समर्थ और आरण्यक को चारों तरफ़ से घेर लिया और कहा–

"बच्ची को छोड़ दो, समर्थ। नहीं तो तुम जानते ही हो, इन मनुष्यों पर हमारा जादू चलेगा ही और रही तुम्हारी बात, तो तुम दो हो और हम छह। और इस दिन की प्रतीक्षा में हमने सदियों तक ख़ुद को तुमसे लड़ने के लिए तैयार किया है। इसलिए अगर मरना नहीं चाहते तो मुग्धा और उसकी माँ को हमारे हवाले कर दो और तुम दोनों यहाँ से चले जाओ!!"

"तुम मेरा मुक़ाबला नहीं कर सकती, स्वर्णमल्लिका। अपनी जान बचाओ और यहाँ से भागकर कहीं छिप जाओ।" इस बार आरण्यक ने आखें खोलीं और वनिका रानी को सम्बोधित करके कहा।

"लगता है, पिछली बार जो तुम्हें गुफा से दुम दबाकर भागना पड़ा था, वह तुम भूल गये हो। फिर से याद दिलाना होगा!"

इतना कहकर रानी अपनी सखियों के साथ समर्थ और आरण्यक पर टूट पड़ी।

"ठीक है! तो अब तुम्हें मारकर ही मैं इस कर्मकाण्ड को पूरा करूँगा!" समर्थ ने गुस्से में भरकर कहा और वे दोनों वनिकाओं से लड़ने लगे। वनिकाएँ कुशल योद्धा थीं, लेकिन फिर भी समर्थ और आरण्यक उन पर भारी पड़ रहे थे। वहाँ घमासान मार–पीट शुरू हो गयी। केवल समर्थ और आरण्यक ही वनिकाओं से लड़ पा रहे थे। समर्थ के साथी मनुष्य थे। वे जल्द ही वनिकाओं के फैलाये भ्रम का शिकार होकर समर्थ और आरण्यक से ही लड़ने लगे। समर्थ ने मुझे वहीं चबूतरे पर सुला दिया और बिजली की फुर्ती से लड़कर वनिकाओं को मुझ तक पहुँचने से रोकने लगा। इसी बीच मौका देखकर रोहन ने घट उठा लिया। आरण्यक उससे घड़ा छीनने को बढ़ा। तब तक माँ को होश आ गया था। उसने मुझे उठाया। मेरे कटे हाथ पर अपना आँचल फाड़कर बाँध दिया और मुझे गोद में लेकर तहख़ाने की सीढ़ियाँ चढ़कर मन्दिर से

बाहर जंगल की तरफ़ भागी। इधर, तहख़ाने में आरण्यक ने रोहन को बुरी तरह घायल कर दिया और घट उससे छीन लिया। रोहन कराहते हुए वहीं तहख़ाने में ज़मीन पर लुढ़क गया।

समर्थ और आरण्यक ने थोड़ी देर में वनिकाओं और दूसरे मनुष्यों को परास्त करके अधमरा कर दिया था, सिर्फ़ स्वर्णमल्लिका अब तक आरण्यक से भिड़ी हुई थी। वनिकाओं को अपने ख़ून में लिथड़ा और आरण्यक को रानी स्वर्णमल्लिका से उलझा छोड़कर समर्थ माँ के पीछे जंगल की तरफ़ भागा। तब तक वहाँ पुलिस भी पहुँच गयी थी। रानी स्वर्णमल्लिका ने समर्थ को माँ के पीछे जाता देख लिया। उन्होंने आरण्यक से लड़ते–लड़ते ही कुछ पुलिस वालों पर जादू का इस्तेमाल किया। वे रानी के जादू में बँधे आरण्यक की तरफ़ बढ़े और उससे लड़ने लगे। आरण्यक को उन पुलिस वालों से उलझा छोड़कर वनिका रानी वहाँ से ग़ायब हो गयी।

पुलिस के एक दस्ते ने घायलों के लिए एम्बुलेंस की व्यवस्था की और रोहन के बताने पर अनुभा और समर्थ के पीछे जंगल की तरफ़ भागे। रोहन ने उन्हें इतना ही बताया था कि समर्थ किसी कल्ट के बहकावे में आकर अपनी बेटी की बलि देना चाहता था। इसलिए इस समय पुलिस के लिए समर्थ अपराधी था। रोहन ने सोचा, अगर पुलिस कुछ देर भी समर्थ को रोक पाएगी, तो अनुभा को भागने का मौक़ा मिल जायेगा।

जंगल में माँ झाड़ियों और पेड़ों के बीच छिप गयी थी, लेकिन समर्थ न जाने कैसे मेरी ओर खिंचा आ रहा था, जैसे वह मेरी उपस्थिति सूंघ पा रहा हो। माँ का पता पाने के लिए वह उसे मानसिक रूप से कमज़ोर करने और डराने की कोशिश करने लगा।

"अनुभा... अनुभा... छिपना बेकार है... वह मेरी बेटी है। मेरे और उसके बीच रक्त सम्बन्ध है। वह जहाँ भी रहेगी, मुझे मालूम हो जायेगा। क्यों न उसे तुम मेरे हवाले कर दो। फिर हम पहले की तरह साथ रह सकते हैं और दूसरी सन्तान भी पैदा कर सकते हैं! अनुभा, दिमाग़ से सोचो तुम मुझसे लड़ नहीं सकती।"

यह कहकर उसने अपना हाथ काटा। एक चमत्कार हुआ और उसके हाथ से मुसलसल ख़ून की धार बहकर ज़मीन पर गिरने लगी और वह ख़ून मेरी तरफ़ बढ़ने लगा। छायादूत एक–दूसरे से जुड़े होते हैं, मुझमें भी छायादूत का अंश था, इसलिए समर्थ का ख़ून मेरी तरफ़ आ रहा था।

माँ अपनी साँस रोके छिपकर देख रही थी। थोड़ी देर में ख़ून उस तक चलकर पहुँचने ही वाला था कि वहाँ रानी स्वर्णमल्लिका प्रकट हुई। उसने माँ को चुप रहने का इशारा किया। फिर वह ग़ायब हो गयी और पुलिस के लोगों के सामने एक पेड़ की ओट लेकर प्रकट हुई। उसने चुपके से उनके चीफ़ को बेहोश किया और उसका रूप लेकर पुलिस को कमांड देकर वहाँ ले गयी, जहाँ समर्थ ख़ून का पीछा करते हुए माँ की तरफ़ बढ़ रहा था। पुलिस के लोगों ने समर्थ को देखते ही उस पर बन्दूक़ें तान दीं। समर्थ उनसे लड़ने लगा। उनकी गाड़ियाँ तोड़ने लगा। उन्हें उठा–उठाकर फेंकने लगा।

माँ को फिर से भागने का मौक़ा मिल गया।

स्वर्णमल्लिका दुबारा उसके सामने प्रकट हुई। वह माँ को लेकर दूसरी तरफ़ से जंगल से निकली और उसे वहाँ पहले से मौजूद एक कार में बिठाकर दूर ले जाने लगी। माँ अब भी मुझे गोद में कसकर पकड़े डर से काँप रही थी। रानी ने माँ के कन्धे थपथपाये, जैसे उसे दिलासा दे रही हो।

कई सच ज़िन्दगियाँ बदल देते हैं

"तुम्हें अब डरने की कोई ज़रूरत नहीं है। वह हमारे पीछे नहीं है। लाओ, मुझे बच्ची का हाथ दिखाओ।''

"आप कौन हैं?"

"मैं वनिकाओं की रानी स्वर्णमल्लिका हूँ। फिलहाल, ऐसा समझ लो, मैं तुम्हारी मित्र और संरक्षक हूँ।"

माँ ने मुझे गोद में लिए–लिए ही मेरा हाथ वनिका रानी की तरफ़ बढ़ाया। रानी ने घाव पर अपना हाथ रखा। घाव ठीक हो गया, लेकिन थोड़ी देर में घाव फिर से उभर आया। रानी ने फिर से घाव पर हाथ फिराया, लेकिन घाव ठीक नहीं हुआ। रानी के चेहरे पर आश्चर्य था। कुछ देर घाव को देखते रहने के बाद उसने कहा–

"समझी! इसके अन्दर अभी छायादूत का अंश है। इसलिए यह घाव मेरे जादू से ठीक नहीं हो रहा।"

"क्यों आप लोगों ने ऐसा जादू किया, ऐसा शिलालेख लिखा, जिससे मेरी नन्ही बच्ची की जान ख़तरे में पड़ गयी?"

माँ जो अब तक चुप थीं, गुस्से और डर की वजह से रो पड़ीं। रानी ने उसका सर अपने वक्षों पर टिका लिया।

"चुप हो जाओ मेरी बच्ची। मुझे तुम दोनों की परवाह है। यह मुग्धा की नियति है कि वह दूसरों से अलग बने। उसे सबसे अलग जीवन मिले। यही घटनाएँ उसे वह बनाने में मदद करेंगी, जिसके लिए वह पैदा हुई है। यह सब उसी का हिस्सा है।" रानी बोली।

माँ उसके सीने से लगी सिसकती रही।

"मुझे मुग्धा के अन्दर से उसका छायादूत अंश अलग करके निष्क्रिय करना होगा। तभी वह समर्थ की पहुँच से बाहर रह सकेगी। नहीं तो वह जहाँ भी रहेगी, समर्थ इसे अपने ख़ून से ढूँढ़ लेगा और नुक़सान पहुँचायेगा। आरण्यक भी अभी बुरी तरह घायल है, लेकिन मरा नहीं है। अब बस यही एक तरीक़ा है, जिससे तुम और मुग्धा बच सकती हो।"

यह कहकर उसने मेरे सर पर हाथ रखा। मेरे सर से पतली डोरी की शक़्ल में एक पीली रौशनी निकली। उस रौशनी ने इकट्ठा होकर एंबर के रंग के किसी चमकीले रत्न का रूप ले लिया। उस रत्न को रानी ने जादू से मेरे गले में लटकी माला में पेंडेंट के रूप में जड़ दिया।

उस माला को माँ को देकर रानी बोली, "इस माला में मुग्धा का छायादूत अंश निष्क्रिय रूप में क़ैद है। इसे बहुत सँभाल के रखना, क्योंकि यह उसके शरीर और उसकी आत्मा का आधा हिस्सा है। हालाँकि इसे नष्ट करना उतना ही असम्भव है, जितना कि एक छायादूत को मारना, लेकिन फिर भी ध्यान रखना। इसे मुग्धा के गले में ही रहने देना। यह अब सजीव और सक्रिय रूप में उसकी देह में नहीं है, इसलिए छायादूत इसके जरिये मुग्धा तक नहीं पहुँच सकते। लेकिन सुनो, मेरी बेटी, तुम्हें इस बच्ची से दूर जाना होगा। तुम डॉक्टर हो और जानती हो कि बच्चा पैदा होने के बाद औरत के शरीर में सन्तान की कोशिकाओं का अंश रह जाता है। तुम आधुनिक चिकित्सक लोग इसे फ़ेटल माइक्रोकायमेरिज़्म के नाम से जानती हो। तुमने अनुभा को अपने गर्भ में धारण किया है, इसलिए तुममें भी उसका कुछ हिस्सा है, जो हमेशा रहेगा। मैं मुग्धा को अकेले आरण्यक और समर्थ की नज़रों से छिपा सकती हूँ, लेकिन अगर तुम दोनों एक–दूसरे के पास रहे, तो यह असम्भव हो जायेगा। इसलिए तुम्हें इससे दूर जाना होगा। क्या कोई ऐसा है, जिसके पास तुम इसे छोड़ सको? इसके पालन–पोषण की ज़िम्मेदारी दे सको? तुम्हारे जानने वालों में ऐसा कोई, जिसे समर्थ अब तक नहीं जानता हो? क्योंकि हममें से हर

वनिका की जान हमेशा ख़तरे में रहेगी। इसलिए हम इसे नहीं रख सकते, न ही तुम इसे अपने साथ रख सकती हो।"

माँ मुझे इतनी कहानी सुनाकर साँस लेने के लिए रुकी। फिर आगे बोली–

"इस वक़्त मुझे अपने सबसे प्यारी दोस्त सरला की याद आयी। और मैंने तुम्हें सरला के पास छोड़ने का मन बना लिया।"

माँ अपनी कहानी सुनाकर चुप हो गयी। उसका गला भर आया था।

"इस तरह तुम सरला के पास पहुँची। तुम्हें नहीं मालूम, एक–एक पल मैंने तुम्हें कितना याद किया है, मेरी बच्ची!"

माँ ने कहा और वह फफक–फफककर रो पड़ी। मैं अब तक काठ बनकर बैठी थी, अब मेरा दिल पसीज गया। मैंने बरसों से बिछड़ी अपनी माँ को बाँहों में भर लिया। हम दोनों बहुत देर तक एक–दूसरे के गले लग कर रोती रहीं।

"ये लोग वनिकाएँ हैं, जो तुम्हें रिसर्च सेंटर से पुलिस की गोली से बचाकर लायीं। जब तुम्हारा ख़ून पेंडेंट पर डाला गया, तो हमें तुम्हारी लोकेशन का पता चला। वे समझ गयी थीं कि छायादूतों ने तुम्हें ढूँढ़ लिया है। तुम्हारी स्मृति को पढ़कर तुम्हारे पिता पेंडेंट वाली बात जान गये और उन्होंने पेंडेंट ढूँढ़कर उस पर तुम्हारा रक्त डाला, लेकिन वह यह नहीं जानते थे कि ऐसा करने से वनिका रानी को भी यह पता चल जायेगा। मैं तुम्हारे पास नहीं जा सकती थी, इसलिए मैंने तुम्हारी देखभाल के लिए रानी स्वर्णमल्लिका से विनती की थी। उन्होंने हर समय तुम पर नज़र रखी। उस दिन जब तुम जूनागढ़ महल में थी, वह वनिका रानी ही थीं जिन्होंने तुम्हें आत्महत्या करने से बचाया था।

"जब तुम अपनी सहेलियों के साथ उस क़िले में पहुँची, उससे कई साल पहले ही समर्थ और आरण्यक ने वह घट वहाँ छिपा रखा था। रानी तुम्हें बचाकर, वहाँ से दूर ले जाकर जब तक वापस घट लेने पहुँची, वे लोग घट वहाँ से लेकर जा चुके थे। जब मैं कुलदेवी

के मन्दिर में घट के समीप गयी थी, तो मुझे भी जानलेवा भ्रम हुए थे। इसकी वजह उसमें शका का मौजूद होना है। वह सुषुप्त रूप में भी वनिका के मनुष्य वंशजों के लिए हानिकारक है। मेरी कज़िन बहन भी ऐसे ही शका का शिकार हो गयी थी। मैं भी हो जाती, अगर मैं भविष्यवाणी को पूरा करने में सहायक होने वाली अर्धवनिका नहीं होती। इसलिए जब तुम घट के पास गयी, तो शका ने तुम्हें भ्रम से अपने माता–पिता की छवि दिखायी और तुम्हें आत्महत्या करने को उकसाया। बचपन में मन्दिर वाली रात को तुम्हारे ख़ून से शका पूरी तरह आज़ाद नहीं हुआ था, लेकिन थोड़ी ताक़त उसे ज़रूर मिली थी।

"उस दिन तुम्हें सरला के घर छोड़ने के बाद मैं रानी स्वर्णमल्लिका के कहने पर यहाँ आकर बस गयी। सिर्फ़ यही एक तरीक़ा था, जिससे मैं तुम्हें और ख़ुद को ज़िन्दा रख सकती थी। साथ ही, तुम्हारे पिता से लड़ने के लिए तैयारी कर सकती थी। घट अब भी समर्थ और आरण्यक के पास है। उन्हें नेकलेस और तुम चाहिये थे। अब नेकलेस भी उनके पास है। अब उन्हें सिर्फ़ तुम चाहिये। हमें सतर्क रहना होगा। वह हमें ढूँढ़ने की पूरी कोशिश कर रहा होगा। वह किसी भी समय यहाँ आ सकता है।" माँ ने कहा।

"लेकिन हम सरला माँ को कैसे बचायेंगे? पिता जी को कैसे रोकेंगे? क्या उन्हें अब तक पता नहीं चल गया होगा कि हम यहाँ हैं, क्योंकि अब हम दोनों साथ हैं?"

"उन्हें पता चलने में थोड़ा समय लगेगा। मैं अधिक देर तुम्हारे पास नहीं रहूँगी। तुम्हारा छायादूत अंश, वह नेकलेस अभी तुमसे बहुत दूर है, इसलिए मेरे पास तुम्हारे साथ बिताने के लिए थोड़ा समय है। हम अभी कुछ दिन यहाँ–वहाँ पहाड़ियों में छिपे रहेंगे। बाहरी दुनिया में कुछ लोग हैं, जो पैसों के लिए हमारी मदद करते हैं। मैं वनिकाओं की मदद से उन्हें हिमालय से दुर्लभ औषधियाँ लाकर देती हूँ। बदले में वे मुझे पैसे देते हैं। समर्थ और उसके साथियों के कारण मेरा समाज में रहना असम्भव था। छायादूत और उनके मनुष्य साथी मेरी जान

के दुश्मन बने मुझे ढूँढ़ते फिरते थे। इसलिए मैंने वह दुनिया चुनी, जो कैमरों और पहचान के उपकरणों से छिपी रहती है। मैंने स्मगलिंग का गिरोह चलाया। न जाने कैसे समर्थ को इसका भी पता चल गया, इसलिए मुझे अपनी मौत का नाटक करना पड़ा और यह ख़बर फैलानी पड़ी कि मैं मर चुकी हूँ।"

खुलती परतें

"समर्थ जानता है, अगर वह सरला को मार देगा तो तुम्हें मजबूर करने का ज़रिया उसके हाथ से चला जायेगा। इसलिए तुम्हारी बलि देने तक वह ऐसा नहीं करेगा। मैंने उनकी खोज शुरू कर दी है, इसलिए तुम इसकी चिन्ता छोड़कर ख़ुद को शारीरिक और मानसिक रूप से मज़बूत बनाने की अपनी तैयारी शुरू कर दो। समर्थ पिछली बार भविष्यवाणी पूरी नहीं कर पाया था, इसलिये तुम्हारा ख़ून घट पर गिराने के बावजूद छायादूत पूरी तरह आज़ाद नहीं हो सके। उसे अनुष्ठान करके तुम्हारी बलि देनी है, इसलिए वह तुम्हें ज़िन्दा पकड़ने की कोशिश करेगा। तुम उसकी इस बात का फ़ायदा उठाओगी और अगर उससे या उसके आदमियों से तुम्हारा सामना हो, तो भागने की हर सम्भव कोशिश करना। इसके लिए तुम्हारा तेज़, लचीला और ताक़तवर होना ज़रूरी है। मेरे लोग और वनिकाएँ तुम्हें मार्शल आर्ट सिखाएँगे और गन चलाने की ट्रेनिंग देंगे।"

"लेकिन इन्हें मेरी रिसर्च क्यों चाहिये थी?" मैंने पूछा।

"तुम्हारे ख़ून से छायादूत मानव रूप में पूरी तरह आज़ाद नहीं हो सके थे, लेकिन उन्हें जो थोड़ी ताक़त मिली, उससे उन्होंने क़ैद में ही शका का आवाहन किया। शका ने अपने माया रूप को एक वायरस के रूप में संसार में छोड़ दिया। उस समय जब तुम दो महीने की थी और ये घटनाएँ हुई थीं, तब एक महामारी ने आक्रमण किया था। तुमने इस बारे में पढ़ा होगा। यह उसी वायरस का दूसरा म्यूटेशन है। बाद के समय में लोगों के बढ़ते लोभ और स्वार्थ ने शका के माया–रूप को

बहुत ताक़तवर कर दिया है। तुम एक ताक़तवर वनिका मोहिनी की वंशज और एक छायादूत का ख़ून हो। सिर्फ़ तुममें ही वह कौशल है, जो शका के बढ़ते प्रभाव को कम कर सको। इसलिए इस संसार के किसी और रिसर्चर से तुम इस महामारी की दवा ढूँढ़ने में आगे हो। तुममें ही इस महामारी का अन्त करने की ताक़त है, लेकिन वे लोग ऐसा होने से रोकना चाहते हैं। महामारी के ख़त्म होने पर शका की बढ़ती ताक़त घट जायेगी, वे लोग ऐसा होने नहीं देना चाहेंगे।"

"तो अब हम क्या करेंगे?" मुग्धा ने पूछा।

"फ़िलहाल हम इन्तज़ार करेंगे। इस समस्या का हल जानने की कोशिश करेंगे कि कैसे सब ठीक करें? मन्दिर वाली घटना के बाद रोहन जैसे ग़ायब ही हो गया। मैंने उसे ढूँढ़ने और सम्पर्क करने की बहुत कोशिश की, लेकिन वह मुझे कहीं मिला नहीं। लगता है, तुम्हारे पिता ने उसे बाक़ी की भविष्यवाणी जानने के लिए और मुझ पर दबाव डालने के लिए क़ैद कर लिया होगा। जो भी हो, अब तुम आराम करो। मैं सबसे आगे की योजना पर बात करके वापस आती हूँ।"

माँ ने कहा और वे मुझे चूमकर चली गयीं।

मैंने माँ की सब बातें समझ ली थीं। उनके कहे अनुसार, मैं योद्धा बनने का अभ्यास करने लगी। माँ ने अपने दुनियावी सम्पर्कों को सरला माँ और अनूप को ढूँढ़ने में लगा दिया। वह हर सम्भव कोशिश करने लगी कि उनसे सम्बन्धित किसी सूचना या इनसान का कोई पता चल सके, लेकिन उनका कोई पता नहीं चल पा रहा था।

तमाम मुश्किलों और सवालों के बीच भी मुझे कुछ समय अपनी सगी माँ के साथ रहना अच्छा लग रहा था। दुनिया के लिए वह दुर्लभ चीज़ों की स्मगलर थीं, लेकिन मध्य हिमालय की इस छिपी हुई जगह में उन्होंने एक प्राकृतिक चिकित्सालय–सा खोल रखा था। वनिकाएँ दुर्लभ जड़ी–बूटियों के उगने का स्थान जानती थीं। माँ उन्हें ज़रूरतमन्दों तक पहुँचाती थीं। लोग भले ही इसे स्मगलिंग समझें, लेकिन यह एक तरह से समाजसेवा ही थी। छायादूतों के कारण माँ समाज के सामने आकर कम्पनी खोलकर कारोबार नहीं चला सकती थीं। वे लोग ख़ानाबदोशों

की तरह लगातार स्थान बदलते रहते थे। अगर इस बारे में अधिक बात होती, तो वह बेवजह ही आकर्षण का केंद्र बन जातीं और पिता को इसके बारे में पता चल जाता, इसलिए उन्होंने यह रास्ता चुना। वह हमेशा से चिकित्सक बनना चाहती थीं। आज वे अपने तरीक़े से वही कर रही थीं। अपनी माँ को इस तरह जान कर मुझे एक अलग एहसास हो रहा था। मैंने हमेशा उनसे नफ़रत की थी, लेकिन अब इस नई रौशनी में उन्हें देखकर मैं उन्हें प्यार करने लगी थी। कितना कुछ झेला था उन्होंने? आख़िर उनकी उम्र ही क्या थी, जब उन्होंने सब खो दिया? अपने माता–पिता, एक तरह से अपना पति और मुझे भी!

मैं उन्हें जड़ी–बूटियाँ छाँटते दूर से देखती, तब मुझे उन पर बहुत दुलार आता था। मुझे वह वही अठारह–उन्नीस साल की लड़की लगती, जिसे एक ग़लत आदमी के प्यार के कारण पूरी दुनिया छोड़कर यहाँ इस बियाबान में आकर रहना पड़ा। मुझे यहाँ रहते कुछ समय हो गया था, लेकिन मैंने उन्हें कभी हँसते नहीं देखा। कुछ समय बाद वह अलग रहने चली गयीं। मैं कुछ लोगों के साथ वहीं रुकी रही।

मैं रोज सुबह सूरज निकलने से पहले उठ जाती थी। ज़रा–सी हर्बल चाय पीकर और फल खाकर मैं रोज सुबह लगभग दस बजे तक शूटिंग और मार्शल आर्ट का अभ्यास करती थी। इसके बाद वनिकाएँ मुझे शुद्ध ऑर्गेनिक खाना और जड़ी–बूटियों से बने काढ़े लाकर देती थीं। मेरी देह में जितनी फुर्ती मैंने इन दिनों महसूस की है, पहले कभी नहीं की। प्रकृति का ज्ञान इनसान को अमर नहीं, तो दीर्घायु तो बना ही देता है। माँ कहती थीं, भोजन अमृत होता है। मतलब, ऐसा भोजन करो, जो तुम्हें मृत्यु से दूर ले जाये। मैंने शहरों में मिलने वाले भोजन बहुत खाये थे, मैं अब समझ पा रही थी, यहाँ जो भोजन मिलता है, वह अगर अमृत है, तो रंगीन, तला हुआ, चीनी और नमक के चूर्ण में डूबा जो भोजन हम साधारण दिनों में खाते हैं, वह लगभग विष ही है।

मेरी देह मज़बूत होने लगी थी। मैं ख़ुश और अधिक स्वस्थ महसूस करती थी। मेरी देह के घाव भरने लग गये थे। मैं जानती थी, यह सब अधिक दिन नहीं चलने वाला है। एक दिन मेरा बाप मुझे और मेरी माँ को

ढूँढ़ते हुए यहाँ ज़रूर पहुँच जायेगा, लेकिन न जाने क्यों अब मैं इसके लिए तैयार महसूस करती थी। अपने जीवन और अपनी माँ के संघर्षों के बारे में जानकर मैंने अपने अस्तित्व को पा लिया था और इस बात ने मेरे अन्दर एक अलग आत्मविश्वास को जन्म दिया था।

जब पिछली बार ये लोग मुझे अगवा करके ले गये थे, मैं एक अलग लड़की थी। आज मैं एक अलग इनसान हूँ।

हिमालय की चोटियों में भी हम अधिक दिन एक स्थान पर नहीं ठहर रहे थे। हम लगातार चलते रहते थे, जिससे छायादूत हमारे रहने की जगह एकदम से लोकेट न कर सकें। माँ शुरूआत के कुछ समय ही मेरे साथ रहीं, फिर वे मेरे लाख कहने पर भी नहीं रुकीं। मैं अभी ही उनसे मिली थी। मैंने उन्हें रोकने की बहुत कोशिश की, लेकिन वे यह कहकर चली गयीं कि वे सरला और अनूप का पता लगाने जा रही हैं और जल्दी वापस आयेंगी। हम पर मँडराते ख़तरे को मैं समझ रही थी, इसलिए मैंने कोई ज़िद नहीं की। मेरे रिसर्च सेंटर से जो हार्ड ड्राइव मैंने निकाला था, वह मेरे ही पास रह गया था। मैं चाहती थी कि उसे जल्द से जल्द किसी तरह रिसर्च सेंटर तक पहुँचा दिया जाये। महामारी से दुनिया की हालत ख़राब थी और दुनिया का यह हाल मुझे परेशान कर रहा था।

आरम्भ की कथा

उधर छायादूत अपनी हार से तिलमिलाये हर जगह हम लोगों को ढूँढ़ रहे थे। हम तमाम सावधानियाँ बरत रहे थे, लेकिन भाग्य को कुछ और ही मंजूर था। हमारी तमाम सावधानियों के बाद भी एक दिन छायादूत वहाँ आ पहुँचे। रिसर्च सेंटर की बिल्डिंग में लगे फ्रंट कैमरे से उन्हें मुझे लेकर आने वाली वनिका का चेहरा पता चल गया था। उन्होंने इस बात का फ़ायदा उठाया और देश के तमाम ट्रैफ़िक कैमरे और सीसीटीवी कैमरे छानकर हमें ढूँढ़ निकाला। इस बार वे चौकन्ने थे। उन्होंने लड़ाके मनुष्यों की बड़ी फौज इकट्ठा कर ली थी। वे कोई चांस नहीं लेना चाहते थे। हमें अन्दाज़ा नहीं था, वे इतनी बड़ी फ़ौज लेकर आयेंगे। इस बार वे जिन मनुष्यों को साथ लेकर आये थे, सबने रक्तबूटी का काढ़ा पिया था। इसलिए इस बार वे वनिकाओं के जादू से अप्रभावित थे। शायद पिछली बार की पराजय से समर्थ ने सबक लिया था। थोड़े संघर्ष के बाद उन्होंने यहाँ रहने वाले इनसानों और दो वनिकाओं को बन्दी बना लिया। उन्होंने वनिकाओं को जादू निषेध करने वाली हथकड़ियाँ पहना दीं।

इस अफ़रा–तफ़री में मैं उन्हें कहीं नहीं मिली। वे लोग मुझे ढूँढ़ने लगे। समर्थ ने कोई और उपाय न जानकर वह नेकलेस जेब से निकाला, जो हमने संग्रहालय से चुराया था। इस नेकलेस में यह ख़ूबी थी कि अगर एक निश्चित रेंज में इस पर मेरे पिता का ख़ून डाला जाये, तो यह मेरे सेल्स की तरफ़ इंगित कर सकता था, लेकिन यह जादू बस कुछ किलोमीटर तक ही चलता था। समर्थ ने अपने हाथ पर एक बड़ा

कट लगाया और उससे टपकते ख़ून को नेकलेस पर लगाया। नेकलेस से फिर से तेज़ रौशनी निकली और एक दिशा में बढ़ी। समर्थ नंगा खंजर लेकर रौशनी की दिशा में बढ़ा।

पिछली बार की तरह इस बार भी ख़ून ने उसे उसके अंश तक पहुचने का रास्ता बता ही दिया था। वे लोग लॉकेट से निकली रौशनी के पीछे चले। उसके कुछ सेवक भी उसके साथ चले। एक गुफा में जाकर वह रौशनी एक स्त्री आकृति तक पहुँची और विलीन हो गयी। वह स्त्री आकृति मैं नहीं, बल्कि मेरी माँ अनुभा कौशल थीं।

रत्न में मौजूद मेरे हिस्से ने मेरा नहीं, बल्कि मेरी माँ में मौजूद मेरे सेल्स का पता बताया था। समर्थ या किसी भी अन्य छायादूत ने माँ और सन्तान के बीच बने इस रिश्ते को समझने की कोशिश नहीं की थी। उनके लिए यह एकदम चौंकाने वाली बात थी। माँ जानती थी कि एक निश्चित रेंज में आने के बाद समर्थ मुझे नेकलेस में जड़े रत्न के सहारे ढूँढ़ने की कोशिश करेगा, इसलिये ही उनके आक्रमण के शुरू होने की ख़बर मिलते ही उन्होंने मुझे उस स्थान से भागने पर मजबूर कर दिया, जहाँ मैं छिपी हुई थी, लेकिन मेरी जगह वह ख़ुद वहाँ रुकी रहीं। अगर वह नहीं रुकतीं तो पेंडेंट और समर्थ के ख़ून से बना कम्पास मेरा पीछा करता और वे लोग मुझे पकड़ लेते।

मैं कुछ घण्टों में ही वहाँ से सैकड़ों मील दूर निकल चुकी थी। मेरे साथ मेरी मदद करने के लिए दो वनिकाएँ भी थीं। भागते समय एक जगह रुककर मैं एक नदी में झुक कर अपना मुँह धो रही थी। तभी मैंने माँ की मुस्कुराती छवि पानी में देखी। मुझे लगा, वह समर्थ से बचकर वापस लौट आयी है और मेरे पीछे खड़ी हैं। मैं मुड़ी, तो देखा वहाँ कोई नहीं था। मैंने फिर से पानी में देखा। माँ हाथ हिलाकर मुझे विदा दे रही थी। मैं कुछ बोलती या समझ पाती, इतने में एक वनिका दौड़ती हुई मेरे पास आयी और उसने बताया कि उसे अभी ख़बर मिली है कि माँ और वहाँ कैम्प में मौजूद बाक़ी लोग समर्थ के हमले का शिकार हो गये हैं।

मेरी माँ अब नहीं रहीं। मेरे पास मेरी माँ की यही अन्तिम छवि है, पानी में मुस्कुराती मुझे हाथ हिलाकर विदा कहती हुई। वह संसार छोड़ने से पहले मुझसे अन्तिम बार मिलने आई थीं। उन्होंने मुझसे अलग होते हुए कहा था कि वे जल्दी हमेशा के लिये मेरे साथ रहने लगेंगी, लेकिन अभी मुझे उनसे अलग होकर अपनी जान बचाने और दुनिया से महामारी को ख़त्म करने के लिए भागना होगा। तब मैं नहीं जानती थी कि मैं उस समय आख़िरी दफ़ा उन्हें देख रही हूँ। मुझे लगा था, वे सिर्फ़ समर्थ कौशल को भरमाने के लिए थोड़ी देर रुकी हैं। बाद में वे भी मेरी तरह भागने में सफल हो जायेंगी। बाद में मुझे समझ आया कि वे भागना नहीं चाहती थीं। उन्होंने पिता को मुझ तक पहुँचने से रोकने के लिए और उनका ध्यान भटकाने के लिए अपनी कुरबानी दे दी। अगर वे नेकलेस की रेंज में नहीं आतीं, तो वह नेकलेस सीधे मेरी तरह पॉइंट करता।

यह ख़ूनी लड़ाई शुरू होने के पहले क्षण ही जब मैं दूसरे रास्ते से दो वनिकाओं के साथ भाग निकली थी, उन्होंने माँ को बन्दी बना लिया था। समर्थ कौशल और आरण्यक ने माँ से हर तरह से पूछताछ की। माँ को टॉर्चर किया। माँ ने मेरे बारे में कुछ नहीं कहा। अन्त में समर्थ ने माँ को जलाकर मार डाला। हमारे आश्रम और माँ के चिकित्सालय को तोड़–फोड़ कर वे लोग वहाँ से चले गये। मैं दुःख से टूट गयी थी। अभी ही तो मैं अपनी माँ से मिली थी और अभी उन्हें मुझसे हमेशा के लिए छीन लिया गया। मैं अपने पिता और छायादूतों के प्रति क्रोध और प्रतिशोध से भरी हुई थी। रानी स्वर्णमल्लिका ने मुझे बहुत सँभाला और समझाया। तब मैं थोड़ी शान्त हुई। मैंने माँ की अन्तिम इच्छा को ही अपने जीवन का ध्येय मान लिया। अब मुझे अपनी रक्षा करनी थी और साथ ही इस महामारी का हमेशा के लिए अन्त करना था। यही मेरी माँ को मेरी सच्ची श्रद्धांजलि होगी। मुझे नहीं मालूम था, मैं यह सब कैसे करूँगी, लेकिन मैं इतना ज़रूर जानती थी कि यह मुझे ही करना है।

उधर छायादूतों ने ऐसा दिखाया कि मुझे न पाकर वे निराश होकर जा रहे हैं, लेकिन उन्होंने उस जगह पर फिर भी नज़र रखी।

उन्हें गया समझकर जब बाद में हमारे कुछ लोग वहाँ अपने साथियों का मृत्यु संस्कार करने एवं उनके शव जलाने पहुँचे, छायादूतों ने उन्हें बन्दी बना लिया। वे उनसे मेरा पता पूछने लगे। किसी ने मुँह नहीं खोला। फिर छायादूतों ने एक चालाकी की। उन्होंने उन्हें भागने का मौक़ा दिया। वे कुछ दिन तक यहाँ–वहाँ छिपे रहे। छायादूत दूर से उनकी निगरानी करते रहे। फिर जब उन्होंने हमसे सम्पर्क किया और मिलने के लिये हमारे कैम्प तक आये, छायादूत उनका पीछा करते हुए वहाँ आ पहुँचे। उन्होंने मेरे साथ सभी वनिकाओं को बन्दी बना लिया और हमें एक पुराने क़िले में अँधेरी कोठरियों में क़ैद में रख दिया।

वे मेरी बलि देने के लिए अगले चन्द्रग्रहण की प्रतीक्षा कर रहे थे। वहीं कोठरी में मुझे रोहन राय चौधरी मिले। छायादूतों ने उन्हें भी वहीं क़ैद करके रखा था। इसलिए माँ के कई साल ढूँढ़ने के बाद भी रोहन राय चौधरी उन्हें कहीं नहीं मिले थे। लोहे की ज़ंजीरों में बँधे, घिसटते हुए वे मेरे और दूसरी वनिकाओं के पास आये। एक वनिका वल्लरी ने उन्हें पहचान लिया।

"रोहन राय चौधरी, तुम? तुम कब से यहाँ बन्दी हो?"

"बहुत सालों से। तुम सबके जाने के बाद पुलिस की समर्थ और आरण्यक के साथ बहुत ख़ूनी लड़ाई हुई। मैंने छायादूतों के डर से इतिहासकार और भाषाविद् का काम छोड़ दिया। अपना परिवार और शहर छोड़ दिया और एक गाँव में छोटे बच्चों को पढ़ाकर अपना पेट पालने लगा। मैं नहीं चाहता था कि अनुभा को ढूँढ़ता हुआ समर्थ मुझ तक पहुँचे और मेरी ज़िन्दगी में हुई उन घटनाओं का कोई भी असर मुझसे जुड़े किसी इनसान पर पड़े, लेकिन समर्थ ने मुझे ढूँढ़ना नहीं छोड़ा। अनुभा और मुग्धा का पता जानने के लिए उसने उनसे जुड़े हर इनसान को ख़त्म कर दिया, जिसमें मेरा परिवार भी शामिल था। एक दिन वह अचानक मेरे दरवाज़े पर प्रकट हुआ और मुझे बन्दी बनाकर यहाँ ले आया। तब से मैं यहीं बन्द हूँ।" रोहन ने जवाब दिया।

रोहन अंकल ने यह भी बताया कि सरला माँ और अनूप भी इसी जगह अलग कोठरियों में बन्द हैं। रोहन राय चौधरी की हालत

भिखारियों से भी बदतर थी। जाने उन्होंने इन्हें अब तक जीवित क्यों रखा था? इसलिए कि रोहन अंकल को टॉर्चर करके उन्हें एक खिलौने से खेलने का आनन्द मिलता था या इसलिए कि वे मेरी बलि देने तक उन्हें मारना नहीं चाहते थे! कारण जो भी था, हम सब विवश थे। असहाय थे। इसी क़ैद में मुझे वनिकाओं ने अपने, छायादूतों और संसार के जन्म की कथा सुनायी।

जब सूरज नहीं था, तारे नहीं थे

कथा के अनुसार, हमारा ईश्वर पृथ्वी बना चुका था। समुद्र और नदियाँ, पर्वत और पहाड़, जानवर और पेड़, फूल और उसकी ख़ुशबू। सब कुछ बनाकर वह सबसे ऊँची चोटी पर खड़ा हो गया। अपनी सृष्टि को निहारने लगा। वह जिस तरफ़ देखता था, दृश्य बारीक़ होते जाते थे, जैसे उसके सामने किसी ने दूरबीन और मैग्नीफ़ाइंग ग्लास एक साथ लगा दिया हो। उसने बर्फ़ीले पहाड़ को देखा। उस पर गिर रही बर्फ़ को देखा। उसके देखने से गिरती हुई बर्फ़ जैसे रुक–सी गयी। एक स्नो फ़्लेक अपनी सुन्दर छः भुजाओं के साथ हवा में फ्रीज़ हो गया। देवता ने बहुत देर तक उसे चकित होकर देखा। उसने सिर्फ़ इच्छा की थी कि यहाँ बर्फ़ के फाहे गिरें, लेकिन जब उसने स्नो फ़्लेक को सामने से देखा, तो ख़ुद भी उसकी सुन्दरता पर मोहित हो गया। यह कोई और ताक़त थी, जिसने इस फाहे को इतना सुन्दर बना दिया था, जैसे वह कोई गहना हो, किसी स्त्री का माँग–टीका।

उसने दूसरी तरफ़ नज़र घुमायी। यह सवाना का उष्ण–कटिबन्धीय घास का मैदान था, उसने थोड़ा और ज़ूम इन किया। इस समय यहाँ रूखी हवाएँ चल रही थीं। रूखे–से घास के मैदान में बस एक छोटा–सा पीला फूल खिला था। ईश्वर धूसर मैदान के बीच सर उठाकर सूरज से दुश्मनी मोल लेते फूल के इस साहस पर हँसा। फूल को देखकर ऐसा लग रहा था, जैसे किसी स्त्री के नाक का बेसर। वह जान गया था, जिस शक्ति ने बर्फ़ के फाहे को सुन्दरता दी, इस पीले फूल को सुन्दर बनाया, वह उसकी इच्छा से भिन्न एक अलग शक्ति है,

लेकिन वह उसकी इच्छा के विपरीत नहीं है। वह जान गया कि इस पूरे समय में वह अकेला नहीं था, जो सृष्टि को रच रहा था। किसी ने उसे इसकी प्रेरणा दी थी। उसकी इच्छा में जिसकी प्रेरणा शामिल थी, उसे उस प्रेरणा को जानने की इच्छा हुई ।

ईश्वर ने उस प्रेरणा का आवाहन किया, उसे पुकारा। भाषा ऐसे बनी। सृष्टि का पहला शब्द किसी को लगायी गयी पुकार थी, लेकिन ईश्वर की इच्छा के बावजूद वह साकार नहीं हुई। ईश्वर निराश हुआ। वह एक पत्थर पर बैठ कर सोचने लगा– "वह प्रेरणा, जो मेरी इच्छा को साकार करने में मेरी सहायता कर रही थी, सामने क्यों नहीं आ रही?"

वह सामने नहीं आ रही थी। इसका कारण यह था कि ईश्वर ख़ुद उस समय विदेह था। वह बस एक प्रकाशपुंज था। उसने सोचा, मुझे एक देह की इच्छा करनी चाहिये। शायद इस इच्छा में भी वह अदृश्य प्रेरणा मेरी मदद करे। ईश्वर ने ख़ुद को एक देह के रूप में सोचा। इस तरह सृष्टि के प्रथम मनुष्य की देह बनी। ईश्वर समझ गया, देह के निर्माण की प्रेरणा भी उसे उसी अज्ञात शक्ति से मिली है। यह देह उसी स्त्री शक्ति की इच्छा का परिणाम है। सृष्टि की प्रथम देह एक स्त्री की ऐन्द्रिक कामना का साकार रूप था।

स्त्री फिर भी सामने नहीं आयी। ईश्वर सोचने लगा कि जिस सुन्दरता को वह अदृश्य प्रेरणा हर अस्तित्व में आकर दे रही थी, वह ख़ुद आख़िर कहाँ है? वह क्या चाहती है? उसे अकेलापन महसूस हुआ। देवता ने यह भी महसूस किया कि यह अकेलापन उसमें पहले नहीं था। पहले उसमें सिर्फ़ उस शक्ति को जानने की जिज्ञासा थी। जैसे ही उसने देह धारण की, उसके अन्दर किसी के दैहिक और मानसिक साथ की इच्छा जन्मी। उसके हाथों ने किसी की हथेलियाँ थामने की इच्छा की, लेकिन वहाँ कोई नहीं था। वह आश्चर्यचकित भी हुआ कि यह इच्छा उसमें तब क्यों नहीं उपजी थी, जब वह महज एक प्रकाशपुंज था? किसी अन्य देह के साथ की इच्छा उसकी काया के सदेह साकार होने के बाद अस्तित्व में क्यों आई?

इस इच्छा के सम्मान में उसकी दसों उँगलियाँ काँपीं। उनसे और दस प्रकाशपुंज निकले, जो उसे घेरकर खड़े हो गये। दस प्रकाशपुंजों के एक घेरे के बीच खड़े ईश्वर की दस छायाएँ बनीं। फिर उन परछाइयों से जन्मे मनुष्यों की भी दस अलग परछाइयाँ बनीं और वे भी मनुष्य रूप में प्रकट हुए। यह क्रम थोड़ी देर तक चलता रहा। अब उस देवता के साथ कुछ मानसपुत्र भी थे। देवता ने अपने जैसे किसी के निर्माण की इच्छा को अपने तरीक़े से पूरा करने की कोशिश की, लेकिन वह सफल नहीं हुआ। वह निराश होकर बैठ गया। अब भी उसकी काया में किसी के साथ की इच्छा बनी हुई थी।

इतने में आकाश से एक लौ प्रकट हुई। वह धरती को छूकर पहले एक पुंज में, फिर एक स्त्री में बदल गयी। वह स्त्री देवता को देखकर मुस्कुराई। देवता की देह का प्रत्येक अणु प्रकाशमान हो गया। उसे लगा, इस देवी की मुस्कराहट ने उसके अन्दर बसी अधूरेपन की इच्छा को हौले–से सहलाया है।

देवता को समझ में आया कि उसने अपनी जिस देह को आकार दिया था, उसमें बसी स्त्री शक्ति के साथ की इच्छा ही उस स्त्री प्रेरणा की बनाई ख़ूबसूरती थी और इस अधूरेपन को सिर्फ़ यह देवी पूर्ण कर सकती है, उसके मानस पुत्र नहीं।

देवता की देह के साथ देवी स्त्री ने जिस सुन्दरता को बनाया, वह अपने जैसे किसी अन्य देह का साथ पाने की 'इच्छा' थी। अपने जैसे, लेकिन साथ ही साथ अपने से अलग और बराबर किसी अन्य के साथ को पाने की इच्छा। देवता के अन्दर बसी यह इच्छा जैसे एक चमकता हीरा थी, जिसे उसी के बराबर का कोई हीरा तराश सकता था। वे मनुष्य नहीं, जो उसकी छाया से बने थे। वे बस उसकी छाया थे। देवता ने उस देवी को अपने साथ रहने का आमन्त्रण दिया। प्रेम में डूबे दोनों देवी–देवता एक साथ रहने लगे। वे छाया--रूप भी उनके साथ ही रहने लगे, देवता ने उन्हें 'छायादूत' का नाम दिया।

देवी की इच्छा नये--नये करतब करती थी। वह इशारा करती, तो सब कलियाँ फूल बन जाती थी। पानी की तरफ़ देखकर मुस्कुराती,

तो कछुए धीरे–धीरे तट की तरफ़ बढ़ते, फिर अपने खोल गिराकर दो पैरों से चलने लगते और इन्सान में तब्दील हो जाते। देवी ने अपनी सखियों, वनिकाओं का निर्माण किया। उसने कई और मनुष्यों का भी निर्माण किया। वीरान संसार मनुष्यों और जीवों से भरने लगा। देवी सबका ख़याल रखती थीं। जब किसी को बुरा सपना आता, वह चुटकी बजाती, सपना टूट जाता और उस मनुष्य की आँखों में सूखी कीचड़ के रूप में टूटे सपने के कण रह जाते थे। डर और दहशत का कोई निशान बाक़ी नहीं रहता था। देवी के इस संसार में सिर्फ़ जन्म था, कहीं भी मृत्यु नहीं थी। सब अमर थे।

देवी के निर्माण के तरीक़े अजीब थे। यह तरीक़ा छायादूतों को पसन्द नहीं था। उन्हें हमेशा लगता था कि वे देवता की छाया से जन्मे हैं, इसलिए वे सबसे श्रेष्ठ हैं। उनके शरीर में अग्नि का तेज़ रक्त बनकर बहता है। देवी द्वारा क्यों इन लाचार छोटे जीवों को उनके जैसा रूप दिया जा रहा है जोकि जन्म से ही कीचड़, पानी और अशुद्धि में पनपे हैं।

छायादूत, देवी और देवता के साथ उसी जगह पर रह रहे थे, लेकिन दिन–प्रतिदिन उनकी असन्तुष्टि और क्रोध बढ़ता ही जा रहा था। वे नहीं जानते थे कि वे आकाशीय शुद्ध जीव हैं और यह क्रोध और असन्तुष्टि उनका और दुनिया का कितना अहित कर सकती है।

क्रोध की नियति

दिनोंदिन उनके अन्दर बढ़ते क्रोध और असन्तुष्टि ने एक समय के बाद एक ताक़तवर नकारात्मक शक्ति का रूप ले लिया। यह शक्ति धरती के अन्दर मौजूद कँदराओं में तरल अँधेरे के वेश में रहने लगी। इसका नाम 'शका' था। जब भी उन छायादूतों में से किसी को क्रोध आता, शका इस क्रोध को किसी का भयानक अहित करने के ख़याल में बदल देता था। इन समयों में शका की शक्ति चुपचाप कन्दराओं से निकलकर उनके पैरों के सहारे उनकी पूरी देह में समा जाती थी, बिल्कुल वैसे ही, जैसे पौधों की जड़ पर सींचा हुआ पानी फुनगियों तक पहुँच जाता है। शका क्रोधित छायादूतों की टाँगों से उसके हृदय और मस्तिष्क तक पहुँच जाता था और उन्हें एक अपूर्व ताक़त और अतुलनीय हिंसा से भर देता था। शका एक क़िस्म की नकारात्मक ताक़त के रूप में शक्तिशाली होता ही जा रहा था, जिसे सृष्टि का हर मनुष्य महसूस कर सकता था, लेकिन यह शक्ति अधिक प्रभावी सिर्फ़ छायादूतों की देह का सहारा पाकर होती थी। बाक़ी सभी मनुष्य अपने भीतर प्रवेश करने पर इसे सिर्फ़ क्रोध, तनाव या अन्य नकारात्मक भाव के रूप में ही महसूस कर पाते थे। छायादूतों की देह में यह एक असाधारण शक्ति का रूप ले लेती। ऐसी शक्ति, जो किसी का भी अहित कर सकती थी। सागर में सुनामी ला सकती थी। पर्वत उखाड़ सकती थी। मरुस्थल में बवंडर ला सकती थी। 'शका' दिन–प्रतिदिन अपने बल को बढ़ाने का प्रयास करने लगा। अँधेरी कन्दराओं से निकल कर वह सृष्टि के हर जीव को

प्रभावित करने लगा। जो जितना निराश, उदास, क्रोधित और ईर्ष्या में होता, शका उसे उतना अधिक प्रभावित करता था।

देवता को इसके बारे में पता नहीं था। देवी को भी इसका अन्दाज़ा नहीं था। वे इस बात से बेख़बर अपने प्रेम में रमे थे। उनकी देह फूलों से ढकी रहती। वे सुगन्ध में घिरे रहते थे। शाम वे नदी के किनारे लेटे–लेटे क्रीड़ा कर रहे होते थे। हवाएँ उनकी ढँकी देह से फूलों की चादर बार–बार हटा देतीं, इससे देवी को लाज आती। तब देवता ने पानी पर सूरज के प्रकाश के परावर्तन से बन रही चमकीली पन्नी को चुटकियों में दबाया और उसे पानी से बाहर खींचा। उस पन्नी ने चमकीले रेशम की चादर का रूप ले लिया। दोनों ने उससे अपनी देह को ढक लिया। स्त्री हँसी और उसने अपने पुरुष को चूमा। उनकी देह एक प्रगाढ़ अभिसार में डूबी, आपस में एक लय में टकराती रही, जैसे उड़ान में शामिल दो नज़दीक उगे पंख टकराते हैं। वे बहुत देर उस उड़ान में रहे। फिर बहुत देर तक वे दोनों एक स्वप्न में एक–दूसरे के पीछे भागते रहे। स्त्री खिलखिलाती भागती जा रही थी। सूरज के प्रकाश से बने वस्त्र झाड़ियों में अटकते। उनकी चिन्दियाँ फँसतीं, तो वह तितलियों का रूप लेती। जहाँ–जहाँ उसके पैर पड़ते, चहबच्चों में मौजूद पानी उछालें लेता। वे छोटे झरनों का रूप लेकर बह निकलते थे।

यह तमाम सृष्टि उनके प्रेम के राग से भीग कर सँवरती जा रही थी। वे चन्द्रमा की किरणों का झूला बनाते उसमें झूल रहे थे।

कुछ समय बाद में देवी के मन में एक देवशिशु की इच्छा ने जन्म लिया। एक शिशु, जिसके बाल मकड़ी के जाले जैसे कोमल हों, जिसकी आँखों में ओस की बूँदों में झलकती भोर जैसी तरलता हो, जिसके हाथ–पैर बाँस की कोंपलों जैसे नाजुक और उज्ज्वल हों और जिसके कान सफ़ेद खुम्बियों जैसे कोमल हों। यह कल्पना देवी को अन्दर तक मातृत्व और प्रेम से भर गयी। उसने देवता से एक लौ माँगी और उसे अपने गर्भ में रख लिया। वह लौ देवी के गर्भ में धीरे–धीरे एक शिशु के रूप में विकसित होने लगी। वह एक कन्या शिशु थी।

छायादूतों को जब यह समाचार देवी की सखियों से मिला, उन्हें यह सब एकदम अशुद्ध लगा। वे देवी और देवता के देह के संसर्ग से उपजे निर्माण के इस विचार को अशुद्ध और ग़लत मानते थे। वे सिर्फ़ अपनी देह को शुद्ध मानते थे, क्योंकि वे देवता के शरीर से जन्मे थे। इसमें कोई संसर्ग नहीं शामिल था। उन्हें यह विचार बिल्कुल नहीं जँचा कि देवी की देह के अशुद्ध अंग से एक देवशिशु का निर्माण करके उसे संसार में लाया जाये। उन्हें इस शिशु के विचार से भी नफ़रत होने लगी।

शका ने यह नफ़रत सूँघकर सोख ली और वह पहले से बहुत अधिक ताक़तवर हो गया। छायादूत उस शिशु को गर्भ में ही नष्ट करने के उपाय सोचने लगे, लेकिन वे देवी को नुक़सान पहुँचाने में सफल नहीं हो सके। देवी की ताक़त उनसे कहीं अधिक थी। एक दिन नियत समय में देवी के एक बेटी हुई।

इधर इस घटना से चिढ़कर सभी छायादूतों ने एक साथ मिलकर शका का आवाहन करने का विचार किया। वे शका को एक देह देकर इस दुनिया में लाना चाहते थे, जिससे वे देवशिशु की हत्या कर सकें। इसके लिए उन्होंने मिट्टी के कड़ाह में एक 'गर्भ' का निर्माण करना तय किया, जिससे वे शका की प्रसूति करा के उसे देह दे सकें।

शका अभी केवल एक नकारात्मक शक्ति थी, जो सिर्फ़ आत्मा की तरह संसार में मौजूद थी। उसे साकार करने के लिए सभी छायादूतों को एक अनुष्ठान करने की ज़रूरत थी। उन्होंने शका का आवाहन करने के लिए चन्द्रग्रहण की रात को चुना क्योंकि सभी रातों की तुलना में इस रात में चन्द्रमा सबसे कमज़ोर होता है। इस अनुष्ठान के लिए उन्हें सबसे अधिक अँधेरे समय की ज़रूरत थी, लेकिन सिर्फ़ चन्द्रमा ही अँधेरी रात में एकमात्र प्रकाश नहीं होता। इसके लिए उन्हें प्रकाश के हर स्रोत की नज़र इस अनुष्ठान से हटानी पड़ती। इसलिए उन्होंने अनुष्ठान स्थल के लिए एक ऐसे जंगल को चुना जहाँ दिन में भी सूरज का प्रकाश नहीं पहुँचता हो। यह एक घोर सघन वर्षा वन था।

उस जगह को उन्होंने काली धुन्ध से ढँक दिया, जिससे जुगनुओं और तारों का प्रकाश भी वहाँ तक नहीं पहुँचे।

फिर उनमें एक छायादूत, जो उन सबका नेता कालकम्पन था, उठा और उसने एक मंच पर चढ़कर बोलना शुरू किया–

"हम आदि देवता के बाद इस धरती के सबसे शुद्ध जीव हैं। वे हम ही थे, जिसका आदि देवता ने सबसे पहले निर्माण किया। हमारे बाद उन्होंने कभी किसी को इतना सम्मान नहीं दिया कि जिसे वह स्वयं अपनी प्रतिच्छाया के रूप में निर्मित करते। वह एक समय था और दूसरा यह जब कि एक स्त्री ने, जो कहीं से हमारे देवता के बराबर नहीं, अपनी अशुद्ध देह में हमारे देवता का तेज़ धारण करके उस शिशुकन्या को जन्म दिया है। वह स्त्री समझती है, इससे उसके ग़लत फ़ैसलों में साथ देने वाला कोई उसे हासिल हो जायेगा। देवी का प्रभाव नित्य बढ़ता ही जा रहा है। एक दिन ऐसा भी आएगा, जब सृष्टि में हर तरफ़ हर जीव सिर्फ़ अपवित्र तरीक़े से सन्तान के दैहिक उत्पादन में मग्न हो जायेगा। किसी को नए जीव के निर्माण के लिए देवता की ज़रूरत नहीं पड़ेगी। सब अपने देह के स्रावों से ही नए जीव का निर्माण कर लेंगे। लेकिन हम जो देवता के असली अनुयायी और उनके शुभचिन्तक हैं, ऐसा कभी होने नहीं देंगे।"

अन्धकार की सन्तान

कालकम्पन बोलता रहा –

"हम सब मिलकर अनुष्ठान करके शका को देह दे देंगे। उसकी ताक़त बढ़ जायेगी। फिर वह संसर्ग से जन्मे हर प्राणी की देह को नष्ट कर देगा। सभी प्राणी नश्वर हो जायेंगे। देवी की सन्तान भी नष्ट हो जायेगी। यही हमारी असली जीत होगी।"

सभी ने इसमें हामी भरी। कालकम्पन ने सामने खड़े चार लोगों की तरफ़ देखा। वे उसका इशारा समझ गये। वे सब एक मिट्टी की एक बड़ी काली कड़ाही लेकर आये। फिर कालकम्पन ने उस कड़ाही में फूस और मिट्टी से बना एक आदमक़द पुतला रखवाया, और बोला–

"मित्रो, यह अनुष्ठान अमूर्त शक्ति को आकार और देह देने का अनुष्ठान है। कुछ वैसा ही, जैसा देवी के बनाये प्राकृतिक प्रसव की प्रक्रिया में होता है। इसमें भी उसी प्रकार की प्रकिया से प्राण आयेंगे। ताम्बूल अगर लार के साथ मिल जाये, सिर्फ़ तभी अपने असली रंग में आता है! मदिरा अगर देह से मिले, तो उसमें छिपा नशा ज़ाहिर होता है। शका के लिए हम वही देह हैं! शका इस संसार में सदेह आ सके और हमारे नियन्त्रण में होकर हमारे लिए कार्य करे, इसके लिए हम सबको प्रसव–पीड़ा सहनी होगी। इसके लिए तैयार हो जाओ और याद रखो, अगर किसी ने भी इस अनुष्ठान में हो रही पीड़ा से पलायन किया, तो यह अनुष्ठान असफल हो जायेगा। किसी को अनुष्ठान के बीच में नहीं उठना है। क्या मेरी बात सबको स्पष्ट है?"

"हाँ" सबने समवेत स्वर में कहा।

"इस दौरान हम सब देह हैं और यह मिट्टी का बर्तन हमारा गर्भ है। मैं आदेश देता हूँ, जितनी अधिक संख्या में हो सके, हमारे भक्षण के लिए जानवर और खाने की अन्य वस्तुएँ यहाँ अनुष्ठान स्थल पर लाकर जमा की जाएँ।"

कालकम्पन ने मनुष्य सेवकों को आदेश दिया। छायादूत उन्हें जान का डर दिखाकर अपनी सेवा में लेकर आये थे। देखते–ही–देखते चारों तरफ़ जिन्दा पशु–पक्षियों और भुने हुए मांस के ढेर लग गये। फल और अनाज के बड़े–बड़े टोकरे सभी छायादूतों के आसन के मध्य की ख़ाली जगहों में रखे गये। कड़ाह में पहले से आधा जल भरा था। वह धीरे–धीरे गर्म हो रहा था। कालकम्पन ने खुद समेत सबका थोड़ा–थोड़ा रक्त उनकी हथेलियाँ काटकर एक बड़े पात्र में जमा कर लिया और उसे हाथ से मिलाकर कड़ाह में डाल दिया। कड़ाह में डालते ही वह रक्त पानी के साथ मिलकर उबलने लगा। फिर वह बोला–

"अब हम सब एक विशाल देह हैं। हम सब एक–दूसरे से जुड़े हैं और एक–दूसरे की पीड़ा महसूस कर सकते हैं। देवी ने प्रकृति में इच्छा नाम का तत्त्व भरा है। वही किसी जीव को अपनी कोख से नवसृजन करने की शक्ति देती है। इसलिए हमें भी इन प्राकृतिक तत्त्वों से ही 'शका' की देह बनानी होगी। देवी को पराजित करने के लिए उसी की विधि का सहारा लेना होगा।"

इतना भाषण करके कालकम्पन मंच से उतरा। सब अपने निर्धारित स्थान पर जाकर बैठ गये। अब काले कड़ाह में कालकम्पन ने फूस से बनी देह डाली। फिर उसमें अलग–अलग जगह से लायी गयी मिट्टी डाली गयी। फिर अन्ततः कालकम्पन ने देवी के रक्त से जन्मी रक्तबूटियों के गुच्छे को कड़ाह में डाला। कालकम्पन आहुति देने की प्रक्रिया करने लगा, साथ ही वह उसका विवरण भी देता जा रहा था।

"देवी के रक्त से जन्मी रक्तबूटी देवी के अंश के रूप में शका को रक्त और मांस देने के लिए कड़ाह में डाली गयी। पाताल के प्रतिनिधित्व के लिए समुद्र तल से लायी गयी मिट्टी, हवा के प्रतिनिधित्व के लिए रेगिस्तान से लायी गयी मिट्टी, दिशाओं और पृथ्वी के प्रतिनिधित्व के

लिए वनों से लायी गयी मिट्टी, पानी के प्रतिनिधित्व के लिए उत्तरी ध्रुव से लायी गयी मिट्टी, अग्नि के प्रतिनिधित्व के लिए ज्वालामुखी के मुँह से लायी गयी मिट्टी और फिर आसमान का प्रतिनिधित्व करती उल्का पिंड से लायी गयी मिट्टी, इन सभी मिट्टियों से शका का मांस और उसके अंग बनें।" कालकम्पन ने इच्छा की।

उधर अनुष्ठान का असर छायादूतों के शरीर में होने लगा था। वे सब पसीने से भीग गये और अचानक उबकाई महसूस करने लगे। उनमें से कई ने तो अपनी जगह पर बैठे–बैठे ही उल्टियाँ करनी शुरू कर दीं।

"भयभीत न हो मित्रो, यह सब गर्भावस्था के आरम्भिक चिह्न हैं। शका के जन्म के लिए हमें इससे भीषण पीड़ा सहनी है!" कालकम्पन बोला। वह ख़ुद भी उबकाई रोकने की कोशिश कर रहा था।

कड़ाह स्त्री–योनि के आकार के एक मिट्टी के चूल्हे पर रखा था। नीचे से कालकम्पन ने उसमें अग्नि प्रवाहित की थी। कड़ाह में उबल रही चीज़ों से बहुत तेज़ धुआँ निकलने लगा। फिर दो और मनुष्य सेवक सामने आये। उन्होंने थैलियों में लाये गये पानी के अलग–अलग प्रकार कड़ाह में डाले।

"शका के रक्त में यात्रा करने का सामर्थ्य उपजे, इसके लिए नदियों का पानी; विशालता का भाव आये, इसलिए समुद्र का खारा पानी; उत्साह हो, इसलिए अग्नि का प्रतिनिधित्व करता गर्म कुण्ड से लाया गया उबलता हुआ जल, शका के हौसले आसमान से ऊँचे हों, इसलिए बादलों से लाया गया बारिश का पानी; शका की शक्ति पाताल तक पहुँचे, इसलिए भूमिगत झीलों का पानी; सभी मनुष्यों पर शका का प्रभाव हो, इसलिए मनुष्य का पसीना और वनचरों और पादपों पर शका की शक्ति का प्रभाव हो, इसलिए वनों और पादप जगत् का प्रतिनिधित्व करता नारियल की खोपड़ी से निकला पानी; इन सभी जलों से शका का रक्त बने!!" कालकम्पन ने कहा।

कालकम्पन के इतना कहते ही वहाँ मौजूद प्रत्येक छाया पुरुष को यह आभास हुआ कि वे सदियों के भूखे हैं। वे अपने–अपने बगल में रखी चीज़ों को पिशाचों की तरह नोच–नोच कर खाने लगे।

वे कितना भी खाते जाते थे, उनकी भूख नहीं ख़त्म होती थी। उन्हें समझ में आ गया था कि शका को जितना पोषण गर्भ के नौ महीने में चाहिए था, वह आज ही एक बार में उतना पोषण इन सबके मुख से प्राप्त कर लेगा। अनुष्ठान स्थल पर हर जानवर की हड्डियाँ और ख़ाली बर्तनों के ढेर जमा होने लगे थे। सेवक ख़ाली बर्तन उठाकर जल्दी–जल्दी ले जा रहे थे, फिर बहुत तेज़ी–से उन्हें भरकर वापस रख जाते थे। सेवकों को तो भय हो गया था कि अगर इनको भोजन न मिला, तो कहीं ये लोग उन्हें ही न खा जायें।

वयस्क नवजात

आग धू–धू करके जल रही थी। कड़ाह में डाली गयी चीज़ें उबलने लगीं। फूस के पुतले पर मांसपेशियाँ उभर आयीं। उसकी देह बन गयी। उबलते कड़ाह से झाँकता, काली–काली आँखों से शका आसमान ताक रहा था। कालकम्पन ने उसमें देवता के सिर से टूटी हुई जटा डाली। देवी के अंश के रूप में उसने रक्तबूटी की आहुति पहले ही दे दी थी। सभी छायादूत एक सूत्र में बँधे थे। अचानक सभी छायादूत पेट पकड़कर, भूमि पर लोटकर चीत्कार करने लगे। उन्हें भीषण प्रसव पीड़ा हो रही थी। कालकम्पन भी पेट पकड़े एक खम्भे का सहारा लिए खड़ा था। उसकी आँखें लगातार कड़ाह पर स्थिर थीं। उसे समझ आ गया था कि अब किसी भी क्षण शका का प्रसव हो सकता है।

तभी गड़गड़ाहट हुई और धरती की कन्दराओं और गुफाओं से निकलकर काली लहरों की शक्ल में 'शका' की धारा तेज़ी से कड़ाह की तरफ़ बढ़ने लगी। कड़ाह और उसके आस–पास का पूरा दायरा काले धुएँ से ढक गया। हर तरफ़ से शका की लहरों की शाखाएँ कड़ाह में घुसी जा रही थीं। छायादूतों की चीत्कार बढ़ती जा रही थी। उनका दर्द असहनीय होता जा रहा था। सारी लहरें धीरे–धीरे कड़ाह में समा गयीं। छायादूतों का दर्द अचानक बन्द हो गया। सबने देखा कि शका देह पाकर ताक़तवर होकर उबलते पानी के मध्य खड़ा हो गया है और कोटर जैसी आँखों से अपनी ही उल्टियों के मध्य बेसुध से पड़े छायादूतों को स्थिर दृष्टि से देख रहा है। सबसे पहले कालकम्पन उठा।

उसे इतनी कमज़ोरी महसूस हो रही थी कि ज़मीन से उठने के लिए भी उसे खम्भे का सहारा लेना पड़ा।

"शका...!" कालकम्पन ने कराहते हुए पुकारा।

शका घूमा और उसने एक अजीब-सी उत्सुक दृष्टि कालकम्पन पर डाली। फिर उसने कड़ाह से एक पैर बाहर निकाला, फिर दूसरा, अब वह भूमि पर खड़ा था।

शका के अन्दर अथाह ताक़त थी। लेकिन वह अभी-अभी जन्मा था, इसलिए वह एक वयस्क नवजात था। वह जानता था कि छायादूत उसके सम्बन्धी हैं, विशेषकर कालकम्पन उसका पिता है। जैसे ही कालकम्पन ने शका को आवाज़ दी, शका ने मुड़कर कालकम्पन को अजीब-सी नज़रों से देखा। उसकी नज़रें वैसी ही थी, जैसे नवजातों की होती हैं। वे पहली बार हर चीज़ को आश्चर्य और जिज्ञासा से देखते हैं। फिर वह धीरे-धीरे कालकम्पन की तरफ़ बढ़ा। कालकम्पन के पास पहुँचकर वह ठीक उसके सामने खड़ा हो गया। कालकम्पन पीड़ा से बेहाल थकी हुई देह लेकर बहुत मुश्किल से किसी तरह खड़ा हो पा रहा था। शका उसके पास गया और उसने कालकम्पन के कन्धे पर हाथ रखा। फिर शका ने आँखें बन्द कर लीं। कालकम्पन की देह से एक काला धुआँ लहर की शक्ल में निकला और शका के अन्दर समा गया। शका ने कालकम्पन की पीड़ा पी ली थी।

कालकम्पन को अचानक ऊर्जा और स्फूर्ति-सी महसूस हुई। फिर शका बाक़ी छायादूतों की तरफ़ मुड़ा। उसने दोनों बाँहें फैलायीं और आँखें बन्द कीं। सभी छायादूत अपनी-अपनी देह से कमज़ोरी और पीड़ा निकलने के बाद उसकी तरफ़ लहरों के रूप में बढ़े और उसकी देह में समा गये। शका ने इस प्रक्रिया से ख़ुद में नयी ऊर्जा महसूस की। मनुष्य के अन्दर पायी जाने वाली नकारामत्मक भावनाएँ ही उसका भोजन थीं। वह किसी को भी पीड़ा दे सकता था। किसी की भी पीड़ा भक्ष सकता था।

शका के अन्दर रोग, महामारी और पीड़ा को भक्ष लेने की ताक़त तो थी ही, लेकिन इसके साथ ही यह ताक़त भी थी कि वह जब चाहे

किसी को भी रोग, महामारी और पीड़ा के भँवर में डुबो सकता था। उसके जन्म के पहले देवता और देवी के संसार में किसी भी जीवन का अन्त नहीं था। जीवन कभी न ख़त्म होने वाली पेनरोज़ की सीढ़ियों की तरह था या किसी ऐसी किताब की तरह, जिसका पहला पृष्ठ और अन्तिम पृष्ठ एक ही हो। आप बस अनन्त की तरफ़ चलते ही जाते थे और चलकर आरम्भ तक पहुँच जाते।

कालकम्पन और बाक़ी के छायादूतों के साथ शका एक कन्दरा में रहने लगा। देवता को इन सब घटनाओं का कोई अन्दाज़ा नहीं था। शका दिनभर कन्दरा में छिपा रहता। जैसे ही शाम होती, वह बाहर निकलता था। उसकी साकार उपस्थिति से जीवों में डर, असन्तोष और असुरक्षा बढ़ती जा रही थी।

उधर, बेटी के जन्म के बाद एक दिन देवता और देवी पृथ्वी के दूसरी तरफ़ की बर्फ़ीली पहाड़ियों में अकेले कुछ समय बिताने के लिए गये। अपनी बेटी को वे अपनी सेविकाओं की देखरेख में छोड़ गये। बेटी सेविकाओं के संग उपवन में खेल रही थी। ठीक उसी समय शका को लेकर कालकम्पन वहाँ आया। मौक़ा पाकर देखते ही देखते शका ने देवीपुत्री को अपनी ताक़त से संक्रमित कर लिया। उसने काले धुएँ का रूप लिया और पूरी तरह उसकी देह में समा गया। देवीपुत्री बेसुध होकर भूमि पर गिर पड़ी और चिरनिद्रा में चली गयी। यह देखकर ख़ुशी और उत्साह से कालकम्पन का रोम–रोम खिल उठा। वह देवीपुत्री को वहीं बेसुध पड़ा छोड़कर वापस कन्दरा में आ गया। देवीपुत्री को संज्ञाहीन भूमि पर गिरा देखकर देवी की सेविकाएँ घबरा गयीं। वे रोते–चिल्लाते देवी को पुकारने लगीं। देवी और देवता ने उनकी पुकारें सुनीं और तुरन्त वहाँ प्रकट हुए। बेटी को देखकर देवी विलाप करने लगी। देवता और देवी ने अपनी शक्तियों से पूरी कथा जान ली। उन्होंने सेविका वनिकाओं को अपना पाश दिया और यह आदेश दिया कि तुरन्त सभी छायादूतों को उनके सामने उपस्थित किया जाये, जीवित या मृत। वनिकाएँ छायादूतों की कन्दरा पर गईं और सभी छायादूतों को बिजली के पाश में बाँधकर देवी के पास वापस लेकर आ गयीं।

संसार में मृत्यु का आगमन

कालकम्पन को देखकर देवी का क्रोध आपे से बाहर हो गया, "क्यों किया तुमने ऐसा मेरी निर्दोष पुत्री के साथ?"

"कारण आपको मालूम है, देवी!" कालकम्पन स्थिर स्वर में बोला।

"हम देह से देह के निर्माण के विचार को समर्थन नहीं देते। हमें इस तरह से निर्माण पर आपत्ति है, जिसमें देह के धिक्कृत द्रव शामिल हों।" छायादूतों में से कोई और बोला।

"और तुम्हें यह आपत्ति करने का अधिकार किसने दिया?" गरजते हुए देवी ने पूछा।

"जिसने हमें यह ज्योतिस्वरूप देह दी है।" कालकम्पन ने देवता की तरफ़ आँखों से इशारा करके कहा। उसे अब भी भरोसा था कि देवता उसका पक्ष सुनकर उसका समर्थन करेंगे।

देवता का चेहरा गम्भीर था। उन्होंने कोई जवाब नहीं दिया। देवी अपनी पुत्री को सुषुप्तावस्था से जगाने का हर सम्भव प्रयास कर रही थी लेकिन अब तक इसका कोई असर नहीं दिख रहा था।

"हमारी पुत्री की मूर्च्छा दूर कीजिये, प्रिय!" देवी, अपनी कोशिशों से हारकर देवता को देखती हुई बोली।

"हमारी पुत्री में शका का सम्पूर्ण अस्तित्व क़ैद है, देवी। दोनों अलौकिक शक्तियाँ हैं। हमारी पुत्री को इस वातावरण में जाग्रत करने का अर्थ है–शका को हमारी पुत्री की सम्मिलित शक्ति के साथ इस लोक में स्वतंत्र करना। हमारा यह लोक संसार को चलाने की धुरी है। अगर शका यहाँ स्वतंत्र हो गया तो आपके द्वारा निर्मित सभी प्राणी,

यह धरती और यह ब्रह्माण्ड, सब इसी क्षण नष्ट हो जायेंगे। शका इसी क्षण सभी प्राणियों के नाश का कारण बन जायेगा।" देवता बोले।

सब चुपचाप यह घटना–क्रम देख रहे थे। कालकम्पन के चेहरे पर एक विद्रूप मुस्कराहट थी। देवता की बात सुनकर देवी का क्रोध इतना बढ़ गया था कि वे उसी क्षण कालकम्पन को नष्ट करने के लिए बढ़ीं।

"रुकिये देवी!" देवता का स्वर गूँजा, देवी रुक गयीं। उन्होंने आश्चर्य से देवता को देखा। कालकम्पन के चेहरे पर मुस्कराहट फैल गई।

देवता अपनी बेटी का सिर अपनी गोद में लेकर बोले–"हमारी पुत्री ने एक तरह से संसार को नष्ट होने से बचाया है। वह जानती है, अगर शका उसकी देह में न रहकर बाहर जीवित रहा, तो जल्दी ही संसार का बहुत बड़ा अहित कर सकता है। इसलिए उसने अपनी देह को ही कारावास बनाकर शका को इसमें क़ैद कर लिया है। उसकी यह निद्रा भी एक तरह से स्वयं उसका ही चयन है। उसने संसार के हित को अपने हित से ऊपर रखा है। उसे यहाँ बलपूर्वक जाग्रत करने से हम उसके बलिदान और चयन का अपमान करेंगे।"

"क्या कोई और ऐसा इस संसार में नहीं है कि जिसमें शका की ताक़त को क़ैद करके हमारी पुत्री को उसके प्रभाव से स्वतंत्र किया जा सके? शका को मेरे अन्दर रख दीजिये। मैं अभी पुत्री के शरीर से उसे निकालकर अपने शरीर में रख लेती हूँ।" देवी ने अधीर होकर कहा।

"आप ऐसा नहीं कर सकतीं। शका में आपके रक्त से जन्मी रक्तबूटी है अर्थात् उसमें आपका भी रक्त है और मेरा भी अंश है। जिस तरह सन्तान वापस गर्भ में नहीं जा सकती, वैसे ही शका भी आपके या मेरे शरीर में वापस नहीं रखा जा सकता है।" देवता बोले।

"माँ, शका को हमारे शरीर में क़ैद कर दो...!" अब तक चुपचाप यह सब देख रही देवी की सेविकाओं में से एक आगे बढ़कर बोली। उसके ऐसा कहते ही सभी सेविका वनिकाएँ घुटनों के बल बैठकर यह प्रार्थना करने लगीं कि शका को उनके शरीर में क़ैद कर दिया जाये।

"हमारी पुत्री में हम दोनों की ताक़त है, इसलिये उसने शका की नकारात्मक शक्ति से लड़ते हुए यह निद्रा स्वीकार की है, लेकिन तुम्हारे पास सिर्फ़ देवी की शक्ति है। तुम सब मिलकर भी शका की ताक़त को नियन्त्रित नहीं कर सकोगी। फिर भी ऐसा करना एक विकल्प तो है हमारे पास, लेकिन इसके बाद वह अन्दर–ही–अन्दर तुम्हारी सारी प्राण शक्ति भक्ष लेगा। जीवित रहने के लिए तुम्हें दूसरे मनुष्यों की प्राण शक्ति चूसनी पड़ेगी। क्या तुम सब यह जीवन और इससे जुड़े कलंक को स्वीकार कर सकोगी?" देवता ने पूछा।

देवी शोक से इतनी म्लान हो गयी थी कि वे कुछ बोल नहीं पा रही थीं।

"अगर यही इस समस्या का हल है, तो हम प्रस्तुत हैं। आप शका को हमारे शरीर में क़ैद कर दीजिये। हम सिर्फ़ उन्ही मनुष्यों की प्राण शक्ति पर जीवित रहेंगे, जो पापी, दुष्ट एवं हत्यारे होंगे।" वनिकाएँ बोलीं।

देवता उठे। उन्होंने देवी की तरफ़ हाथ बढ़ाया। दोनों ने एक–दूसरे की तरफ़ देखा, उन्होंने परस्पर हाथ थामकर आँखें बन्द कीं और शका को देवीपुत्री के शरीर से निकालकर वनिकाओं के शरीर में हस्तान्तरित कर दिया। शका काले धुएँ के रूप में निकला और कई शाखाओं में विभाजित होकर वनिकाओं के शरीर में घुस गया। देवीपुत्री फिर भी नहीं उठी।

"प्रिय, यह आँखें क्यों नहीं खोल रही?" देवी ने क्लान्त होते हुए पूछा।

"शका का एक बड़ा अंश अब भी इसके अन्दर है। शका के इस हिस्से को संसार के बाक़ी सब प्राणियों में बाँटना होगा। यह हिस्सा संसार के हर प्राणी के शरीर में मृत्यु बनकर रहेगा और एक दिन उनका समय आने पर उनके जीवन के अन्त का कारण बनेगा। देवी, आज से आपके इस संसार में कोई भी अमर नहीं होगा। हमारी पुत्री को भी पृथ्वी पर जाना होगा और क्योंकि सभी जीवों में मृत्यु बनकर विभाजित होने के बाद भी हमारी पुत्री में शका का ज़रा–सा अंश रह गया है, इसलिए उसे एक वनिका की तरह मनुष्य की प्राणशक्ति पर जीवित रहना होगा

और इच्छामृत्यु प्राप्त करके शका के अन्तिम अंश को वहीं पृथ्वी पर विसर्जित करके वापस आना होगा। जब तक इसकी आत्मा शुद्ध और शका से मुक्त नहीं हो जाती, यह यहाँ नहीं रह सकती। यह इसकी परीक्षा और तपस्या, दोनों है।" देवता बोले।

"क्या कोई और रास्ता नहीं है?" शोकसंतप्त देवी ने पूछा।

"नहीं, कोई और रास्ता नहीं है।"

"तो मैं भी इसके साथ जाऊँगी।" देवी ने निश्चय के स्वर में कहा।

"अगर आप इसके साथ जायेंगी, तो संसार का सन्तुलन बिगड़ जायेगा। आप और मैं उसकी धुरी हैं। हम अधिक समय इस स्थान से दूर नहीं रह सकते।" देवता ने कहा।

"आप चिन्ता न करें, माता! हम सब इसके साथ रहेंगी।" वनिकाएँ बोलीं।

"हाँ, मैं बिल्कुल इसका ध्यान अपनी बेटी की तरह रखूँगी।" सौदामिनी जो देवीपुत्री की धाय थी, देवी को आश्वस्त करते हुए बोली।

"ठीक है, अगर कोई अन्य मार्ग शेष नहीं है तब...?"

शका को वापस देवीपुत्री के शरीर से निकाला गया। इस बार वह देवीपुत्री के शरीर से निकलकर वातावरण में घुल गया और सभी जड़–चेतन के शरीर में मृत्यु बनकर रहने लगा। अब शका का ज़रा–सा अंश ही देवीपुत्री के शरीर में बचा था। देवी अपनी पुत्री का माथा चूमकर उसे धाय वनिका सौदामिनी को सौंपते हुए गहरी साँस लेते हुए बोली, "मैं अपनी सन्तान तुम्हें सौंप रही हूँ, इसकी सुरक्षा करना। इसे कोई कष्ट न होने देना। जब इसकी आत्मा शका से मुक्त होकर स्वर्ग आएगी, तभी मैं भी स्वर्ग लौटूँगी। अभी इसी क्षण मैं समाधि में जा रही हूँ।"

इतना कहकर देवी अपने शोक पर विजय पाने हेतु एक शिखर पर जाकर समाधि–मग्न हो गयी। छायादूतों को देवता ने चेतावनी देकर स्वर्ग लोक से बहिष्कृत कर दिया। देवता ने उन्हें प्रायश्चित्त करने को कहा। छायादूत क्रोधित और अपमानित मन से वो स्थान छोड़कर चले। वनिकाएँ देवीपुत्री को लेकर पृथ्वी के एक सघन वन में रहने लगीं।

स्वर्ग से निकलने के बाद

देवीपुत्री का नाम मोहिनी था। धरती पर आने के बाद उसकी मूर्च्छा टूट गयी या फिर कहें, उसने जागना स्वीकार कर लिया। सभी वनिकाएँ उसका ध्यान रखती थीं। उन्होंने अपने समुदाय के लिए सर्वसम्मति से रानी का चयन भी किया। वे सब देवीपुत्री और वनिका रानी सेवा करती हुई एक साथ रहने लगीं। रानी स्वर्णमल्लिका ने मोहिनी को नहीं बताया कि वह देवीपुत्री है। देवी का आदेश था कि वह सिर्फ़ तभी अपना सत्य जान सके, जब वह एक सम्पूर्ण और सन्तुष्ट जीवन जीकर उनके लोक वापस आ जाये। उसे सिर्फ़ इतना बताया गया कि शका को सब वनिकाओं में बराबर बाँट दिया गया था, इसलिए सब वनिकाओं को शान्ति और सन्तोष से केवल बुरे मनुष्यों का प्राण–रस पीकर जीवन व्यतीत करना है और अपने जीवन के सत्य की तलाश करनी है। देवीपुत्री धाय सौदामिनी को ही अपनी माता मानती थी।

मोहिनी की बाक़ी की कहानी मैं पहले ही माँ से सुन चुकी थी।

निष्कासन के बाद भी छायादूत नहीं सुधरे और कई वनिकाओं जिनमें सौदामिनी भी थी, की हत्या कर दी। इसी वजह से देवीपुत्री मोहिनी ने सुप्रभ से प्रेम करने का अभिनय किया था। अलग बात है, बाद में परिथितियों ने कोई और ही मोड़ ले लिया।

यह पूरी कहानी सुनकर मैंने जाना कि क्यों वनिकाओं और छायादूतों में इतनी दुश्मनी है? शका वनिकाओं के अन्दर है। छायादूत जानते हैं कि जैसे–जैसे वे वनिकाओं को आनुष्ठानिक मृत्यु से मारते जाएंगे, शका मुक्त होकर ताक़तवर होता जायेगा, लेकिन पूरी तरह

मुक्त वह अन्तिम वनिकावंशी की हत्या पर ही होगा। वहीं दूसरी तरफ़ अगर सब वनिकाएँ अपने जीवन से सन्तुष्ट होकर इच्छा मृत्यु प्राप्त करके मरेंगी, तो शका निष्क्रिय हो जाएगा और कभी मूर्त्त रूप नहीं ले सकेगा। वनिकाओं के भीतर की सकारात्मकता और धीरे–धीरे संसार को समझकर सुख, शान्ति और सन्तुष्टि से इस दुनिया से चले जाना शका को प्रभावहीन और पराजित कर देगा। छायादूतों ने शका को जन्म देकर एक मृत्युहीन संसार में मृत्यु का आविष्कार कर दिया था, लेकिन वह महज संसार में मृत्यु के आविष्कार से सन्तुष्ट नहीं हुए थे। वे पूरे संसार का तुरन्त विनाश चाहते थे। वे प्रलय चाहते थे, उससे कम कुछ नहीं। मुझे बताया गया कि शका वनिकाओं और मेरी आनुष्ठानिक हत्या के बाद मनुष्य काया में मूर्तिमान हो जायेगा। तब वह सम्भोग से जन्मी हर जीवित चीज़ का अन्त बन सकेगा।

वनिकाओं ने मुझे यह भी बताया कि मैं भी वनिकावंशियों में से एक हूँ। हम दोनों माँ–बेटी दोनों इसी वंश की सन्तानें हैं। लेकिन साथ ही मैं मोहिनी की उस भविष्यवाणी का भी हिस्सा हूँ, जिसके अनुसार मेरा ख़ून ही छायादूतों को स्वतंत्र कर सकता है। इसलिए वे दोनों छायादूत मेरी बलि चढ़ाना चाहते हैं। इसीलिए मेरे पिता मेरी माँ के पास आये थे, जिससे मैं जन्म लेकर उन छायादूतों को मुक्त कर सकूँ, जिन्हें देवीपुत्री मोहिनी ने घड़े में बन्द कर दिया था।

कलयुग में हर तरफ़ असन्तुष्टि और घृणा है, इसलिए शका महामारी के रूप में संसार को इतना प्रभावित कर पा रहा है, लेकिन अभी वह मनुष्यों तक ही सीमित है। अगर दोनों छायादूतों ने अपना अनुष्ठान पूरा कर लिया, तो वे सभी सदेह जीवित होकर शका का आनुष्ठानिक आवाहन करेंगे और वह हर जड़–चेतन को नष्ट करने की ताक़त तुरन्त हासिल कर लेगा। उनके रास्ते में बस बाक़ी बची वनिकाएँ और मैं ही रुकावट थी।

मैं यह कहानी सुनकर मैं कुछ समय शॉक में रही। क्या यही कारण है कि मैं कभी–कभी पेड़–पौधों से बात कर पाती हूँ, उनकी बातें समझ पाती हूँ। वे जो चमत्कारी अनजानी स्त्रियाँ मुझे जीवन में

बार–बार मिलती रही हैं, वे वनिकाएँ हैं। मेरे पिताजी एक छायादूत हैं। वनिकाओं के वंश से जुड़ी कोई भी स्त्री अगर घट के नज़दीक जाती, तो उसमें मौजूद शका उसे भ्रम और वेदना के जाल में क़ैद कर सकता था। इसलिए मेरी माँ की कज़िन बहन की वह दुर्दशा हुई थी। इसी वजह से माँ ने भी तहख़ाने में ख़ुद को एक साँप की गिरफ़्त में क़ैद पाया था। मैं इस घट के प्रभाव में ही उस क़िले में आत्महत्या करने वाली थी। शायद इसलिये ही परिवार में किसी भी स्त्री का कुलदेवी के मन्दिर में जाना निषिद्ध किया गया था। यह सब गले से नीचे उतारना मेरे लिए बहुत कठिन साबित हो रहा था।

मैं नहीं समझ पा रही थी कि इन सबके लिये मैं ही क्यों चुनी गयी? आख़िर मेरी ही क़िस्मत में यह सब क्यों लिखा था? क्यों मुझे सरला माँ और अनूप के साथ एक साधारण ज़िन्दगी बिताकर शान्ति से मरने का मौक़ा नहीं मिल सकता? मेरे पास बहुत–से सवाल थे और ये सवाल मैंने पूछे भी, लेकिन मोहिनी ने ऐसा क्यों किया, इसका जवाब किसी के पास नहीं था। मोहिनी मेरे सवालों का जवाब देने के लिए शायद इस दुनिया में मौजूद नहीं थी। इसका मतलब क्या यह था कि मुझे मेरे सवालों के जवाब कभी नहीं मिलेंगे? मेरे इस सवाल का जवाब भी अभी भविष्य के गर्भ में था।

हम कई दिनों तक उस पुराने अँधेरे किलेनुमा महल की कालकोठरी में बन्द रहे। छायादूत समय–समय पर आते। मुझे और रोहन अंकल को ज़िन्दा रखने भर का भोजन देकर चले जाते थे। छायादूतों और उनके सेवकों ने सब लोगों को अलग–अलग कोठरियों में क़ैद कर दिया था। मेरे सामने वाली कोठरी में रह रही वनिका रानी ने ख़ाली समय में मुझे देवीपुत्री की यह कहानी सुनायी।

वनिकाओं को भोजन नहीं मिल रहा था। क़ैद में वे प्राणशक्ति नहीं चूस सकती थीं। उनकी शक्ति लगातार कम हो रही थी। छायादूत उन्हें जादू निषेध करने वाली बेड़ियाँ पहनाकर रखते थे। मौत के इन्तज़ार में हम सब के दिन–रात बीत रहे थे, लेकिन मैंने अभी हार नहीं मानी थी।

आख़िरकार अनुष्ठान की रात आ गयी। यह चन्द्रग्रहण की मनहूस काली रात थी।

उन्होंने अनुष्ठान की व्यवस्था की और हमें बाँधकर वहाँ ले जाने लगे। जो लोग हमें ले जाने आये थे, वे मनुष्य थे। वे पूरी तरह गोले–बारूद से लैस थे। मैं मौक़ा देखकर एक पहरेदार से झगड़ पड़ी। उसने मुझे थप्पड़ मारा। इस बीच मैंने उसकी कमर से लटकता ग्रेनेड खींचकर अपनी जेब में रख लिया।

भले ही मेरे शत्रु अमर हैं, लेकिन फिर भी मैं बिना लड़े नहीं मरना चाहती।

उन लोगों ने वनिकाओं को लकड़ियों के ढेर खड़ा करके बाँध दिया। मुझे उन्होंने अलग बाँधकर पत्थर की बलि वेदी पर लिटा दिया था। मैं समझ गयी थी कि आज इस संसार में यह शायद मेरा आख़िरी दिन है।

बलिवेदी पर मैं

दोनों छायादूतों के मनुष्य सहयोगी और वे ख़ुद हमेशा की तरह वे काले कपड़ों में थे। वनिकाएँ प्राणहीन कंकाल के ढांचे की तरह लगभग मूर्च्छित होकर खम्भों से बँधी थीं। छायादूत अनुष्ठान की तैयारी कर रहे थे। बीच में बड़ा अग्निकुण्ड था, जिसमें वे लोग मन्त्र पढ़ते हुए आहुतियाँ डाल रहे थे। मेरे दिमाग़ में बार–बार यह ख़याल आ रहा था कि आज हम सब अपने शायद अपने हिस्से की अन्तिम साँसें ले रहे हैं, तभी रानी स्वर्णमल्लिका को होश आया।

"समर्थ...!" उन्होंने ज़ोर से चिल्लाकर कहा, "हत्या करने से पहले अपनी बेटी को अपनी शक्ल तो दिखा दो या फिर मैं यह मानूँ कि उसका सामना करने की हिम्मत तुममें है ही नहीं?"

मैंने देखा, जिसने मुक्के के प्रहार से पुलिस वैन उलट दी थी, उसके हाथ आहुति देते हुए ज़रा देर के लिए रुके। क्या यही समर्थ कौशल है? क्या मैं इसकी ही बेटी हूँ?

थोड़ी हिचकिचाहट के बाद वह वनिका रानी को अनसुना करते हुए अपना काम करता रहा। फिर उसने अपने सेवकों को इशारे से कुछ लाने को कहा। वे एक काला घड़ा लेकर आये और उसे सबके सामने रख दिया। यही वह घड़ा था, जिसमें सभी छायादूतों की आत्मा क़ैद थी। यही छायादूतों का प्रसिद्ध औषधि घट था।

"अरे हैवान, कम–से–कम उसके अन्तिम समय में तो अपनी बेटी को अपनी शक्ल दिखा दे! उसे भी पता चले, भाग्य ने उसे किस राक्षस की औलाद बनाकर पैदा किया है! या कि तुझमें हिम्मत नहीं है कि तू

उसका सामना कर सके! उसकी आँखों में देख सके!!" रानी अपनी पूरी ताक़त से चिल्लाती जा रही थी।

समर्थ कौशल उठे। उन्होंने अपने चेहरे से मुख़ौटा हटाया और मेरी तरफ़ चलकर मेरे पास आये। मैं वेदी पर बँधी परकटे पक्षी की तरह बेचैन हो रही थी। वे पास आये और उन्होंने मेरे सर पर हाथ रखा। मैंने जीवन में पहली बार उनका चेहरा देखा। उस आदमी के चेहरे में एक अजीब–सा सर्द रूखापन था।

"मेरी बच्ची, तुम कितनी सुन्दर हो? तुम्हारी आखें और नाक एकदम तुम्हारी माँ जैसी हैं। मुझे अफ़सोस है कि तुम्हारी मौत के तार मेरे गुरु और भाइयों के जीवन से जुड़े हैं। सिर्फ़ इसलिये आज तुम्हें मरना पड़ेगा।"

फिर पिता रानी स्वर्णमल्लिका की तरफ़ मुड़े और बोले–

"रानी स्वर्णमल्लिका, पिछली बार तुम सबकी वजह से मेरा अनुष्ठान अधूरा रहा और अनुभा मेरी बेटी को लेकर भागने में सफल हुई। मेरे साथी आज़ाद होते–होते रह गये। उस दिन पुलिसवालों को समाप्त करने के बाद मैं इस रोहन को क़ैद करके यहाँ ले आया। मैंने इसे जीवित रखा, क्योंकि मैं चाहता था, यह अनुभा और मुग्धा को मरते हुए और मेरे साथियों को जीवित होते हुए अपनी आँखों से देखे। मैंने इसके सामने अनुभा को जलाया है, मैं इसे तड़पाना चाहता था। इसके ज़िन्दा रहते हुए भी इसे नरक की यातना देना चाहता था। इसी वजह से आज तक मैंने इसे ज़िन्दा रखा। कितने इन्तज़ार के बाद यह शुभ दिन आया है। तुम्हारी चालाकी की वजह से मुग्धा को ढूँढ़ने में हमें इतने साल लग गये। तुमने उसे छिपाने में कोई कसर नहीं छोड़ी थी। अनुभा के माता–पिता को तो मैंने पहले ही मार दिया, लेकिन हम अनुभा को नहीं ढूँढ़ सके।

हमने उसके हर जानने वाले को ढूँढ़कर सब पर नज़र रखी, लेकिन फिर भी हम अनुभा और मुग्धा का पता नहीं लगा सके। सरला शर्मा का मुझे पता ही नहीं था। जब शका ताक़तवर होकर इस महामारी के रूप में फैला और मुग्धा को मैंने इसका इलाज ढूँढ़ने

वाली टीम के साथ टी.वी. पर देखा, तब मैं समझ गया कि किसी साधारण इनसान में इतनी ताक़त नहीं है कि वह शका के प्रभाव से जन्मी महामारी का अन्त कर सके। यह ज़रूर मोहिनी की वंशज और मेरी और अनुभा की खोई हुई सन्तान ही है। फिर हमने मुग्धा तक पहुँचने में देर नहीं लगायी। तुम्हारी अक्ल की तो दा'द देनी पड़ेगी, रानी स्वर्णमल्लिका, तुमने मुग्धा के अन्दर से मेरा अंश ही अलग कर दिया! जब मेरे लोग मुग्धा को क़ैद करके लाये और मैंने इसकी बेहोशी में इसके माथे को छूकर इसकी यादों को देखा, तब मुझे समझ आया कि इसकी आत्मा का एक हिस्सा उस माला में क़ैद है! लेकिन अन्त में तुम्हारी इतनी मेहनत और चालाकी बेमतलब साबित हुई।

आज हम अपने सब साथियों को आज़ाद कर लेंगे और फिर शका का सदेह आवाहन करके इस दुनिया में प्रलय लायेंगे। आज हमारी सदियों पहले शुरू हुई कहानी का अन्तिम अध्याय लिखा जायेगा।

''मोहिनी बहुत चालक स्त्री थी। वह समझती थी कि हममें से कोई भी कभी भी अपने ब्रह्मचर्य का संकल्प नहीं तोड़ेगा और न ही उसकी पच्चीसवीं पीढ़ी के गर्भ में हमारा बीज जायेगा, लेकिन ऐसा नहीं हुआ। मैंने यह कुर्बानी दी। मैंने अपने सम्प्रदाय के लिए अपने गुरु के बनाये नियम तोड़े। मैंने अनुभा से मुग्धा को जन्म दिया। मोहिनी को यह भी लगा होगा कि किसी वनिकावंशी के रक्त से कोई छायादूत कभी अपने साथियों का पुनर्जन्म नहीं चाहेगा, लेकिन आज मैं अपने सभी साथियों का फिर से जीवित होता देखूँगा। उसने हमें बहुत कम आँका था। आज हमारे सभी साथी मुक्त होंगे। आज हमारी आज़ादी का दिन है!" समर्थ ने उत्साह से कहा।

"लेकिन समर्थ, गुरु कालकम्पन को यह पता चला कि वे किसी वनिकावंशी स्त्री के रक्त से जीवित हुए हैं, तो वे शायद बहुत क्रोधित होंगे।" छायादूत आरण्यक ने कहा।

"नहीं, बल्कि वे खुश होंगे कि हमने उन्हें आज़ाद कराया। अब मैं और कोई बात नहीं सुनना चाहता। जल्दी से अनुष्ठान पूरा करो। मुझे अपने गुरु को मुक्त करना है।" फिर समर्थ हमसे मुख़ातिब हुए–

"इस अनुष्ठान में मुग्धा ज़रूर मर जायेगी, लेकिन मुझे सन्तोष है, मेरी बेटी इतने बड़े काम के लिए मेरे रक्त से जन्मी। रानी स्वर्णमल्लिका, मैं तुम्हारी हत्या उसी दिन कर सकता था, जिस दिन मैंने तुम्हें और बाक़ी वनिकाओं को हिमालय स्थित तुम्हारे कैम्प से क़ैद किया था, लेकिन मैं चाहता था, तुम्हें दण्ड देने का अधिकार मेरे गुरु कालकम्पन को मिले। तुम उन्हें जीवित होता देखो और फिर उनके आदेश पर मैं तुम्हारी हत्या अपने हाथों से कर दूँ।" समर्थ ने कहा।

मोहिनी ने छायादूतों की आत्मा को बीजरूप में घट में रख दिया था। जब मेरे रक्त को घट में डाला जायेगा, तब छायादूत उससे शरीर धारण करेंगे, यही भविष्यवाणी में लिखा था। ये लोग मेरी बलि देने के लिए पूरी तरह तैयार थे। मुझे यक़ीन हो गया था कि यह मेरा यानि मशहूर वायरोलॉजिस्ट मुग्धा शर्मा का इस संसार में अन्तिम दिन है।

जीवन और मृत्यु के बीच

मैं अब तक पत्थर की बलिवेदी पर ही बँधी थी। समर्थ कौशल अपना भाषण पूरा करके मेरे एकदम पास आये और बोले–"अब हम तुम्हारे शरीर से अलग किये गये मेरे छायादूत अंश को दुबारा तुम्हारे शरीर से जोड़ेंगे। तुम एक बहुत बड़े काम का माध्यम बनोगी।"

मेरे मुँह पर टेप लगी थी। मैं कुछ बोल नहीं सकती थी। उस आदमी के लिए जो मैंने उस समय महसूस किया, वे गुस्से और नफ़रत के भाव तो थे ही, साथ ही मुझे उस पर तरस भी आया।

समर्थ ने मेरा हाथ काटकर ख़ून निकाला। फिर उसमें लॉकेट डुबोकर उसे मेरे माथे से लगाया। लॉकेट का रत्न रौशनी बनकर वापस मेरे अन्दर समा गया। मेरी कलाई में समर्थ द्वारा बीस साल पहले दिया गया घाव फिर से प्रकट हो गया और उससे ख़ून रिसने लगा। समर्थ ने एक ख़ंजर निकाला और उसे आग के पास रखकर उस पर सिन्दूर का टीका लगाया और कुछ मन्त्र पढ़े। फिर वह ख़ंजर लेकर मेरी तरफ़ बढ़ा। वह मेरे पास आकर खड़ा हो गया।

मैं असहाय रस्सियों से बँधी छटपटाती रही, लेकिन उसके चेहरे पर शिकन नहीं आयी। उसने ख़ंजर वाला हाथ ऊपर उठाया और अपनी देह का पूरा ज़ोर लगाकर एक वीभत्स चीख़ के साथ वह ख़ंजर मेरे सीने में उतार दिया। मैं दर्द से चिल्लायी। मेरा ख़ून बलबलाकर मेरे सीने से निकला। फिर मैं बेहोश हो गयी। मेरा ख़ून मेरे शरीर से निकलकर बलिवेदी पर फैल गया। धीरे–धीरे बलिवेदी से ख़ून रिसकर एक लक़ीर

की शक़्ल में उस घड़े की तरफ़ चला, जिसमें मोहिनी ने छायादूतों को क़ैद किया था। रानी स्वर्णमल्लिका खम्भे से बँधी बेचैन हो रही थी।

थोड़ी देर बाद आसमान में अँधेरा छाने लगा। बिजलियाँ कड़कने लगीं। छायादूतों की आत्माएँ एक–एक करके घड़े से मुक्त होने लगी थीं। वे एक रक्त पिंड की शक़्ल में घड़े से निकल रहे थे। जैसे ही वह पिंड ज़मीन को छूता था, वह लगातार बढ़ने लगता। फिर एक पूरी तरह विकसित देह का रूप ले लेता था। वातावरण में एक मनहूसियत–सी फैल रही थी। आसपास के पेड़ों से पक्षी उड़कर भागने लगे। सियार, कुत्ते और बिल्लियाँ अनिष्ट की आशंका से रोने लगे। काले बादलों और धुन्ध ने हमें चारों तरफ़ से ढक लिया था। हर तरफ़ घनघोर अँधेरा और भी अधिक गहराता जा रहा था। जैसे–जैसे छायादूत मुक्त होते जा रहे थे, मैं अपनी मूर्च्छा में धीरे–धीरे मर रही थी। मेरे घाव से लगातार ख़ून बह रहा था, जिससे उनकी देहें आकार ले रही थीं। धीरे–धीरे सभी छायादूत मुक्त हो गये।

सबसे अन्त में गुरु कालकम्पन घट से मुक्त हुए।

कालकम्पन के मुक्त होते ही मेरा शरीर ज़ोर से अकड़ा। फिर मैं शान्त हो गयी। मेरी देह में प्राण नहीं बचे थे। शरीर का सारा ख़ून बह चुका था। मेरा पूरा शरीर सफ़ेद हो गया था। उधर कालकम्पन को देखते ही समर्थ, आरण्यक और उनके बाक़ी सभी मनुष्य साथी घुटनों के बल बैठ गये। गुरु कालकम्पन समर्थ की तरफ़ बढ़े। उन्होंने समर्थ और आरण्यक को गले से लगा लिया। वे अपनी जीत और मुक्ति का जश्न मना रहे थे। गुरु कालकम्पन छायादूतों के विजयघोष के मध्य वहाँ रखे सिंहासन की तरफ़ बढ़े और शान से उस पर विराजमान हो गये।

मेरी देह अब भी प्राणहीन निढाल वेदी पर पड़ी हुई थी। मेरी देह से रक्त की आख़िरी बूँद तक ख़ाली हो चुकी थी। मेरी आत्मा उससे निकल चुकी थी। मैं अपनी देह छोड़कर जा चुकी थी। यह सब देख पा रहे थे, लेकिन यह कोई नहीं देख पा रहा था कि एक अन्य लोक में मैं सतरंगी रौशनी से घिरी पीली तितलियों का पीछा कर रही थी।

इस लोक में सब सुकून देने वाला और सुवासित था। मैं अपना दर्द भूल चुकी थी।

मुझे ऐसा लग रहा था, इस लोक में सभी चीज़ें सतरंगी रौशनी से बनी हैं। घास के हर पत्ते से, फूल से, हर एक बूटे से रौशनी निकल रही थी। पीली तितलियाँ लगातार एक हरे मैदान में उड़ती जा रही थीं। मैं हँसी और उनके पीछे भागी। उनके पीछे दौड़ती हुई मैं एक टीले तक पहुँची। तितलियाँ टीले के ऊपर की तरफ़ उड़ चलीं। मैं भी उनके पीछे टीले पर चढ़ने लगी। वे टीले के ऊपरी समतल हिस्से पर पहुँचीं, मैं भी उनके पीछे–पीछे वहाँ तक पहुँची। मैंने देखा, वहाँ बेंच के आकार का एक पत्थर रखा था। तितलियाँ उस पत्थर पर मंडराने लगीं। फिर एक तेज़ सतरंगी रौशनी हुई, जिससे मेरी पलकें पलभर के लिए झपक गयीं। जब मैंने आँखें मिचमिचाकर फिर से देखा, तो मैंने पीली तितलियों को एक नारी देह में बदलते पाया। वह नारी देह देवीपुत्री मोहिनी की थी। मैंने इससे सुन्दर स्त्री पहले कभी नहीं देखी थी। ऐसा लग रहा था कि उसकी देह रत्नों से बनी है। मैं मोहिनी के सौन्दर्य को देखकर मन्त्रमुग्ध रह गयी।

"आप कौन हैं?" मेरे मुख से बस इतना ही निकला।

"मैं मोहिनी हूँ! तुम्हारी एक पुरखिन!"

"वही देवीपुत्री, जिसने सब छायादूतों को घड़े में क़ैद किया था!?"

"हाँ वही।"

"मैं इस वक़्त कहाँ हूँ? यह यह कौन–सी जगह है?" मैंने अचरज से चारों तरफ़ देखते हुए पूछा।

"यह जीवन और मृत्यु के बीच की एक जगह है जहाँ न समय की ताक़त काम करती है, न ही दुनिया की किसी और चीज़ का इस पर असर होता है"

"क्या मैं मर चुकी हूँ?"

"नहीं, लेकिन तुम्हारी आत्मा अभी धरती पर नहीं है। तुम्हारी आत्मा ने देह छोड़ दी है, लेकिन उसने मृत्यु की नदी को अभी पार नहीं किया है।"

"मैं यहाँ क्यों और किसलिए पहुँची?"

"तुम्हारी देह की शक्ति और तुम्हारे रक्त से अभी–अभी कई छायादूतों का जन्म हुआ है। इस वजह से तुम्हारी प्राणशक्ति बुरी तरह क्षीण हो गयी है। सामान्य मनुष्य की मृत्यु इतने कष्ट से आसानी से हो जाती, लेकिन तुम विशेष हो और तुम्हारी नियति भी सबसे अलग है, इसलिए तुम्हें यहाँ रोका गया है।"

"रोका गया है? क्या आप ईश्वर हैं? क्या आपने मुझे यहाँ रोका है?"

"नहीं, मैं बस एक निमित्त हूँ। एक साधन। तुम्हारे और मेरे बीच लगाव और प्रेरणा की एक डोर है, जिसकी वजह से तुम तक सन्देश पहुँचाने के लिए मैं आयी हूँ।"

"कौन–सा सन्देश?" मैंने पूछा

मोहिनी आगे बढ़ीं। उन्होंने मुझसे कुछ बातें कहीं।

मोहिनी का असमंजस

मोहिनी ने मुझसे कहा–

उस स्थिति में जब हमें पता नहीं होता कि जो हमने किया, वह सही था या ग़लत, तब हम बार–बार उस समय को मन में दोहराते हैं, जो बीत गया होता है। बार–बार हम अपने मन में ख़ुद को उस जगह खड़ा करके यह देखते हैं कि हमारे पास उस समय कितने और अलग रास्ते थे, जिन पर चलकर हम कोई अलग परिणाम प्राप्त कर सकते थे।

मोहिनी भी सभी छायादूतों को घट में क़ैद करने के बाद यही सब सोचती हिमालय की ठण्डी अकेली वादियों में कई दशकों तक घूमती रही। कहते हैं कि अमरता वरदान होती है, लेकिन कई सभ्यताओं में इसे अभिशाप की तरह भी दिखाया गया है। अश्वत्थामा को अमरता अभिशाप में मिली। बाइबल में केन को शाप मिला कि वह संसार के अन्त तक जीवित रहे और अपने भाई की हत्या का दुःख महसूस करता रहे।

मोहिनी को लगता था, उसकी माँ की हत्या का बदला लेना और अपने सम्प्रदाय के हित की रक्षा करना ही उसके जीवन का उद्देश्य है। उसे लगता था, जब यह काम पूरा हो जायेगा, उसे शान्ति और पूर्णता का एहसास होगा, लेकिन ऐसा नहीं हुआ। उसने लगभग सभी छायादूतों को घट में क़ैद कर दिया। फिर भी उसके मन को शान्ति नहीं मिली।

वह अकेले यह सब सोचती बहुत समय तक बैठी रहती कि क्या यही था, जो वह बचपन से चाहती थी! यह कि सभी वनिकाएँ आज़ादी से अपना जीवनयापन करें और सुखपूर्वक जब तक चाहें, इस धरती

पर रहकर अपने अन्दर असन्तोष की शक्ल में जमा शका को विसर्जित करके वापस अपने लोक लौट सकें। उसने सबके लिए आज़ादी चाही थी और अपनी माँ की मौत का प्रतिशोध भी चाहा था, लेकिन यह सब हासिल करके भी उसे कोई ख़ुशी, कोई सन्तुष्टि महसूस नहीं हो रही थी।

कल तक जिस बात का पूरा होना उसे अपने जीवन की सफलता लगता था, आज वह उसे निरर्थक और व्यर्थ–सी लग रही थी। जिस लक्ष्य को पूरा करने का उसने बीड़ा उठाया था, उसे पूरा करते–करते वह बदल गयी थी। जिसने छायादूतों से बदला लेने की योजना शुरू की थी, वह अलग स्त्री थी, जिसने वह योजना पूरी की, वह अलग स्त्री बन चुकी थी।

मोहिनी ने छायादूतों को घट में क़ैद करने के बाद कई सौ साल अकेले संसार मे घूमते हुए बिता दिये। एक दिन वह एक पहाड़ी गाँव में घूम रही थी। तभी उसने एक ग्रामीण युवा को कुछ बदमाश क़िस्म के लोगों से बहस और हाथापाई करते देखा। वह युवक गाँव के बदमाश लड़कों से एक पागल लड़की को बचा रहा था। उसकी दयालुता देखकर मोहिनी उस ग्रामीण के प्रेम में पड़ गयी। उसे लगा कि शायद परिवार बनाना उसे पूर्ण करेगा। वह सदियों तक एक अकेली और घुमन्तू–सी ज़िन्दगी बिताते हुए ऊब चुकी थी।

जिससे उसे प्रेम हुआ, उसका नाम गोपाल था। मोहिनी ने उस पहाड़ी युवक के साथ घर बसा लिया। उसके दो बच्चे हुए–एक लड़का और एक लड़की। मोहिनी दिन के उजाले में किसी की प्राणशक्ति नहीं पी सकती थी। इसलिये जीवित रहने एवं अपनी पहचान गुप्त रखने के लिए उसे अक़्सर रातों को चुपचाप उठकर शिकार के लिए जाना पड़ता था। यही वह समय था, जब रात के अन्धकार में चोर, बदमाश और ठग अपना काम करते थे। मोहिनी इन्हीं अपराधियों को अपना शिकार बनाती थी। शुरूआत के सालों में गोपाल को कोई शक़ नहीं हुआ, लेकिन बच्चों के जन्म के कुछ वर्षों बाद एक रात जब मोहिनी सबके सो जाने के बाद अपना भोजन ढूँढ़ने निकली तो न जाने कैसे उसके पति

की नींद खुल गयी। मोहिनी को चुपचाप घर से आधी रात को निकलते देखकर मोहिनी के पति को लगा कि शायद मोहिनी का किसी से अवैध सम्बन्ध है। इसलिए मोहिनी को उस मनुष्य के साथ रँगे हाथ पकड़ने के लिए उसने छिपकर उसका पीछा किया, लेकिन जब उसे मोहिनी की हक़ीक़त पता चली, उसके पैरों के नीचे से ज़मीन खिसक गयी।

गोपाल ने देखा कि मोहिनी डाकुओं के गिरोह के मध्य अकेली खड़ी होकर विकराल रूप धरकर सबकी प्राणशक्ति पी रही है और सारे डाकू भूमि पर पड़े तड़प–तड़पकर मर रहे हैं। यह सब देखकर वह बहुत भयभीत हो गया और उल्टे पैर गाँव लौटकर उसने गाँव के सबसे जानकर आदमी एवं ग्राम प्रमुख को यह सब बता दिया। उस समय आस–पास के सब गाँवों में वनिकाओं और छायादूतों के अस्तित्व के बारे में सबको मालूम था। उनके होने की कई सच्ची–झूठी कहानियाँ जनसामान्य में प्रचलित थीं।

उधर भूतकाल में मोहिनी द्वारा छायादूतों को घट में क़ैद करने वाली घटना के कुछ दिन बाद जब समर्थ और आरण्यक अपनी यात्रा करके वापस मठ लौटे थे, उन्होंने मठ को उजाड़ अवस्था में पाया और अपने साथियों को वहाँ से ग़ायब देखा। तब उन्होंने मठ के मनुष्य सेवकों से पूरी बात पता की।

उन्होंने एक नई जगह अपना नया आश्रम बनाया और एक रणनीति के तहत वनिकाओं को हिंसक हत्यारिन की तरह और ख़ुद को वनिकाओं को पकड़ने और मारने वाले समाजसेवक योद्धाओं के रूप में प्रसिद्ध कर लिया। यह उनके लिए आसान भी था, क्योंकि जीवित रहने के लिए उन्हें किसी की प्राणशक्ति नहीं पीनी पड़ती थी। उनके द्वारा दिए गये धन के लालच में कई डाकुओं, ठगों और बदमाशों ने उनकी बातों को समाज में पूरी तरह से फैला दिया था। यह सब उनकी योजना का हिस्सा था। वे वनिकाओं से प्रतिशोध चाहते थे। इसलिए वे मोहिनी और दूसरी वनिकाओं को हरसम्भव तरीक़े से ढूँढ़ रहे थे।

वे सुप्रभ को गद्दार समझते थे और उसकी हत्या करना चाहते थे। उन्होंने आस–पास के इलाक़ों और नगरों में अपने दूत छोड़ रखे थे,

जो कोई भी अजीब या अलौकिक लगने वाली बात पता चलने पर उन्हें बताते थे। जब मोहिनी के पति गोपाल को मोहिनी के वनिका होने का पता चला, तो उसने गाँव प्रमुख को यह बात बताई। गाँव प्रमुख ने समर्थ और आरण्यक के दूतों तक यह बात पहुँचा दी। समर्थ और आरण्यक मोहिनी की ताक़त से डरते थे, इसलिए उन्होंने मोहिनी को धोखे से पकड़ने की योजना बनायी। वे सीधे उसके सामने जाकर उससे जीत नहीं सकते थे। उन दोनों ने जादू निषेध करने वाली हथकड़ियाँ देकर मोहिनी के पति को यह कहा कि जब मोहिनी सोयी हुई हो, वह उसे हथकड़ियाँ पहना दे। फिर मोहिनी साधारण स्त्री में बदल जायेगी। तब वह आसानी से उसे बन्दी बना सकता है। जब मोहिनी क़ैद हो जाए, तब वे लोग उन्हें सूचित करें। वे लोग आयेंगे और मोहिनी को अनुष्ठान करके जला देंगे।

गोपाल और बाक़ी गाँव वाले दोनों छायादूतों की बातों में आ गये। एक रात जब मोहिनी अपने दोनों बच्चों के साथ गहरी नींद में सोयी हुई थी, गोपाल ने मोहिनी को वे हथकड़ियाँ पहना दीं। मोहिनी की नींद टूटी और उसने ख़ुद को बहुत सारे लोगों के बीच घिरा हुआ पाया। वे मशालें और हथियार लेकर खड़े थे। मोहिनी के पति ने सोये हुए बच्चों को उठाकर दूसरे कमरे में सुला दिया था।

मोहिनी इस धोखे पर निर्वाक् थी। उसने अपने बच्चों के पिता की तरफ़ प्रश्नसूचक नज़रों से देखा। गोपाल ने नज़रें झुका लीं। मोहिनी हथकड़ियाँ देखकर समझ गयी कि यह छायादूतों या फिर उनके मनुष्य अनुयायियों का ही काम है, लेकिन किसका, यह वह नहीं समझ पा रही थी। उसे लगा, यह सुप्रभ का ही काम हो सकता है।

उसने सोचा–"अटूट वचन के कारण वह ख़ुद मेरे क़रीब नहीं आ सकता, शायद इसलिए उसने इन मनुष्यों को अपना साधन बनाया है।"

गाँव के कुछ लोग मिलकर मोहिनी को जंगल की तरफ़ ले गये। उन्होंने मोहिनी को एक मैदान में सजायी गयी चिता के ऊपर एक खम्भे पर बाँधकर बन्दी बनाकर रखा और आरण्यक और समर्थ को इसकी सूचना दे दी। कुछ उत्साही ग्रामवासी उस पर पत्थर फेंक रहे थे।

उसे 'राक्षसी' और 'पिशाचिनी' आदि नामों से बुला रहे थे। मोहिनी अपने पति के धोखे पर बेहद दुःखी थी। गोपाल ने उसे अपना पक्ष रखने का कोई मौक़ा नहीं दिया था। मोहिनी के मन में यह बात नश्तर की तरह लगी। क्यों गोपाल ने उससे एक बार पूछा तक नहीं कि उसने ऐसा क्यों किया? आख़िर वह उसके बच्चों की माँ है।

मोहिनी आँखों में आँसू भरे एकदम शान्त खड़ी थी, जैसे उसने ख़ुद को परिस्थितियों के हवाले कर दिया हो। वह संघर्ष नहीं कर रही थी, न उसकी आँखों में संघर्ष करने की इच्छा दिख रही थी। यही वह दृश्य था, जो मेरी माँ अनुभा ने मेले में बेहोश होने के बाद अपने सपने में देखा था। कहा जाता है कि रक्त के माध्यम से हम तक पहुँची हमारे पूर्वजों की यादें हमारे मष्तिष्क में क़ैद होती हैं। गहरी मूर्च्छा या नींद में आये स्वप्न कभी–कभी उन यादों को जीवन्त रूप में सामने लाने में मददगार साबित होते हैं।

थोड़े समय बाद आरण्यक और समर्थ वहाँ आये। उन्होंने मोहिनी को आनुष्ठानिक अग्नि के बीच क़ैद कर दिया और उसे असह्य शारीरिक कष्ट देकर छायादूतों को क़ैद रखने वाले घट की लोकेशन और घट से अपने साथियों को आज़ाद करने का तरीक़ा पूछने लगे। मोहिनी बहुत ताक़तवर थी। वह कोई साधारण वनिका नहीं थी। वह शारीरिक कष्ट और अत्याचार सहकर भी चुप रही। यह सच था कि वह आनुष्ठानिक मौत नहीं मरना चाहती थी। वह सन्तुष्टि से अपना पूरा जीवन जीकर मरना चाहती थी। अभी इस समय वह सन्तुष्ट नहीं थी। उसके मन में सुप्रभ के प्रति ग्लानि और अपराधबोध के भाव थे।

"मोहिनी, अगर तुम घट खोलने की युक्ति हमें बता दोगी, तब भी तुम्हारी मौत होगी, लेकिन वह मौत बहुत आसान होगी। लेकिन अगर तुमने हमें हमारे साथियों को आज़ाद करने का तरीक़ा नहीं बताया, तो हम तुम्हें इतना शारीरिक कष्ट देंगे कि तुम्हें अपनी ज़िन्दगी मौत से भी बदतर लगेगी!" समर्थ ने मोहिनी को धमकी देते हुए कहा।

"तो तुम दोनों उस दिन क़ैद होने से बच गये थे! थोड़ी देर के लिए मेरी हथकड़ियाँ क्यों नहीं खोल देते? फिर मैं तुम्हें भी तुम्हारे

साथियों के पास पहुँचा दूँगी। फिर फ़ुर्सत से वहाँ बैठकर तुम दोनों बाक़ी सब के साथ अपनी मुक्ति के उपाय सोचना!" मोहिनी ने क्रोधित होते हुए व्यंग्य से कहा।

आरण्यक और समर्थ ने एक–दूसरे की आँखों में देखा। उन्हें पता था, मोहिनी ख़ुद को होने वाले कष्ट से टूटने वाली नहीं है। उन्होंने पहले से ही इसकी व्यवस्था कर रखी थी। उनके सहयोगी मोहिनी के दोनों बच्चों को लेकर आये।

"मोहिनी, तुम्हारे बच्चे बहुत मासूम हैं और तुम्हारा ख़ून होने के बावजूद इन्हें ज़िन्दा रहने का अधिकार है। अगर तुम चाहती हो, हम एक–एक करके इनकी हत्या न करें, तो बताओ कि वह घट कहाँ छिपाया है?"

मोहिनी अन्दर ही अन्दर डर गयी, लेकिन वह मज़बूत बनी रही।

"अगर तुम मेरे बच्चों को कोई भी नुक़सान पहुँचाओगे, तो कभी अपने साथियों को आज़ाद नहीं करा सकोगे। तुम्हारे साथियों की आज़ादी इनकी ज़िन्दगी से जुड़ी हुई है।" मोहिनी ने गरजते हुए कहा।

इस पूरे घटना–क्रम को कोई और भी देख रहा था। जब गाँव वालों के मध्य किसी वनिका के होने का शोर हुआ, तो यह ख़बर सुप्रभ को भी मिली। वह भी मोहिनी से अपना बदला लेने के लिए वहाँ आ गया और एक चट्टान की ओट में छिपकर यह पूरा घटना–क्रम देखने लगा। उसे मालूम था कि उसके साथी उसे धोखेबाज़ समझते हैं। वह नहीं जानता था, वे लोग उसे देखकर कैसा व्यवहार करेंगे, वह यह भी नहीं जानता था कि ख़ुद उसे क्या करना है, इसलिये वह अब तक सीधे सामने आने का फ़ैसला नहीं कर पा रहा था।

"हम तुम्हारी बात पर क्यों यक़ीन करें? हो सकता है, तुम इन्हें बचाने के लिए हमसे झूठ बोल रही हो।" समर्थ बोला।

"मैं झूठ नहीं बोल रही। मुझे तुम लोगों का पता नहीं था, लेकिन मैं जानती थी कि सुप्रभ मुझे ढूँढ़ता हुआ एक दिन ज़रूर मेरी सन्तानों तक पहुँच जायेगा, इसलिए मैंने तुम्हारे साथियों की मुक्ति को इनके

जीवन से जोड़ दिया, जिससे वह कभी इनकी जान न ले सके!" मोहिनी ने कहा।

"ठीक है, माना कि हम इन्हें मार नहीं सकते, लेकिन इनके हाथ और पैरों के नाख़ून और इनकी त्वचा इनके शरीर से उखाड़कर इन्हें मौत से भी अधिक तकलीफ़ दे सकते हैं। अगर तुम नहीं चाहती, ऐसा हो तो हमें बताओ कि तुम लोगों ने वह घड़ा कहाँ छिपाया है और उससे मेरे साथियों को कैसे मुक्त कर सकते हैं?"

मोहिनी ने एक बार अपने बच्चों को देखा, फिर कहा–"पहले मैं घड़े की स्थिति बताऊँगी। मेरी बतायी जगह पर तुम्हें घड़ा मिल जायेगा। इसके बाद तुम्हें मुझे अटूट वचन देना होगा कि जब मैं तुम्हारे साथियों को आज़ाद करने का तरीक़ा बता दूँगी, तब तुम मेरी सन्तानों और उनके पिता को आज़ाद कर दोगे!"

उन्होंने मोहिनी को अटूट वचन दिया कि अपने साथियों की आज़ादी की युक्ति जानने के बाद वे उसके परिवार को बिना नुक़सान पहुँचाये छोड़ देंगे। वैसे भी उन्हें सिर्फ़ अपने साथियों की मुक्ति से मतलब था, मोहिनी की सन्तानों से नहीं। और मोहिनी के कहे अनुसार, उनके साथियों की मुक्ति के लिए उन दोनों बच्चों का जीवित रहना ज़रूरी था।

मोहिनी ने बता दिया कि उसने घट कहाँ छिपाया है? आरण्यक कुछ लोगों को साथ लेकर घड़े को लेने गया। इस बीच मोहिनी को उन्होंने क़ैद करके रखा। सुप्रभ इन सब पर दूर से नज़र बनाये हुए था, लेकिन वह अब भी तय नहीं कर पा रहा था कि उसे क्या करना चहिये। गाँव वाले जा चुके थे। अब वहाँ सिर्फ़ गोपाल, समर्थ और उसके लोग बचे थे। थोड़े समय बाद समर्थ को आरण्यक का भेजा हुआ एक दूत पक्षी मिला। पक्षी के पैरों में आरण्यक का सन्देश था कि मोहिनी की बतायी गयी जगह में घट मिल गया है। मोहिनी ऐसे मरना नहीं चाहती थी, लेकिन अपने बच्चों की सुरक्षा के लिए उसने मन–ही–मन तय किया कि वह इन्हें युक्ति बता देगी और अपनी मृत्यु स्वीकार कर लेगी।

समर्थ बन्दियों की निगरानी कर रहा था। आरण्यक वहाँ नहीं था। सुप्रभ को यही सही मौक़ा लगा। वह समर्थ के सामने आ गया। समर्थ उसे देखकर आग–बबूला हो गया। समर्थ उसकी तरफ़ बढ़ा और बोला–"तुम धोखेबाज़, तुम्हारे कारण ही हमारे सब साथी क़ैद हुए थे। तुममें इतनी हिम्मत बाक़ी है कि तुम मेरे सामने आ सको!"

"मैं तुमसे झगडा करने नहीं आया। मैं हमारे साथियों को आज़ाद कराने में तुम्हारी मदद करने आया हूँ!" सुप्रभ बोला।

"हमें किसी धोखेबाज़ की मदद की ज़रूरत नहीं है। जान की सलामती चाहते हो, तो भाग जाओ वरना अपनी प्रेमिका के साथ तुम भी आज हमारे हाथों मारे जाओगे!"

सुप्रभ वहाँ से हिला तक नहीं। जब चेतावनी के बाद भी वह नहीं भागा, तो समर्थ ने उसे खा जाने वाली नज़रों से देखा और उस पर हमला बोल दिया। दोनों लड़ने लगे। सुप्रभ ख़ुद को बहुत समय से अपने साथियों का अपराधी समझता था, लेकिन उसे विश्वास भी था कि उसके साथी उसकी स्थिति को समझेंगे, लेकिन ऐसा नहीं हुआ। वह ख़ुद को अपराधी समझता था, इसलिए वह पूरे बल के साथ नहीं लड़ रहा था। सिर्फ़ अपना बचाव कर रहा था। वह लगातार बोले जा रहा था कि उसके साथ धोखा हुआ है और वह पूरी तरह उनके साथ है, लेकिन समर्थ उसकी कोई बात नहीं सुनना चाहता था। जब समर्थ, सुप्रभ को मार–मारकर थक गया, उसने अपने मनुष्य सहयोगियों से कहकर अधमरे सुप्रभ को पहाड़ी से नीचे फिंकवा दिया। सुप्रभ वहीं पहाड़ी की तराई में मूर्च्छित होकर पड़ा रहा। उसका मन टूट गया था।

आरण्यक घट लेकर लौट आया। मोहिनी ने अपने वादे के अनुसार अपने पति और अपने बच्चों की सलामती के लिए छायादूतों को बता दिया कि उसने एक शिला पर छायादूतों के आज़ाद होने की युक्ति लिखकर एक गुप्त गुफा में उसे छिपा दिया है। उसने गुफा का पूरा पता और वहाँ पहुँचने का रास्ता उन्हें विस्तार से बताया। आरण्यक के यह पूछने पर कि वह उन्हें सीधे बोलकर यह युक्ति क्यों नहीं बता देती, मोहिनी ने कहा कि वह सुप्रभ के प्रति किये गये अपने अपराधों के

पश्चात्ताप के लिए समय चाहती है। इसलिए यही उसके युक्ति बताने का तरीक़ा होगा। जब तक वे लोग शिलालेख ढूँढ़ने के लिए यात्रा करेंगे, वह अपने धोखे का पश्चात्ताप करेगी। समर्थ और आरण्यक गुफा की तरफ़ जाने लगे। गारंटी के लिए उन्होंने मोहिनी की सन्तानों और उसके पति को अपने साथ ले लिया। मोहिनी ने घट का पता बताने के बाद उनसे अटूट वचन लिया था कि शिलालेख पढ़ने के बाद वे मोहिनी के बच्चों को उसके पति के साथ छोड़ देंगे। उन्होंने भी मोहिनी से वचन लिया कि वह सत्य कह रही है और आगे उनके मार्ग में और कोई बाधा नहीं उत्पन्न करेगी। मोहिनी करना भी नहीं चाहती थी, इसलिये उसने यह वचन समर्थ को दे दिया।

मोहिनी जानती थी कि जैसे ही शिलालेख पढ़ा जायेगा, उसकी देह समाप्त होने लगेगी। उसने अपना मरण स्वीकार कर लिया था। मोहिनी ने समर्थ और आरण्यक से कहा कि अपने अन्तिम समय में वह अपने बच्चों को गले लगाकर विदा कहना चाहती है। आरण्यक ने उसे चिता से उतारकर उसके परिवार के हवाले कर दिया। गोपाल अब भी मोहिनी के प्रति भय और क्रोध की भावना से मुक्त नहीं हुआ था, लेकिन फिर भी छायादूतों के साथ जाने से पहले उसने बच्चों को मोहिनी से विदा लेने का अवसर दे दिया।

बच्चे मरणासन्न माँ से लिपटकर रोये। मोहिनी ने उनके आँसू पोंछे और उनसे मज़बूत बने रहने का वादा लिया। गोपाल निःशब्द वहीं खड़ा यह सब देखता रहा। उसने सहानुभूति का एक शब्द भी मोहिनी से नहीं कहा। थोड़ी देर में दोनों छायादूत रोते हुए बच्चों को खींचकर वहाँ से ले जाने लगे। उनके साथ सब मनुष्य सहयोगी छायादूतों के साथ शिला वाली गुफा की खोज में निकल पड़े। छायादूत दो मनुष्य सहयोगियों को मोहिनी की निगरानी में छोड़ गये।

बेड़ियों में बँधी मोहिनी एक पत्थर का सहारा लेकर भूमि पर बैठी अपनी मृत्यु का इन्तज़ार कर रही थी। दो हथियार बन्द मनुष्य उसकी निगरानी कर रहे थे। मोहिनी की कलाई में अब भी जादू निषेध करने वाली हथकड़ियाँ थीं। थोड़े समय बाद सुप्रभ की मूर्च्छा टूटी।

होश में आते ही किसी नामालूम भावना से बँधा वह अनुष्ठान की जगह की तरफ़ चला। सुप्रभ ने जब मोहिनी को निःसहाय चिता पर बँधे, अपने बच्चों के लिए मृत्यु कबूल करते देखा, तब उसके मन में मोहिनी के लिए जो क्रोध था, वह ख़त्म हो गया। क्रोध की जगह पर सुप्रभ के मन में मोहिनी के लिए एक क़िस्म की दया आ गयी थी। समर्थ से हुई झड़प ने उसे यह एहसास दिला दिया कि अपने समूह में अपनी जगह वह हमेशा के लिए खो चुका है। अपने मन से मजबूर सुप्रभ फिर से उस जगह पहुँचा, जहाँ मोहिनी भूमि पर पड़ी थी। मोहिनी की अवस्था देखकर उसने जान लिया कि अपने बच्चों की सुरक्षा के लिए मोहिनी ने भविष्यवाणी छायादूतों को बता दी है।

मोहिनी की त्वचा की कान्ति छायादूतों के अत्याचार से क्षीण पड़ गयी थी। सुप्रभ को मोहिनी के साथ बिताये गये पुराने क्षण याद आये। उसे अपनी कल्पना में हँसती–गाती मोहिनी की झलकियाँ दिखीं। उसका मन विचलित हो उठा। मोहिनी की हालत दयनीय थी। वह दर्द से कराह रही थी। उसे प्यास लगी थी।

"पानी!....पानी!!" उसके होंठों से यह अस्पष्ट शब्द निकले।

सुप्रभ थोड़ी देर तक दूर खड़ा यह सब देखता रहा, जैसे मन ही मन कोई फ़ैसला ले रहा हो। फिर कुछ तय करके वह पास के जलाशय से पानी लेकर मोहिनी की तरफ़ बढ़ा। मनुष्य पहरेदारों ने उसे रोकने की कोशिश की, सुप्रभ ने उन्हें बिना अधिक प्रयास किये, आसानी से मार डाला। दूर से मोहिनी ने उसे अपनी तरह आते देख लिया। वह हाथ के इशारे से उसे अपने क़रीब आने से मना करने लगी। सुप्रभ नहीं रुका। वह बढ़ता रहा। वह पास आया और उसने मोहिनी को सहारा देकर पानी पिलाया। फिर उसने मोहिनी को सम्बोधित करके थोड़े व्यंग्य से कहा–"आज अपनी ज़ान की परवाह न करके तुमने अपनी सन्तान की रक्षा की, इससे यह तो ज़ाहिर हो गया कि तुमने मुझसे न सही, उनसे तो सच्चा प्रेम किया ही है। यह जानकर मुझे बहुत राहत मिल रही है कि तुम इस क़ाबिल हो कि तुम किसी से प्रेम कर सको, कि तुम्हारे मन में प्रेम करने का सामर्थ्य है वरना तुमने मेरे साथ जो किया था,

उसके बाद मैं इतनी शताब्दियों तक यही सोचता रहा कि शायद तुम्हारे दिल में प्यार करने का सामर्थ्य है ही नहीं! तुम्हारे अन्दर भावनाएँ हैं ही नहीं!!"

"तुम्हें मेरे नज़दीक नहीं आना चाहिये था। अब बस कुछ ही क्षणों में तुम्हारी मृत्यु हो जायेगी। क्या अपनी जान की क़ीमत पर सिर्फ़ इसलिए मेरे पास आये हो कि मुझ पर व्यंग्य कर सको?" मोहिनी बोली।

"मृत्यु हो जायेगी, तो शायद अच्छा ही होगा। वैसे भी जो मेरे अपने थे, वे अब मेरा चेहरा नहीं देखना चाहते। मेरी अन्तिम आशा भी टूट चुकी है। मैं ज़िन्दा रहकर भी क्या करूँगा? जिस दिन तुमने मेरा भरोसा तोड़ा, हक़ीक़त में मैं उसी दिन मर गया था। तब से अब तक सिर्फ़ अपनी लाश ढो रहा हूँ। मैंने तुमसे इतनी नफ़रत की कि इतने बरसों में हर दिन सुबह–शाम मैंने यही सोचा था कि जब तुम मिलोगी, मैं तुम्हारी हत्या कर दूँगा, लेकिन आज तुम्हें अपने बच्चों के लिए मरते देखकर मैं उस नफ़रत को भी खो बैठा हूँ, जिसने इतने समय मुझे ज़िन्दा रहने की ताक़त दी। अब इस समय मुझे महसूस हो रहा है कि मेरे पास जीने का कोई सहारा नहीं है। मुझे हमेशा लगा था कि मैं तुम्हें इसलिये ढूँढ़ रहा हूँ कि तुम्हें दण्डित कर सकूँ, अपने साथियों को आज़ाद करा सकूँ, लेकिन अब मुझे समझ आ रहा है, मैं तुम्हें सिर्फ़ इसलिए ढूँढ़ रहा था कि तुमसे इस सवाल का जवाब पा सकूँ कि क्या तुमने कभी एक पल के लिए भी मुझसे प्रेम किया था? रही बात मेरे साथियों की, तो उन्हें अब मेरी ज़रूरत नहीं है!" सुप्रभ ने कहा।

"मुझे माफ़ कर दो। मैंने छायादूतों को क़ैद किया, इसके लिए मैं शर्मिन्दा नहीं हूँ। लेकिन तुमसे झूठ बोलना मेरे जीवन की सबसे बड़ी ग़लती थी। मैं तुम्हारी अपराधिनी हूँ। अगर हो सके, तो मुझे क्षमा कर दो।" मोहिनी की आँखों से अश्रुधारा बह चली। "यह तो मैं भी नहीं जानती कि प्रहसन करते–करते कब मैं सचमुच तुमसे प्रेम कर बैठी थी। रानी स्वर्णमल्लिका का आदेश था कि मैं सभी छायादूतों की हत्या कर दूँ, लेकिन मैंने तुम्हें तुम्हारे भाइयों की हत्या न करने का वचन दिया था। अगर मैं प्रेम का सम्मान नहीं करती, तो इस वचन का भी नहीं करती,

लेकिन मैंने किया। मैंने उस घट पर ऐसा जादू किया है, जिससे सदियों से चली आ रही दो सम्प्रदायों की यह रक्तरंजित कहानी एक समय के बाद ख़त्म हो जायेगी। मेरा भरोसा करो। इसी बात ने मुझे आज चैन से मरने की ताक़त दी है!"

मोहिनी के पश्चात्ताप ने उसके मन से असन्तुष्टि को धो दिया था। जो पूर्णता उसे अपनी माँ का बदला लेकर, विवाह करके और घर बसा कर नहीं मिली, आज अपने प्रेमी के प्रति किये गये सच्चे प्रयाश्चित्त से मिल गयी थी। शका का अंश उसके आँसुओं के सहारे धीरे–धीरे उसकी आत्मा से निकलकर शून्य में विलीन हो रहा था। दूसरी तरफ़, सुप्रभ ने भी मोहिनी के क़रीब आकर रानी स्वर्णमल्लिका को दिया गया अपना अटूट वचन तोड़ा था, इससे उसकी देह भी धीरे–धीरे कान्तिहीन होने लगी थी।

उधर, समर्थ और आरण्यक शिलालेख वाली गुफा तक पहुँच गये थे। उन्होंने मोहिनी के परिवार को एक हथियारधारी पहरेदार की निगरानी के साथ गुफा से थोड़ी दूर जंगल में छोड़ दिया। वे उन्हें भविष्यवाणी का पता नहीं लगने देना चाहते थे।

गुफा में पहुँचकर उन्होंने गुफा की मशालें जलायीं और भविष्यवाणी की इबारतें पढ़ने लगे। उन्होंने भविष्यवाणी का वह हिस्सा पढ़ा, जिसमें यह लिखा था कि मोहिनी की पच्चीसवीं पीढ़ी ही छायादूतों की मुक्ति का कारण बनेगी। अगर किसी कारण से मोहिनी की वंशावली का समापन पच्चीसवीं पीढ़ी से पहले हो जाता है, तो छायादूत कभी आज़ाद नहीं हो सकेंगे। मोहिनी ने अपनी अलौकिक शक्ति से आने वाली पीढ़ियों का भविष्य देख लिया था। उसने अपनी वंशावली और उसने पैदा होने वाले सब मनुष्यों के नाम शिलालेख में लिख दिये थे। शिलालेख में यह भी लिखा था कि छायादूतों की मुक्ति के लिए यह शर्त है कि मोहिनी के पच्चीसवें वंशज की कोख से किसी छायादूत की सन्तान उत्पन्न हो। उस सन्तान का आनुष्ठानिक बलि का ख़ून जब घट में डाला जायेगा, उसी से छायादूतों की देह वापस बनेगी और वे घट की क़ैद से मुक्त हो जायेंगे। वहाँ किसी अन्य गुप्त भाषा में कुछ

और भी लिखा था, लेकिन इससे पहले कि समर्थ और आरण्यक आगे पढ़ पाते, कहीं से प्रकट होकर रानी स्वर्णमल्लिका ने गुफा ढहा दी।

हुआ यह था कि एक वनिका को मोहिनी के सामूहिक दहन की ख़बर मिल गयी थी। उसने सब छिपकर देखा और रानी को बता दिया कि समर्थ और आरण्यक मोहिनी के बच्चों को साथ लेकर गुफा की तरफ़ जा रहे हैं। गोपाल और मोहिनी के बच्चों में मौजूद मोहिनी के अंश का पीछा करते हुए वनिकाएँ गुफा तक पहुँच गयीं। गुफा के अचानक ढहने से छायादूतों और उनके मनुष्य सहयोगियों के बीच भगदड़ मच गयी। अधिकतर दब गये। जो बचे, वे गुफा से निकलकर जान बचाकर इधर–उधर भागने लगे। चारों तरफ़ धूल ही धूल दिखायी दे रही थी।

मौक़ा पाकर रानी ने शिला तोड़ दी और भविष्यवाणी के शिलालेख को भूमि की गहराइयों में सदा के लिए दफ़न कर दिया। समर्थ और आरण्यक को इससे अधिक फ़र्क़ नहीं पड़ा, क्योंकि अपने मतलब की बात उन्होंने पढ़ ही ली थी। उन्होंने ढहती गुफा से घट उठाया और अपने घायल मनुष्य सहयोगियों को वहीं छोड़कर रानी की नज़र बचाकर जंगल की ओर भाग गये।

थोड़ी दूर जाकर उन्होंने मोहिनी के पति और बच्चों को एक गाँव में छोड़ दिया। मोहिनी के पति गोपाल को उन्होंने कुछ सोने की मोहरें दीं और दूर के एक गाँव में बस जाने को कहा। गोपाल को भविष्यवाणी का कुछ पता नहीं था। उसने चुपचाप हामी भर दी। समर्थ और आरण्यक ख़ुश हुए कि ऐसे उन्हें मोहिनी की आने वाली पीढ़ियों पर नज़र रखने में आसानी होगी। जिस गाँव में उन्होंने गोपाल को बसाया, उसी जगह ज़मीन के अन्दर उन्होंने घट को छिपा दिया और गोपाल से कहा कि अपने परिवार की किसी स्त्री को घट के क़रीब न आने दे।

कुछ बरसों बाद, गोपाल के बच्चों ने अपनी माँ की एक समाधि बनाई, जो समय बीतने के साथ मोहिनी के मन्दिर के रूप में प्रसिद्ध हो गया। यही हमारी कुलदेवी का मन्दिर बना। छायादूत बार–बार सुरक्षा

की दृष्टि से घट की लोकेशन बदलते रहते थे। बाद में उन्होंने कुछ समय के लिए मोहिनी के मन्दिर में ही घट को छिपा दिया, जहाँ माँ और उनकी कज़िन बहन शका के प्रभाव में आ गये थे।

भविष्यवाणी समर्थ और आरण्यक पर ज़ाहिर हो गयी थी। मोहिनी का अटूट वचन खण्डित हो गया था। इसलिए जैसे ही यह सब घटा, मोहिनी की देह धीरे–धीरे मिट्टी में बदलने लगी। सुप्रभ अब भी उसके पास ही था। मोहिनी के क़रीब आने की वजह से रानी को दिया गया उसका अटूट वचन भी खण्डित हो गया था। इससे उसकी प्राणशक्ति भी कमज़ोर होती जा रही थी। दोनों प्रेमी किसी भी क्षण मरने वाले थे। मोहिनी अपने धोखे के लिए माफ़ी माँग चुकी थी। सुप्रभ उसे माफ़ कर चुका था। मोहिनी की बातों ने सुप्रभ को दिलासा–सा दिया था। दोनों के मन शान्त थे। दोनों की आत्मा में कोई कलुष नहीं था। एक–दूसरे की बाँहों में पड़े–पड़े दोनों ने आख़िरी साँस ली। दोनों की देह धीरे–से मिट्टी में तब्दील हो गई।

समर्थ और आरण्यक शान्त होकर मोहिनी की पच्चीसवीं पीढ़ी की स्त्री यानि की मेरी माँ अनुभा कौशल के पैदा होने की प्रतीक्षा करने लगे, जिससे मैं पैदा हो सकूँ और मेरी बलि देकर वे अपने साथियों को आज़ाद करा सकें। जिस दिन मेरे पिता मेरी बलि देने जा रहे थे और मेरे रक्त की कुछ बूंदे घट पर गिरी थीं, छायादूतों को थोड़ी ताक़त मिली थी। उस बल से उन्होंने क़ैद में ही शका का आह्वान किया था, जिससे शका की कुछ ऊर्जा मुक्त हुई थी। इस ऊर्जा के मुक्त होने से वनिका रानी को उस स्थान का पता चल गया था और वहाँ आकर उन्होंने मेरी जान बचा ली थी। यह सब मुझे मोहिनी ने बताया। मैंने सब ध्यान ने सुना। मोहिनी मुस्कुरायी और पीछे हटी।

"क्या तुम्हारे पास कोई और सवाल है?"

"बहुत सारे हैं!"

"तुम मुझे कोई भी तीन सवाल पूछ सकती हो। उससे अधिक समय तुम्हारे पास नहीं है। तुम्हें लौटना होगा। नहीं तो तुम हमेशा के लिए यहाँ क़ैद हो जाओगी।"

"ठीक है तो पहला सवाल – आपने इस काम के लिए मुझे ही क्यों चुना?"

"यह भाग्य का फ़ैसला है। मृत्युलोक से अपने माँ–पिता के लोक लौटने के बाद मैं भी कभी अपने दिव्य माता–पिता से यह नहीं पूछ पायी कि इन सब घटनाओं के लिए मुझे यानि उनकी पुत्री को ही क्यों चुना गया? यही हम दोनों की नियति है, मुग्धा। इस समय यहाँ हम दोनों को ही होना था।" मोहिनी बोली।

अन्त या फिर शुरुआत

मेरे मन में कई सवाल थे, लेकिन मुझे अब बस दो ही सवालों का जवाब मिलता। मैंने दूसरा सवाल पूछा–

"मैंने पीली तितलियों को आपकी देह में बदलते हुए देखा। क्या बचपन में आप ही पीली तितलियों के रूप में मुझसे मिलने आती थीं? मुझे हमेशा लगता था, इनसे मेरा कोई सम्बन्ध तो है। मुझे लगता था, ये ज़रूर मेरे पिछले जन्म के प्रेमी होंगे।"

मैं भोलेपन से बोली और हँस पड़ी।

"हाँ, वह मैं ही थी, जो तुम्हें पीली तितलियों के रूप में मिलने आती थी। वह संसार छोड़ने के बाद मैं अपने शरीर से वहाँ नहीं जा सकती थी। वे तितलियाँ तुम्हारे प्रेमी की नहीं, पुरखिन की आत्मा थीं।" हँसते हुए मोहिनी ने कहा।

"हाँ, लेकिन मैं तुमसे यह वादा ज़रूर कर सकती हूँ। अगली बार जब कोई तुम्हारा प्रेमी बनने के योग्य होगा, तो मैं पीली तितलियों के रूप में आकर तुम्हें इशारा ज़रूर दूँगी। अब तुम अपना अन्तिम सवाल पूछो और यहाँ से जाओ। तुम्हारे जागने का समय हो गया है।"

"मैं लौटूँगी तब क्या होगा? आपने अपने प्रेमी सुप्रभ से कहा था कि आपने कुछ ऐसा किया है, जिससे सदियों से चले आ रहे इस रक्तरंजित संघर्ष का अध्याय हमेशा के लिए समाप्त हो जायेगा! ऐसा कैसे होगा?"

मोहिनी ने मुझे पास बिठाया, मेरे सर पर हाथ फेरा और मेरे कान में कुछ राज़ की बातें बतायीं। फिर बोली–

"क्या होगा, यह तो मैंने तुम्हें बता दिया है, लेकिन कैसे होगा यह तो तुम्हें वापस लौटने के बाद ही पता चल सकेगा। जाओ और वनिकाओं को आज़ाद कर दो। अब तुम्हें लड़ना है। मेरी शक्ति तुम्हारे साथ है।"

यह कहकर मोहिनी पीली तितलियों में बदल कर क्षण भर में रौशनी में विलीन हो गयी। मेरे मन में अब भी कई सारे सवाल थे, लेकिन मैं कुछ सोच पाती, इससे पहले मेरी आँखें फिर से तेज़ रौशनी के कारण बन्द हो गयीं। जब मेरी आँखें खुलीं, मेरी मूर्च्छा धरती पर टूटी। मैंने खुद को वेदी पर पड़ा पाया। मेरे सीने में धँसा ख़ंजर ग़ायब था और मेरा घाव भर गया था।

सामने कालकम्पन सिंहासन पर बैठा था और समर्थ आरण्यक को गले लगा रहा था। उनका ध्यान अपनी जीत पर था, मेरी तरफ़ किसी का ध्यान नहीं था।

मोहिनी के चमत्कार ने मेरी बेड़ियाँ खोल दी थीं, मुझमें अद्वितीय ताक़त भर दी थी। मैं उठने के लिए सही मौक़े की तलाश करने लगी। मैंने देखा, छायादूतों और उनके सहयोगियों की संख्या बेहद अधिक है। उनके युद्ध कौशल के कारण कोई इनसान उनसे लड़कर नहीं जीत सकता था, लेकिन वे वनिकाएँ जीत सकती थीं, जो खम्भों से बँधी थीं। मुझे बस उन्हें जादू निषेध करने वाली हथकड़ियों से आज़ाद करना था और इससे उन्हें खाने को प्राणशक्ति मिल जाती। मुझे जेब में पड़े ग्रेनेड का ख़याल आया। मैं तेज़ी–से उठी और मैंने उसका पिन खींच कर छायादूतों की तरफ़ उछाल दिया। एक धमाका हुआ और छायादूत और उनके सहयोगी धुएँ से घिरे लहूलुहान होकर इधर–उधर गिर पड़े। मैं तेज़ी से वनिकाओं की तरफ़ गयी। पास पड़ा एक चाकू उठाकर मैंने उनके और रोहन राय चौधरी के बन्धन काट दिये। मैंने वनिकाओं की जादू निषेध करने वाली हथकड़ियाँ भी खोल दीं।

"अब वे नश्वर हैं! छायादूत अब अमर नहीं रहे, वे मेरे रक्त से बने हैं। मनुष्य की सन्तान हैं, इसलिए अब वे नश्वर हो चुके हैं, यही मोहिनी की भविष्यवाणी थी! अब एक मनुष्य का रक्त उनकी

शिराओं में दौड़ रहा है! वे उतने ही नश्वर हैं, जितना कि एक मनुष्य होता है। उन्हें बन्दी बना लो!" मैंने चिल्लाकर यह बात कही।

यही बात मोहिनी ने दूसरे लोक में मेरे कान में कही थी। आज़ाद होते ही वनिकाओं ने छायादूतों के मनुष्य सहयोगियों की प्राणशक्ति खींचनी शुरू कर दी। कुछ ही पलों में वे अपनी पूरी ताक़त से खड़ी हो गयीं। फिर उन्होंने पलभर में सब छायादूतों को लताओं और शाखाओं से बाँध दिया। कालकम्पन, समर्थ और आरण्यक भी एक खम्भे से बँधे क्रोधित होकर हुँकार कर रहे थे, लेकिन समर्थ और आरण्यक को छोड़कर अब सब छायादूत नश्वर थे। वे एक मानवी के रक्त से पुनः जन्मे थे, इसलिए वे अब अमर और अलौकिक नहीं थे। मेरे पिता समर्थ और आरण्यक ने बन्दी बनने से पूर्व ख़ूब संघर्ष किया, लेकिन वनिकाएँ अपनी शक्ति हासिल कर चुकी थीं और वे संख्या में अधिक थीं, इसलिए वे भी बन्दी बना लिए गये।

सबको बन्दी बनाने के बाद रानी स्वर्णमल्लिका मेरी तरफ़ मुड़ी। उन्होंने मुझसे पूछा–"ये लोग अब नश्वर हैं। मैं इनकी देह में नश्वरता महसूस कर पा रही हूँ। ऐसा कैसे हुआ? तुम पुनर्जीवित कैसे हुई?"

मैंने उन्हें मोहिनी की लिखी पूरी भविष्यवाणी और मोहिनी से हुई मुलाक़ात के बारे में बताया। रानी प्रसन्न हुई। उसने और बाक़ी वनिकाओं ने मेरे सामने सर झुकाते हुए कहा–"तुमने हमारी जान बचायी है। ज़ाहिर है कि देवीपुत्री ने तुम्हें इसलिए वापस भेजा है कि तुम हमें राह दिखा सको। अब तुम्हीं हमारी रानी और मार्गदर्शक हो। इसलिए अब तुम्हीं कहो, इनके साथ क्या होना चाहिए और हम आगे क्या करें?"

"समर्थ और आरण्यक से मैं अपनी माँ की मौत का बदला चाहती हूँ! वैसे भी जो इनसान अपनी सन्तान की बलि चढ़ा दे, अपनी पत्नी की हत्या करने में ज़रा भी न हिचकिचाये, उसे इस धरती पर जीवित रहने का कोई अधिकार नहीं है।" मैंने जवाब दिया।

रानी ने आनुष्ठानिक जल से धोकर समर्थ और आरण्यक के सीने में ख़ंजर उतार दिया। वे थोड़ा तड़पे, फिर शान्त हो गये।

आश्चर्य कि उनका चेहरा मरने के बाद भी उतना ही ठण्डा और कठोर था, जितना उनके जीवित रहने पर था। हमने उन्हें आनुष्ठानिक अग्नि में जलाकर पूरी तरह मार डाला। फिर हमने एक कोठरी से सरला माँ और अनूप को आज़ाद कराया। उन्होंने देखते ही मुझे गले लगा लिया। मैं उनसे लिपटकर रो पड़ी। मैं अपनी सगी माँ को खो चुकी थी, अब और किसी को नहीं खोना चाहती थी। पूरी बात जानने के बाद सरला माँ ने रानी स्वर्णमल्लिका को प्रणाम किया और हमने वनिकाओं से विदा ली। वनिकाओं ने मुझसे वादा किया कि मुझे जब भी उनकी ज़रूरत होगी और मैं उन्हें बुलाऊँगी, तो वे ज़रूर आयेंगी। छायादूतों के मनुष्य सहयोगियों को वनिकाओं ने पुलिस के हवाले कर दिया।

आप सोच रहे होंगे कि बाक़ी छायादूतों का क्या हुआ होगा? कालकम्पन और बाक़ी छायादूत अब शक्तिहीन थे। रानी चाहती तो उन्हें मार सकती थी, लेकिन रानी ने उन्हें अपने जीवन पर तरस खाने के लिए ज़िन्दा छोड़ दिया। गुरु कालकम्पन को मनुष्य की नश्वर ज़िन्दगी नामंजूर थी। उन्होंने वनिकाओं के सामने ही जलते अग्निकुण्ड में प्रवेश करके आत्मदाह कर लिया। कुछ ने अपने गुरु का अनुसरण किया। बाक़ी को वनिकाओं ने संसार में भटकने के लिए छोड़ दिया। मनुष्य जीवन का समय पूरा होते ही यूँ भी उनकी मृत्यु तय थी।

हमारी इस विजय में अलग–अलग समय और विचार की कई स्त्रियों का योगदान था। मैं जानती थी, मेरी माँ और हमारी पुरखिन मोहिनी भी अपने लोक से हमें देखकर मुस्कुरा रही होंगी। धीरे–धीरे सब सामान्य हो गया। छायादूतों के नश्वर होने के बाद शका की शक्ति कमज़ोर होकर नष्ट हो गयी। मैंने महामारी के लिए दवा ढूँढ़ ली। मेरी सफलता के परचम चारों ओर लहराये। आज महामारी ख़त्म हो चुकी है और मीडिया मुझे 'फ़्लू हंटर' के नाम से जानती है। मेरा नाम चिकित्सा के क्षेत्र में नोबल पुरस्कार के लिए प्रस्तावित है। सब पहले जैसा चलने लगा है। मैंने एक नया घर ले लिया, जिसमें मेरी सरला माँ, मेरा भाई